LASSA

Les Mots d'Avoir – Tome 1

Laurent de Coudenhove

Les mots d'Avoir
(Cycle Fantasy)

1. Lassa
2. Eléa
3. Shaïla (à paraître)

© 2018, Laurent de COUDENHOVE

© Couverture : **Od2**
https://www.expositionpeinture.com/artiste/od2-444.html

Édition : BoD – Books on Demand,
12/14 rond-point des Champs-Élysées, 75008 Paris.
Impression : BoD - Books on Demand, Norderstedt, Allemagne

ISBN : 978-2-322-14411-2

Dépot légal : Juillet 2018

NOUVEAU MONDE

STILV, AU SECOURS !

— Lassa, ne bouge plus. Tiens bon. Je coupe le champ gravitationnel. Encore quelques secondes… C'est bon.

La jeune fille qui se retenait fermement, désespérément aussi il faut bien le dire au dernier barreau de la rambarde de sécurité, sentit ses jambes remonter et son corps s'aligner et flotter dans l'air.

Lassa poussa un soupir. Elle n'avait pas songé à cela. Elle aurait plutôt vu l'un des androïdes de Stilv la prendre par la main et la hisser sur la passerelle. Mais Stilv était allé au plus court. Il avait coupé la gravité, lui permettant de s'alléger de cette impression d'être attirée irrésistiblement par le sol qui se trouvait tout de même à plus de trente mètres au-dessous.

Lassa, qui avait appris à évoluer en apesanteur, attrapa une à une les différentes barres et se propulsa doucement pour ensuite flotter au-dessus de la passerelle. Celle-ci circulait sur toute la longueur de la soute. Elle enclencha à sa ceinture le compensateur et ses semelles semblant attirées par le treillis métallique qui composait le sol la plaquèrent doucement sur le plancher des vaches. Elle sourit à cette expression qu'elle avait apprise lors de l'une de ses leçons. « Le plancher des vaches, la terre. »

— C'est bon, Stilv… j'ai repris pied. Consciente d'être dans une situation inconfortable, elle rajouta : « Merci… »

— Écoute, Lassa, il y a neuf jours, dix heures et vingt-trois minutes, tu m'as demandé d'annuler la détection automatique de position qui me renseignait sur tes mouvements. Tu voulais, m'as-tu-dis, plus de liberté, plus d'indépendance. Cependant, si tu n'avais pas appelé…

— J'ai appelé, Stilv. J'étais assise sur la rambarde et j'ai glissé. Je suis désolée, je ne le referais plus.

Lassa n'avait pas peur du vide et contempler d'aussi haut cet espace immense rempli de containers et de modules d'exploration lui donnait la vue la plus étendue possible sur l'horizon confiné du vaisseau.

— Rentre maintenant. Je t'attends en salle d'imprégnation.

Lassa fit quelques pas avec l'impression de marcher dans de la terre saturée d'eau à cause de ses semelles plombées. Cela lui rappela les abords du marais artificiel dans la salle de l'écosphère. Elle coupa donc le compensateur, vérifia d'un petit bond que Stilv avait bien remis la pesanteur et se dirigea vers le sas au bout de la coursive.

Élancée, les cheveux noirs, longs, bordant un visage plutôt angulaire, le teint pale – par manque de soleil – et les yeux noisette, elle se trouvait plutôt pas mal. Elle n'avait pas beaucoup de repères, ni de regards évaluateurs, mais elle se basait sur son goût personnel.

En effet, si elle n'avait jamais vu une personne en vrai, ses imprégnations lui en avaient montré un certain nombre. *« Disons que personne ne m'a jamais fait de compliments mais que cela ne m'empêche pas d'avoir un avis personnel. De plus, les goûts et les couleurs… »* pensait-elle lorsqu'elle se regardait dans la glace.

Elle enfila les couloirs, prit les ascenseurs, et se retrouva deux cents mètres plus loin et deux ponts au-dessus dans la partie habitation. Elle connaissait les lieux par cœur pour y être née, il y a maintenant quatorze ans.

Lassa se faufila jusqu'à la salle d'étude, y entra. Stilv apparut. L'hologramme d'un homme d'une trentaine d'années, dans une combinaison blanche, lui sourit. Il avait des cheveux noirs, comme elle et des yeux noisette. En fait, c'était aussi un peu grâce à cette image qu'elle pouvait juger de son apparence. Elle le trouvait beau et elle lui ressemblait beaucoup.

En plus, il avait un sourire chaud qui l'avait toujours fait craquer.

Stilv était un ordinateur, une projection de la machine du même nom qui gérait son vaisseau.

— Installe-toi, Lassa.

Elle était habituée à leurs séances d'imprégnation. Ce fauteuil, elle l'utilisait depuis qu'elle était capable de parler.

Stilv était le seul « être » qu'elle connaissait, mis à part l'autre entité qui suivait son apprentissage durant ses imprégnations.

Les concepteurs de son monde de métal, avaient intégré l'empreinte neurale de son père dans la configuration initiale de l'ordinateur.

L'hologramme qu'il lui présentait avait donc l'apparence et le caractère de cet homme qu'elle n'avait jamais connu et qui devait déjà être mort depuis longtemps.

Si elle n'était née que depuis quatorze ans, le vaisseau avait quitté Gend'ria, leur planète d'origine depuis plus de trois cents ans. Stilv était donc le tuteur de vie de Lassa. Il l'avait fait naître, l'avait maternée, nourrie, grondée, élevée.

Par contre, pour son enseignement, Lassa était aux mains de sa mère. Enfin, sa mère ! Un rêve dans un fauteuil d'imprégnation, rêve flottant et parlant, souriant même mais sans aucune consistance réelle. Elle avait ainsi été nourrie des connaissances de son monde, qu'elle ingurgitait quatre heures par jour.

— Tu es prête Lassa ?

— Prête Stilv !

— Alors, bon voyage.

Lassa se sentit glisser, son esprit se détachant de son corps, et elle se retrouva assise sur un grand tapis avec plein de gros coussins autour d'elle. Cela faisait longtemps que sa mère n'avait plus choisi cet environnement. « On voit que nous arrivons bientôt » pensa Lassa.

— Oui, ma chérie… C'est un peu pour cela que j'ai choisi ce décor.

— Je m'en rappelle comme si c'était hier. J'adorais me cacher dans ces coussins.

— Oui, et j'avais les plus grandes difficultés à te faire travailler. Tu ne pensais qu'à jouer.

Une jeune femme était debout devant elle dans une robe blanche à manches larges.

— Bonjour ma chérie !

— Bonjour maman !

— Plus que quatorze jours avant d'arriver. As-tu hâte ?

— Plutôt effrayée, oui. Je sais que mon univers se restreint à toi et à Stilv, ainsi qu'à arpenter un vaisseau que je connais maintenant sur le bout des doigts, mais la perspective de me retrouver dehors, sur un monde que je ne connais pas refroidit mon enthousiasme.

— Tu as été bien éduquée. Tu sauras te faire aimer, j'en suis certaine.

Toutes les informations qui étaient parvenues des sondes d'exploration avaient été traitées et enseignées à Lassa. Le monde qu'elle allait rejoindre, elle en connaissait la langue et les coutumes. Avec un léger décalage de sept cent vingt-huit ans cependant.

La première enseignante, Eléa n'avait pas eu autant d'atouts lorsqu'elle était arrivée. Elle avait du défricher le chemin mais Eléa était un Maître enseignant. Elle avait fait ses classes sur l'une des planètes satellites de leur monde, avant d'être envoyée sur Lysandia.

Lysandia, un joli nom pour une planète.

Une planète très belle s'était enthousiasmée Lassa lors de ses imprégnations.

Deux grands continents, l'un chaud, l'autre froid. Mais partout des rivières et des terres riches et verdoyantes. Même la neige et le froid durant une grande partie de l'année ne gênait cette profusion de verdure.

Si dans la salle de l'écosphère, elle avait pu se familiariser un tant soit peu avec les plantes, elle n'avait jamais touché la neige et se demandait quelle impression cela faisait, cette eau poudreuse toute blanche.

Cependant, pour démarrer, elle suivrait les pas d'Eléa et donc se retrouverait sur le continent chaud.

— J'espère bien mais tu imagines, si personne ne vient me chercher ?

— Je ne vois pas pourquoi. Cesse de t'inquiéter ! Les mots d'Avoir qu'elle leur a enseignée ne sont certes que les prémices mais ils ont du vraiment les apprécier. Alors, accueillir une nouvelle Enseignante...

— En sachant en plus que je vais leur donner les autres mots...

— Oui. À leur place, je décréterais un jour férié pour ton arrivée.

— Ils vont peut-être me porter en triomphe ? demanda Lassa pas trop mécontente de l'idée.

— Certains voudront sûrement le faire mais n'oublies pas, tu es là pour les aider, pas pour te faire honorer comme une déesse.

— Je rigolais, mère.

— Je sais. C'est une lourde responsabilité pour une jeune fille... Et garder la tête froide n'est pas toujours aisé. Mais tu es à un âge idéal : assez grande pour te prendre en main mais pas encore imperméable au changement. Tu sais comment notre civilisation est organisée mais eux... Ils ont pu s'organiser dans un sens totalement différent.

« *Nous ne les désirons pas identiques à nous, mais partageant les mêmes valeurs sur la vie...* »

Cette phrase venait de l'une des sages de Gend'ria et faisait partie de son enseignement. Lassa pouvait se réciter tout le discours en pensée.

L'imprégnation avait cela de bon qu'elle restait gravée dans la mémoire de tout apprenant.

— Et maintenant, en selle jeune fille, tu vas apprendre l'équitation.

La salle disparut aux yeux de Lassa. L'imprégnation commençait vraiment. Elle se retrouva plongée dans une foule de sensations qui s'imprégnèrent dans son esprit allant de la façon de se tenir en selle, à cru, galoper ou guider sa monture. Elle apprit ainsi en quelques heures à devenir une cavalière émérite.

Stilv et Lassa se trouvaient sur le pont d'amarrage près du module d'exploration qui avait été mis à la disposition de Lassa. De grands hublots, plus hauts que Lassa tapissaient le pourtour du vaisseau principal et laissaient voir une planète bleue, sa prochaine destination.

— N'oublies pas que je suis branché sur tes émissions psychiques et que nous pourrons donc communiquer. Ton module est programmé pour se poser dans une grotte aménagée lors de la première expédition. Il y sera en sécurité et servira de relais d'impulsion au sol pour toutes mes études.

— Je sais, Stilv.

— Tu devras rallier à pied ton lieu de rencontre avec les envoyés de l'Enseignante.

— Je sais, Stilv. Ne t'inquiète pas comme ça. Tu vas nous fondre un circuit.

— J'espère que tout ce temps ne leur aura pas fait oublier le rendez-vous.

— J'en parlais avec maman, justement. Et d'après elle, ils ne voudront manquer mon arrivée pour rien au monde. Tout se passera bien.

Lassa n'était pas aussi confiante qu'elle le paraissait mais elle ne voulait pas que ses dernières minutes avec Stilv soient remplies d'angoisse.

— Ta tunique et ton sac à dos sont de facture de ce monde. Ils ne devraient pas dépareiller. Ce dernier contient de quoi assurer quelques jours de voyage jusqu'à une ville au cas où personne ne viendrait. Dès que le module sera posé, je serais à même de faire la topographie du pays avec précision.

— Et bien si tout est prêt, je vais y aller.

Pour Lassa, ces derniers jours de décélération et d'approche lui avaient permis de faire le point sur sa motivation et son envie de se lancer à l'aventure avait grandi jusqu'à occuper toutes ses pensées. Elle avait maintenant hâte de rencontrer de vraies personnes.

Elle attrapa son sac à dos, le jeta sur son épaule et monta dans le module. La porte, commandée par Stilv, se referma et elle s'installa sur la banquette.

Les hauts-parleurs du module lancèrent un « Bon voyage, Lassa. ». Elle sourit et fit un signe de la main. Stilv le verrait de toute façon.

La porte du hangar s'ouvrit sur le vide astral et le module s'élevant doucement dans les airs, effectua une rotation et s'élança dans l'espace. Elle venait de quitter son foyer et s'avançait vers l'inconnu.

Quelques minutes plus tard, le module frémit en pénétrant l'atmosphère de la planète. Il ralentit, s'orienta et s'élança de nouveau vers son but. Lassa regarda au travers de la surface vitrée des hublots et contempla ce monde, nouveau pour elle. Elle avait pu se familiariser avec la nature dans la salle de l'écosphère mais les proportions étaient ici très différentes. Elle survolait en ce moment une forêt qui s'étendait à perte de vue et les frondaisons magnifiques étalaient sous ses pieds un tapis vert intense. Puis une montagne apparut au loin. Le module se dirigeait vers elle.

Bien que confiante dans les capacités de la machine, et surtout de Stilv pour la contrôler, Lassa ne put empêcher son cœur de rater un battement lorsque le module continuant sa progression, fila à toute vitesse vers un pan de la montagne qui ressemblait à une falaise. Elle allait s'écraser.

Le champ de protection qui dissimulait l'entrée de la grotte les laissa cependant passer et le module se posa sur un terre-plein au beau milieu d'une caverne qui lui sembla immense. La porte du module s'ouvrit.

Attrapant son sac à dos, elle descendit et posa ses pieds sur le sol.

— Mon monde…

Elle était à demeure. Si le vaisseau avait pu l'emmener jusqu'ici, elle ne pourrait carrément pas retraverser les trois cent soixante-quatre années et des poussières de distance qui la séparaient maintenant de Gend'ria.

Seules les sondes d'exploration, après avoir accumulé trois années d'informations fournies par ce qu'elle apprendrait, feraient le voyage retour.

Et une prochaine enseignante arriverait dans sept cent vingt-huit ans. Jusque là, c'était à elle de gérer.

Lassa se dirigea vers l'entrée de la caverne visible de ce côté comme une trouée de lumière et sortit de la grotte. Il devait être trois heures de l'après-midi, le ciel panaché de nuages légers lui ouvrait un horizon bleu à perte de vue.

La forêt en contrebas offrait toutes les nuances de vert. « *C'est autre chose que le vaisseau* ! » Le vent venait de l'Est, là où le soleil se levait sur ce monde.

Le soleil ; Sa tentation fut immédiatement de regarder cette boule de feu dont on lui avait tant parlé : chaleur et force, lumière et beauté. Elle se força à ne pas cligner des yeux pendant quelques secondes mais abandonna bien vite. Il était magnifique.

Elle avait une bonne dizaine de kilomètres à parcourir avant d'atteindre le lieu de rendez-vous et se trouvait sur un escarpement rocheux à quelques deux cents mètres du sol. Lassa regarda la plaine qui s'étendait vers le sud et au milieu un rocher énorme en forme de dôme vers lequel elle devait se diriger. Une route traversait la prairie dans cette direction et elle n'aurait plus qu'à la quitter près du rocher pour l'atteindre.

La cachette du module avait été bien choisie. Elle s'accrocha à la paroi et en tâtonnant du pied pour trouver sa prise commença à descendre. Quelques mètres plus bas, elle retrouva un sol caillouteux qui descendait en pente assez douce en un chemin de crête passant au travers des broussailles. Elle rejoignit la route et s'extasia devant la première construction humaine qu'elle rencontrait. Cette route était certes défoncée et ravinée par les pluies mais c'était une route, le chemin vers la civilisation. Elle n'était déjà plus vraiment seule. L'entraînement sportif n'avait pas été son fort dans le vaisseau et elle avait déjà mal aux jambes.

— *Lassa, c'est bon, je suis localisé.*

Lassa sourit d'entendre la voix de Stilv dans sa tête. Ils avaient parlé de ce moyen de communication mais l'expérimenter en vrai…

Stilv continua à parler.

— *Cette route vers le sud aboutit dans une vingtaine de kilomètres sur un petit village. Il n'y a pour l'instant personne aux alentours du rocher. Je te préviendrais au moindre mouvement.*
— *Merci Stilv. Ça fait plaisir de t'entendre.*

Elle rajusta son sac à dos et s'engagea sur la route. La plaine qu'elle traversait était un tapis d'herbes fines, vert clair, qui s'élevait sur une vingtaine de centimètres, parsemé de fleurs des champs et d'un petit bosquet d'arbres de temps en temps. Le soleil la cuisait doucement et elle commençait à avoir soif. Elle se força à continuer ne voulant pas faire une pause tous les quarts d'heure.

Plus de deux heures s'écoulèrent avant qu'elle ne s'arrête au bord de la route. Le rocher s'élevait de toute sa hauteur au milieu de la plaine. C'était le moment de quitter le chemin. Elle sortit sa gourde, savoura l'eau qui coulait dans sa bouche et reprit sa marche en traçant son chemin dans l'herbe.

Le soleil frôlait l'horizon lorsqu'elle arriva enfin sur une plate-forme pierreuse à la base du rocher. Il n'y avait personne et elle était trop fatiguée pour faire un pas de plus. « *Je vais rester là ce soir. Attendre de voir si une délégation arrive. Sinon, demain je partirais pour le village.* »

Lassa avait vécu une imprégnation camping et savait exactement comment dresser son camp. Dans son sac se trouvaient une tente, quelques ustensiles de cuisine, de la nourriture mais pas de combustible. Elle allait devoir trouver du bois pour se faire une tisane amplement méritée. Un petit bosquet d'arbres se trouvait à quelques mètres de l'affleurement rocheux et elle s'y dirigea pour chercher des branches et des brindilles tombées des arbres.

Sous les arbres, l'herbe était plus haute et elle dut fouiller avec la main pour chercher le bois. « *Et s'il y avait des serpents ?* » L'imprégnation ne faisait pas tout.

Elle se décida pour la prudence et ratissa un grand carré avec un morceau de bois avant d'y remettre la main. « *Si serpent il y a eu, lui parti en courant* » s'amusa-t-elle. L'herbe était à moitié couchée. En fait, c'était la première fois qu'elle touchait l'herbe et elle aima ce contact soyeux avec sa main.

Elle la caressa tout en ramassant les morceaux de bois secs tombés des arbustes. Sa provision plein les bras, elle revint jusqu'au sol plat et dur du rocher, à l'abri de toutes les bestioles qui devaient courir dans l'herbe. Elle choisit un petit renfoncement et disposa ses branchages en pyramide. Elle contempla son œuvre, se concentra sur le mot d'Avoir et lança son énergie : le feu crépita et de belles flammes jaillirent.

LE PREMIER HOMME

— Mère de l'Humanité !

Lassa sursauta. La phrase semblait venir de l'air. Elle regarda autour d'elle mais il n'y avait personne.

Un jeune homme apparut soudainement devant elle, et s'écria à nouveau :

— Mère de l'humanité. Tu es revenue.

Comprenant qu'elle avait affaire à son comité d'accueil, Lassa se reprit et répondit gentiment :

— Mère de l'humanité, c'est pas un peu trop ? Je m'appelle Lassa.

— Il nous faut partir. Ils vont venir très vite. Ils ont senti.

— Qui ils ? Pourquoi partir ? Qu'est-ce qu'ils ont senti ? Comment se fait-il que tu étais invisible ?

— Beaucoup de questions, Mère de l'humanité. Cela fait très longtemps que nous peaufinons les réponses. Mais pour l'instant, il nous faut partir. Je t'en prie, suis-moi. Maintenant !

Lassa attrapa son sac à dos et en silence suivit ce jeune homme pressé. Ils descendirent de l'affleurement rocheux et se dirigèrent vers un petit groupe d'arbres à l'écart d'où émergèrent alors qu'ils s'approchaient la silhouette de deux chevaux harnachés.

— Tu prends Ombreuse... Euh Lassa. Elle est très rapide, dit-il en sautant sur l'autre cheval.

Lassa lui fit un clin d'œil et un grand sourire pour cet effort qu'il semblait avoir fait pour lui donner son nom. Cependant quand elle regarda la jument, son sourire pâlit. Ombreuse était noire, et grande, très grande. Et elle renâclait. Bien que briefé sur tout ce qui concernait les chevaux, Lassa hésitait à s'approcher de trop.

— Approche ta main et flatte-lui le museau. Doucement. C'est bien. Laisse-la sentir ton odeur.

La jument la sentit. Elle secoua la tête puis baissa l'encolure et son front s'appuya sur la poitrine de Lassa. Cette dernière sourit. Elle en profita pour lui caresser le cou. Ses poils courts étaient doux mais on sentait la tension des muscles sous la peau. Cela faisait tout drôle à Lassa de toucher un animal vivant. Kelvin la sortit de sa contemplation.

— Voilà. Elle t'a adoptée. Maintenant approche-toi de son flanc et grimpe.

Lassa mit un pied dans l'étrier et se lança sur le dos de la jument. Elle trouva son équilibre tout de suite et sa peur s'évanouit. Elle savait quoi faire.

Le jeune homme talonna sa monture et ils se dirigèrent au galop dans la prairie en direction de la forêt dont la masse sombre se voyait encore dans le crépuscule.

— Comment t'appelles-tu ? cria Lassa

— Kelvin, répondit-il

Lassa galopait à ses côtés, les cheveux au vent. Elle ne put s'empêcher de regarder ce premier homme qu'elle voyait, ce jeune homme « *Il ne doit pas être beaucoup plus âgé que moi. Et j'aime sa voix. Il est grand. Il est brun comme moi. Et bronzé !* » Elle avait presque honte de son teint pâle. « *Il faudra que je lui dise que je n'avais jamais vu le soleil avant aujourd'hui* »

Arrivés à l'orée de la forêt, ils ralentirent et trouvant leur chemin parmi les arbres s'y engagèrent. Ils continuèrent au pas, Lassa suivant Kelvin. La nuit était tombée et la lune n'offrait que de faibles rayons passant par les rares trouées de la voûte mais Kelvin semblait se diriger sans problème.

— La forêt et la nuit protégeront notre fuite. Mais nous devons creuser l'écart pour éviter toute surprise. Ils nous savent quelque part et peuvent toujours avoir de la chance.

— Qui ça ils ? Qui nous poursuit ?

— Les prêtres de Ka. Ils connaissent les mots d'Avoir et ils t'ont détectée quand tu as allumé le feu. Ils sont à l'affût du moindre mot. Je t'aurais bien avertie avant mais ta tenue et ta jeunesse m'ont laissé dans le doute. Étais-tu la Mère de l'humanité ou une simple voyageuse en quête d'un abri pour la nuit ? J'ai donc attendu et tu as allumé le feu. Alors, j'ai su. Personne connaissant un mot d'Avoir ne l'aurait utilisé sans prendre de précaution.

> — *Je détecte une troupe de cavaliers qui se dirige au grand galop vers le rocher que vous avez quitté. Ce jeune homme a raison, on vous recherche. Désolé mais je n'ai pas pu le détecter. Il était caché sous un mot d'Avoir.*

— Et pourquoi ils m'en voudraient d'utiliser les mots d'Avoir ?

— Tu me donnes encore dix minutes et on s'arrête pour la nuit. Je t'expliquerais tout une fois que nous serons arrivés. D'accord ?

— D'accord

Quelques minutes plus tard, ils débouchèrent sur une clairière et descendirent de cheval. Ils ôtèrent les selles et libérèrent les chevaux du mors pour qu'ils puissent brouter tranquillement.

— Je vais chercher du bois. Installe-toi en attendant.

Lassa dégagea un espace des cailloux et des branches, sortit la tente de son sac, un petit paquet roulé. Elle la posa sur le sol, la déroula et appuya sur un bouton. Un minuscule moteur se mit à pomper l'air environnant et à le compresser dans les armatures creuses en tissu. La tente prit sa forme d'elle-même. Elle ouvrit la porte, rentra dedans et alluma en la caressant la petite lumière d'appoint. Lorsqu'elle ressortit, les bois étaient amoncelés et Kelvin l'attendait.

— On va allumer le feu, dit-il en se concentrant. Et il disparut. Il étendit son mot d'Avoir à Lassa qui se sentit devenir transparente et disparut aussi.

— Tu peux allumer le feu maintenant !

Sans poser plus de questions, elle alluma le feu.

Kelvin détendit sa concentration et ils redevinrent visibles.

— Ma tisane m'a trop longtemps manquée, annonça Lassa tout en déballant de son sac victuailles et ustensiles. Elle remplit d'eau une casserole, cala deux pierres près du feu et la posa dessus.

— Ta tente est magnifique. Elle tenait dans ton sac à dos ?

— Sans problème. Je te montrerais demain. J'ai de la viande séchée, du pain et du fromage.

— Merci pour l'invitation. Demain c'est moi qui régale.

Ils mangèrent en silence puis Lassa sortit deux tasses et servit la tisane.

— Maintenant raconte !

Kelvin s'appuya sur la selle qui lui servait de dossier, sa tasse à la main et commença son histoire :

— Eléa, la première Mère de l'humanité est une légende parmi nous. Elle est arrivée comme toi, un jour, il y a très très longtemps. Elle avait vingt-six ans. Les gens qui l'ont croisée à l'époque ont crié au miracle devant tout ce qu'elle était capable de faire. Elle soignait les malades, assainissait les marais, et faisait pousser le blé, tout ça d'un seul mot. Ils l'ont prise pour une déesse. Mais loin de s'en glorifier, elle nous a enseigné les mots d'Avoir. Les trente-deux du premier niveau.

Elle avait un petit groupe de fidèles et ils enseignaient les autres. Les mots se sont répandus comme un feu dans une prairie sèche. Imagine, rien que le fait de pouvoir dupliquer la moindre chose rien qu'en y pensant !

— J'imagine, oui. Les premières enseignantes ont un rôle extraordinaire à jouer auprès des peuples qu'elles rencontrent.

— Et elle a joué son rôle à la perfection. Jusqu'à ce que le roi ne soit plus d'accord. Cela lui a pris cinq ans. Elle apportait la connaissance et nous libérait du travail acharné pour subsister. Mais elle nous apportait surtout l'égalité. Et ça, il n'a pas pu le supporter. Il était friand de pouvoir.

— Je ne te suis pas, là. Les Enseignantes n'ont pas vocation à renverser le Pouvoir en place.

— Peut-être, mais si ce pouvoir est basé sur l'exploitation de la misère… Plus de misère, plus de pouvoir.

— Oh

— Un jour, il envoya donc ses hommes qui prirent en otage le fils d'Eléa âgé de trois ans. Un messager l'a enjointe ensuite à se rendre au château du roi, seule. Elle s'y est rendue et elle n'en est jamais ressortie.

— C'est horrible ! Et les gens n'ont rien fait ?

— Au début, elle craignait pour la vie de l'enfant donc elle leur avait demandé de ne pas bouger. Puis quand ils ont vu qu'elle ne revenait pas, les hommes de l'époque aidés du père de l'enfant ont tenté de les sauver. Ils ont réussi à se faufiler dans le château et à libérer Thomas. Mais Eléa, elle, était trop bien gardée.

— Et ensuite ? demanda Lassa prise par l'histoire terrible de la première enseignante.

— En un sens, cela a suffi. Le roi l'obligeait à dévoiler les autres mots d'Avoir en menaçant son fils. Lorsqu'elle a appris sa fuite, elle s'est sentie libre et elle a sauté d'une fenêtre pour ne plus rien lui révéler.

— Quel courage ! Je ne sais pas si j'en aurais été capable.

— C'était une grande dame. Mais le mal était fait. Le roi a formé une secte : les prêtres de Ka et a interdit à quiconque d'utiliser les mots d'Avoir qu'ils avaient appris. Seuls les prêtres avaient ce droit. Grâce à un mot d'Avoir qu'ils avaient soutiré à Eléa, ils pouvaient localiser toute personne utilisant un mot. Ils ont pourchassé les malheureux et bientôt plus personne n'utilisait les mots.

— Donc en sept cents ans, vous n'avez pas évolué. Tout son travail a disparu et des tyrans utilisent les mots pour asseoir leur pouvoir ?

— Oui, Mais… Elle se doutait de ce qui allait arriver lorsqu'elle a été convoquée au palais et elle a trouvé la parade. Elle a enseigné à son mari le mot *Metak*…

— Le mot d'invisibilité…

— Et il nous permet d'utiliser les autres mots sous son couvert.

— Oui, invisible donc indétectable… Même Stilv n'a pas pu te trouver au rocher tout à l'heure.

— Stilv ?

— Je t'en parlerais plus tard. Continue.

— Tu pourrais objecter que les prêtres entendraient lorsque l'on prononce le mot d'invisibilité… ? Mais en fait, ils ont besoin de connaître les mots avant de pouvoir localiser la personne qui les utilise. Et Eléa ne leur a jamais donné ce mot. Et lorsque nous sommes invisibles et donc indétectables, nous pouvons utiliser les trente-deux mots sans risque.

— Je comprends.

— Seulement, il faut que nous soyons deux, un pour garantir l'invisibilité et un pour prononcer le mot que l'on veut utiliser.

— La limitation que nous avons tous… Pas plus d'un mot à la fois.

— C'est cela. Mais on s'est adapté.

— Et on, c'est qui ?

— Alors, le problème était que si les prêtres de Ka apprenaient le mot d'invisibilité, toute notre belle parade tombait à l'eau. Le père de Thomas et les fidèles ont décidé qu'il fallait sauvegarder ce qu'ils avaient.Ils sont tous partis et sont allés se perdre avec femmes et enfants dans la forêt.

Le mot est resté secret mais tellement secret que seul notre village l'a utilisé durant toutes ces années. Aujourd'hui, les prêtres de Ka sont partout. Ils ont inventé une religion comme quoi ce serait leur dieu, Ka qui leur aurait enseigné les mots d'Avoir. Et les gens les croient.

Aujourd'hui, Eléa est devenue une conte pour les enfants. Personne n'y croit vraiment.

Kelvin se pencha vers le feu et remua les braises avec un petit bâton. Lassa sentait son émotion de raconter cette histoire.

Lassa était secouée également. Cela n'était jamais arrivé d'histoire d'Enseignante. Il faut dire qu'en général les mots les protégeaient. Et puis leur monde d'origine, Gend'ria aussi. Seulement dans ce monde, du temps que l'information leur parvienne, cela n'aurait pour elle que peu d'utilité.

Lysandia était en effet le premier monde en dehors de leur système solaire à recevoir ces mots d'Avoir. Elle se mit à réfléchir sérieusement à la situation.

— Oui, je connais le mot qu'ils emploient pour vous traquer. Il nous sert à surveiller nos enfants pour éviter qu'ils n'utilisent sans discernement certains mots compliqués ou ayant une grande portée. Et le fait de ne pouvoir entendre un mot que l'on ne connaît pas permettait si ce mot était tombé entre leurs mains de ne pouvoir en apprendre d'autres illicitement. Ces mots sont précieux et il faut un enseignement judicieux pour les utiliser.

Lassa se resservit de la tisane et en proposa à Kelvin.

— C'est une histoire terrible. Moi qui croyais arriver dans un monde en pleine évolution, je me retrouve avec une dictature et un peuple opprimé à cause de ces mots qui devaient vous aider.

— Dans notre communauté, par contre, la vie est sûrement comme tu l'aurais souhaitée pour tout notre monde. Grâce à ces mots d'Avoir, nous vivons heureux, tenta de la rassurer Kelvin. Il est temps de dormir, nous avons de la route à faire demain. Tu rentres dans ta tente et je monte la garde ?

— Ce ne sera pas nécessaire. Stilv nous avertira au moindre mouvement dans les parages.

— Et donc, qui est Stilv ?

— Stilv est le gardien de mon vaisseau. Il surveille les environs et nous réveillera en cas de problème.

— Ah oui. Dans la légende, Eléa avait un pendentif avec une pierre qui lui permettait de parler avec son vaisseau dans l'espace. Est-ce la même chose ?

— Stilv, c'était quoi ce pendentif ?

— Il faut bien comprendre que sept cent vingt-huit ans nous permettent une certaine évolution ne serait-ce que dans les communications. Elle utilisait un impulseur portable, aujourd'hui la mode est aux relations psychiques.

— C'était ça, oui. Mais aujourd'hui je lui parle grâce à la pensée !

LE VILLAGE PERDU

Malgré sa fatigue – championne équestre sans entraînement, elle se ressentait de leur chevauchée d'hier – Lassa se réveilla tôt et se glissa hors de la tente.

Elle rajouta du petit bois sur les cendres encore chaudes, souffla et attendit de voir le feu crépiter de nouveau pour préparer leur petit déjeuner.

Kelvin sortit bientôt de la tente et ils s'installèrent chacun à leur place pour boire de la tisane chaude. Ils étaient perdus dans leurs pensées, ressassant les événements d'hier mais Kelvin, se rendant compte de son impolitesse lui dit :

— Bonjour, Mère de l'humanité. Je ne suis jamais très alerte le matin. Désolé.

— Ce n'est rien Kelvin, c'est la première fois que je prends le petit déjeuner avec quelqu'un. D'habitude, je ne parle pas non plus. Par contre, ne perd pas tes bonnes habitudes d'hier : appelle-moi Lassa s'il te plaît !

— Oh oui, ...Lassa. Mais tu sais, Lassa, tous nos projets étaient centrés autour de toi et nous avons eu l'habitude de te dénommer ainsi. Tu t'en rendras compte. Lassa, raconte-moi chez toi.

— Chez moi ? Ça fait trois cents mètres de long et c'est tout en métal. Je n'ai jamais connu ma planète. Tout ce que je sais vient des enregistrements dont j'ai pu m'imprégner.

— T'imprégner ?

— Comme un tissu que l'on teint. Il y a un fauteuil d'étude dans le vaisseau et toutes les connaissances s'impriment en moi. J'ai appris beaucoup de choses grâce à lui.

— Oui. Cela m'a étonné lorsque tu as monté Ombreuse. A son approche tu semblais effrayée. Puis tu l'as montée comme une cavalière confirmée.

— Elle est énorme. Je n'avais jamais vu un cheval en vrai. Mais ensuite mes leçons ont pris le dessus et je savais quoi faire. J'ai appris comme ça à nager, à coudre aussi, à faire la cuisine et plein de petites choses utiles.

— Une femme accomplie... Ah ah ah, je rigole. Et qu'as-tu appris sur le monde d'où tu viens ?

— C'est un peuple très évolué, qui utilise les mots d'Avoir pour tous ses besoins. Ils sont pacifiques et enclins à aider les autres mondes à évoluer.

— Les autres mondes comme nous ?

— Oui, ils entretiennent des relations, du moins au moment où le vaisseau est parti, avec douze mondes. Le vôtre est le plus éloigné. Il nous faut trois cent soixante-quatre années pour venir. Alors, les deux machines très intelligentes qui me servent de parents m'ont fait naître il y a quatorze ans, pour que je puisse être prête le moment venu.

— Alors, tu vivais seule dans un vaisseau de l'espace depuis ta naissance ?

— Oui, j'ai appris beaucoup de choses dans différents domaines mais je n'ai aucune expérience réelle. Hier, c'était la journée des premières fois.

— Alors, tu vas rester ici, avec nous, tout le temps ?

— Je n'ai nulle part d'autre où aller. Ici, c'est devenu mon monde. Et toi ?

— Non, moi je ne vais nulle part non plus...

Lassa sourit. C'est fou comme le langage et la conversation avec une vraie personne lui semblaient riche.

Kelvin lui rendit son sourire et reprit :

— Je suis né dans notre village. Mes parents y sont nés aussi. Rares sont ceux qui nous rejoignent. Pas que nous les excluons, mais la peur règne sur notre pays. Peu sont d'ailleurs au courant de notre existence. Pour eux, Eléa était un conte pour les enfants, et les prêtres de Ka se chargent de valider cette version. Nul n'a le droit d'utiliser les mots d'Avoir et les rares qui s'en souviennent préfèrent les oublier et ne pas les transmettre car sans le mot d'invisibilité, ils ne servent qu'à s'attirer des ennuis. Nous faisons souvent des incursions dans les territoires sous la coupe des prêtres pour récolter des informations. Nous y allons toujours à deux au minimum pour pouvoir utiliser les mots d'Avoir. C'est assez dangereux car ils nous recherchent.

Ils savent très bien que nous utilisons un mot qu'ils ne connaissent pas et ils feraient tout pour nous attraper et nous le faire avouer. C'est pour cela que ceux qui s'aventurent loin du village ont pour instruction de se donner la mort si par malheur ils se font prendre.

— Se donner la mort ? Euh, ils se coupent la gorge ? demanda Lassa dubitative.

— C'est sur que cela doit te paraître extrême mais imagine bien que de toute façon, ceux d'en face ne sont pas là pour nous faire de cadeaux. C'est très sérieux.

Nous avons tous, dès que nous avons l'âge pour connaître le mot d'invisibilité, une dent arrangée par nos meilleurs artisans qui contient un poison violent.

— Une dent empoisonnée ? Et vous l'utilisez ?

— Il le faut sinon ils nous feraient avouer. D'ailleurs, nous testons chaque personne avec le mot de vérité pour voir si elle est capable de le faire. Si elle ne passe pas l'épreuve, elle ne peut quitter le village. Il faut être absolument sûr que le mot ne parvienne pas à l'oreille des prêtres.

— *Lassa, un cavalier approche sur ta droite. Il est seul et ses signes vitaux sont alarmants. Il doit être blessé.*

— Nous allons avoir de la compagnie. Un homme blessé, à cheval.

Kelvin saisit son arc, accroché à sa selle, encocha une flèche et se concentra sur le mot d'Avoir. Ils disparurent tous les deux.

— Tiens-toi prête. Je pense que tu as les mots pour une telle situation.

— Non, justement. Je ne suis pas une guerrière. Je ne sais pas quoi faire.

— Peut-être un mot pour l'immobiliser, au besoin…

— OK

Ils attendirent et bientôt un cheval au pas portant une silhouette avachie sur son dos sortit de la forêt. Avisant les deux chevaux qui broutaient au bout de la clairière, il hennit doucement et se rapprocha. Une flèche sortait du dos de l'homme et il semblait inconscient. Kelvin relâcha sa concentration et ils s'approchèrent de la monture.

Lassa attrapa la main du cavalier et lança un mot pour le sonder. Pas encore habituée aux consignes de sécurité, pour l'utilisation des mots d'Avoir, elle relâcha immédiatement sa concentration.

— J'ai besoin de ton invisibilité.

Kelvin les entoura d'invisibilité et Lassa recommença à sonder son malade.

— Il a une hémorragie et sa flèche est fichée très profond. Son poumon est atteint. Il est rempli de sang. Il nous faut de l'aide pour le soigner. Je ne pourrais pas le faire toute seule. Il faut combiner plusieurs mots. Il est trop mal en point.

— Le village est au mieux à quatre heures d'ici.

— Je vais suturer l'artère touchée pour limiter l'hémorragie mais ensuite, il faudra y aller.

— On le descend de cheval ?

— Non, il ne vaut mieux pas. La flèche ferait encore plus de dégâts.

Le sondage avait permis à Lassa de visualiser le fonctionnement interne de l'homme. Elle se concentra donc sur un autre mot d'Avoir et renforça l'artère défaillante. Le sang s'arrêta de couler.

— Maintenant, on remballe.

Ils coururent chacun de leur côté, Kelvin pour rassembler les chevaux et les seller et Lassa pour replier sa tente et ranger son sac à dos.

Ils eurent bientôt terminé et sautèrent en selle, Kelvin prenant la tête, Lassa suivant en traînant par la bride le cheval de l'inconnu.

— Continue à maintenir l'invisibilité, je vais accompagner ses fonctions vitales pour qu'il puisse tenir.

Ils avancèrent dans la forêt pendant quatre bonnes heures, chacun se concentrant sur sa part de travail.

Tandis qu'ils s'approchaient de leur but, Lassa entendit un oiseau chanter au-dessus d'eux et Kelvin releva la tête. Une flèche atterrit devant son cheval. Il stoppa sa monture.

— Ne t'inquiètes pas mais pas de mouvement brusque.

— C'est moi, Kelvin, lança-t-il tout haut. Je suis avec la Mère de l'Humanité. Qui est là ?

Une corde descendit des frondaisons et deux hommes en glissèrent. Lassa admira leur agilité. Les guetteurs, à peine à terre, reprirent leur arc et barrèrent le chemin devant les chevaux.

— Kelvin, pourquoi êtes-vous invisibles ? demanda le premier. Leurs arcs étaient bandés et ils ciblaient légèrement au dessus de la tête des chevaux.

— Nous avons trouvé un blessé et elle utilise un mot pour le maintenir en vie, Ankar. Nous ne pouvons pas apparaître.

Ankar regarda son acolyte une seconde. Celui-ci garda son arc bandé tandis qu'Ankar s'approchait. Il toucha le premier cheval, sentit la jambe de Kelvin et vérifia qu'il était tout seul sur son cheval. Il fit la même chose avec Lassa. Cette main qui lui toucha la jambe la fit frémir. C'était son premier contact avec un humain. Stilv utilisait ses androïdes dès qu'il avait besoin de faire une action mais la sensation n'était pas la même.

Rassuré sur leur nombre, le guetteur se rapprocha du troisième cheval et examina rapidement le dos du blessé.

— Celui-là, il joue pas la comédie. OK Kelvin, je te crois. Vous pouvez passer.

Le dénommé Ankar et son compagnon, en plus des arcs, portaient des épées à la ceinture. Lassa sourit pour elle-même. Ils n'avaient en fait pas beaucoup changé depuis le temps d'Eléa. Elle comprenait la langue et ils étaient encore au même stade.

Ils leur libérèrent le chemin. Alors qu'ils passaient devant les deux guetteurs, Ankar lui dit au passage :

— Heureux de vous voir, Mère de l'humanité

Ankar se mit à rire, tout heureux de son jeu de mot.

— Merci, lui répondit celle-ci gracieuse, malgré l'effort qu'elle faisait pour conserver actif son mot d'Avoir.

Ils descendirent une dernière butte et à l'orée de la grande clairière qui frangeait la forêt, Kelvin la rassura :

— Nous y sommes. Notre village, Aud'ria en honneur de votre monde.

Ils traversèrent une sorte de barrière invisible et devant eux le village apparut.

Conçues toutes en briques ocre et en toits de tuiles de couleur gris-noir, les maisons à un étage bordaient la rue principale qui traversait le village de part en part. La rue était recouverte d'un revêtement sombre, solide que des chevaux et des carrioles arpentaient. Des trottoirs en pierre parsemés de plate-bandes de gazon permettaient aux gens de circuler devant les boutiques aux devantures vitrées.

Les gens tournaient un regard surpris à l'approche de l'équipage et Kelvin préféra abandonner l'invisibilité. Ils étaient protégés maintenant par celle du village.

— Kelvin, que nous ramènes-tu mon grand ? lança un homme dans la quarantaine, moustachu, qui se tenait sous le porche d'une épicerie.

— La Mère de l'humanité, Bother, mais nous filons à l'hôpital pour l'homme à la flèche.

— Joli brin de fille quand même. On se verra plus tard.

Lassa était ébahie. Voir autant de personnes, toutes vivantes, non pas des hologrammes, lui parût sur le coup extraordinaire.

Les gens s'arrêtaient et les regardaient passer avec un grand sourire. La nature de la mission de Kelvin, à l'origine secrète, avait cependant plus ou moins filtrée. Ils savaient compter et la date du rendez-vous approchait. Tous se doutaient de l'importance de cette jeune fille. L'homme blessé passait presque inaperçu et sa présence, quasi naturelle, comme si l'arrivée de la Mère de l'humanité ne pouvait coïncider qu'avec de grands bouleversements que tous attendaient.

Ils pénétrèrent à cheval dans l'allée couverte de l'hôpital et Kelvin lança un appel à l'aide. Des têtes sortirent de différents endroits et un homme grand aux cheveux bruns les atteignit le premier.

Il devait avoir dans la quarantaine mais son visage sévère quoique rayonnant lui donnait une assurance qui en faisait un chef né. De fait, il ordonna par gestes aux deux autres qui arrivaient d'attraper une civière et se tourna vers Kelvin pour obtenir les informations nécessaires.

Celui-ci ne se fit pas prier et fit un récit succinct mais complet de leur rencontre avec l'inconnu et des soins apportés.

— Venez avec nous Mademoiselle, si c'est vous qui soutenez ses fonctions vitales. Il ne faudrait pas relâcher la pression maintenant. Si vous vous en sentez encore le courage…

— pas de problème, dit Lassa, Je peux tenir encore.

A trois, Ils descendirent l'homme du cheval et l'installèrent à plat ventre sur la civière. Les deux assistants l'empoignèrent à chaque bout et filèrent sous les arcades pour atterrir dans une pièce en long, équipée d'une table en métal froid où ils déposèrent la civière.

La flèche sortait tragiquement de son dos, et sa respiration laborieuse était parsemée de bruits liquides.

Le médecin découpa la chemise, examina le dos et exerça une pression sur la flèche.

— C'est un carreau d'arbalète. Sûrement l'armée. Je donne pas cher de sa peau. C'est une grosse pointe en fer barbelé qui va tout lui arracher lorsque je vais la retirer. Prends les cuillères, Maric, tu vas les enfiler autour de la pointe…

Maric, un jeune assistant d'une blondeur de blé, se tourna vers une paillasse qui faisait le tour de la pièce et choisit deux fines tiges terminées chacune par une petite demi-cloche qui devaient permettre théoriquement de protéger la plaie des dégâts causés par l'arrachage de la flèche.

— Johan, dès que la flèche sera enlevée, tu draines le poumon de son sang par l'orifice et je referme le poumon. Vous êtes prêts ?

Les trois hommes, concentrés sur leur tache, virent Lassa s'interposer entre eux et leur patient.

— Sors de là, jeune fille, il nous faut travailler.

— Peut-être mais pas comme ça. Vous allez le tuer. Vous devez faire disparaître le carreau où au moins la pointe !

— Tu es d'une logique imparable. Mais sais-tu faire disparaître quelque chose ?

— Oui, je sais ! affirma-t-elle avec force.

Kelvin qui attendait à la porte de la pièce pour ne pas les gêner confirma :

— C'est la Mère de l'humanité, Docteur Kleine, elle le peut si elle le dit !

— La Mère de l'humanité… De Dieu, j'avais oublié. Jeune fille, si tu es bien ce qu'il nous raconte, tu peux le faire. Kelvin, tu soutiens ses fonctions vitales pour soulager… Tu t'appelles comment ?

— Lassa

— …pour soulager Lassa qui a un autre travail à faire.

Lassa s'approcha du blessé et prit la flèche dans sa main. Elle se concentra et déclencha son mot d'Avoir. Puis d'un mouvement ferme elle retira le bois sans pointe barbelée du corps de l'homme.

Rapidement, Johan posa sa main sur la plaie et le sang remonta et coula sur la table. Lorsque le poumon fut vidé de son contenu, le docteur Kleine s'appliqua à suturer la plaie.

Lorsque l'opération fut terminée, le médecin reprit :

— Vous me le nettoyez, vous le préparez et vous l'emmenez en salle de réveil. Pendant ce temps, je vais faire connaissance.

Il sortit de la pièce par une autre entrée et Kelvin et Lassa le suivirent jusqu'à une porte qui s'ouvrit sur un grand bureau éclairé par une baie vitrée donnant sur la cour intérieure. Un petit salon bas était installé dans un angle et ils s'y assirent.

Le médecin retira d'un meuble trois verres et une bouteille contenant un liquide épais et ambré ainsi qu'une carafe d'eau.

— C'est du sirop d'abricot. On en a une plantation aux abords de la forêt. C'est excellent et je pense que tu n'en as jamais goûté ?

— Non… Merci, dit-elle en prenant son verre et en le portant à ses lèvres. Par contre, je saurais reconnaître l'arbre et le fruit, j'ai étudié votre monde avec attention sur les données qui nous ont été fournies par Eléa.

— Que tu sois là est comme un rêve qui se réalise enfin. Je tiens, au nom de toute la communauté, à te dire l'immense plaisir que nous avons à ta venue, Lassa.

— Oui, tout le monde avait hâte d'évoluer… confirma Kelvin

— Et moi en particulier. La démonstration de ce matin était éclatante. J'ai expérimenté toutes les utilisations possibles et inimaginables des quelques mots que nous avons, allant comme tu l'as vu jusqu'à utiliser un mot d'agriculture pour retirer du sang dans les poumons. Mais nous avons des limites. Ce seul mot pour dématérialiser va nous permettre des progrès phénoménaux.

— Oui, c'était très astucieux comme utilisation. Cela avait déjà été fait cependant. Mais pas vraiment dans le même but. Un homme, un jour, sur l'un des mondes habités que nous aidons avait du se battre contre un sanglier. La bête l'avait chargé. Il avait réussi à la blesser au cou mais l'animal l'avait coincé à terre. Il a posé sa main sur la blessure et a vidé la bête de son sang. Il est cité en exemple dans le dictionnaire des mots pour les diverses utilisations de drainer.

— Oui, amusant, confirma le docteur Kleine.

Kelvin regarda Lassa et lui sourit. « *Il sourit comme Stilv* » pensa-t-elle avant de se reprendre.

— Voilà, vous pouvez donc comprendre que vous nous avez manqué. En fait, je savais que vous deviez arriver mais j'avais zappé l'information. Kelvin vous a trouvé facilement ?

— Oui, mais nous avons été obligé de fuir car j'avais utilisé un mot sans me protéger.

— Vous ne pouviez être au courant. Ces prêtres de Ka nous mènent la vie dure. Et pas qu'à nous en fait. Bien, Kelvin, tu conduis Lassa à la maison d'hôte aux bons soins de Magda et j'organise une réunion de tout le village pour ce soir.

Tu auras droit à un petit discours de bienvenue de la part de nos notables et tu devras également te présenter. Penses-y avant ce soir.

PRISE DE CONNAISSANCE

Lassa souriait. Elle était assise sur le coin d'un immense lit, à l'étage de la maison d'hôte de Magda, une petite quinquagénaire replète.

Après avoir récupéré les chevaux, ils s'étaient dirigés vers le centre-ville, traînant derrière eux la monture de l'inconnu et Kelvin avait décidé de faire une halte dans un magasin pour lui trouver des vêtements convenables pour leur rendez-vous du soir.

Ils avaient donc atterri dans une jolie petite boutique féminine où la patronne s'était fait un plaisir de guider Lassa vers un choix de ses plus belles robes. Se souvenant de comment était habillée sa mère lors de leurs séances d'imprégnation, elle avait porté son choix sur une robe droite qui lui descendait aux chevilles, blanche à liserés dorés et sur une ceinture assortie. Des petites chaussures lacées en cuir complétèrent sa toilette. La patronne lui emballa gentiment ses articles tout en la félicitant pour son choix. Elle avait également tenu à lui offrir un joli peigne en cadeau de bienvenue.

— Y a-t-il quelque chose que je doive faire en échange de ces vêtements ? avait demandé Lassa

— Ma petite chérie, avait répondu la patronne, même s'ils m'avaient coûté une fortune, je te les aurais donnés. Cependant, tu m'as amplement remboursée déjà. Je vais immédiatement dupliquer le modèle car je sens que toutes les demoiselles du coin en voudront une.

— Vous êtes beaucoup dans le village ?

— En fait, pas si tant. On doit en être à trois cents personnes environ. Et il y a trois boutiques dans mon genre. Ici, ce n'est pas comme ailleurs dans ce pays, l'argent n'a pas cours. Mais mes collègues seront verts de jalousie. Il faut bien que nous nous concurrencions sur quelque chose. C'est donc un concours de notoriété et de bon goût auquel nous nous livrons. Et là, ils sont hors jeu.

Ils avaient donc laissé la dame à ses rêves de célébrité et avaient remonté la rue jusqu'à la maison d'hôte et rencontré Magda. Pleine d'énergie, toujours à bouger, celle-ci avait été ravie d'avoir la compagnie de la Mère de l'humanité dans sa maison. Elle lui avait présenté sa fille Clara, une jeune demoiselle de dix ans, petite blonde qui lui avait fait une révérence gracieuse et avait pris son air timide.

Deux minutes plus tard, cependant, cette même Clara s'était lâchée. « *La Mère de l'humanité ressemblait plus à une grande sœur* ». Elle avait donc d'autorité pris la main de Lassa pour lui montrer la chambre. Elle s'était ensuite assise sur le lit pendant que Lassa rangeait ses affaires et lui avait décrit avec force détails ses deux amies, tout en lui posant des questions auxquelles Lassa avait été bien en peine de répondre.

Clara avait donc décrété sentencieuse avant de la laisser se préparer que « La vie doit être bien ennuyeuse toute seule ».

Lassa s'en était accommodée mais la petite demoiselle lui avait vraiment fait ressentir ce qui lui avait manqué. La chaleur humaine.

Elle en était donc, après la douche, à se féliciter d'avoir changé d'environnement et se peignait les cheveux pour se présenter au mieux à la population du village.

Quelques coups à sa porte la sortirent de ses pensées.

— Entrez…

La porte s'ouvrit sur un Kelvin vêtu de frais. Il avait fière allure et Lassa le lui dit.

— Merci, toi, tu es magnifique. Bien, il faut y aller. On va remonter la rue à pied jusqu'à la salle commune. Tout le monde est déjà présent et on n'attend plus que toi.

Ils sortirent et la fraîcheur du soir ravit Lassa. Ils marchèrent tranquillement et remontèrent la rue jusqu'à la place du village. Des lumières sur les murs des maisons éclairaient la rue d'une douce lumière diffuse.

— Comment maintenez-vous l'éclairage ?

— Une équipe se relaie toutes les deux heures et chaque homme est responsable d'un quartier du village. Ils maintiennent leur mot d'Avoir jusqu'à ce que d'autres les remplacent. C'est identique pour la barrière d'invisibilité. Mais si celle-là ne doit jamais cesser, les lumières sont éteintes après minuit.

La salle commune était une grande bâtisse, toute en longueur. C'est ici, lui avait précisé Kelvin que se déroulaient toutes les fêtes du village. « Ou les procès et les enterrements » avait-il rajouté en faisant une grimace. Lassa avait ri. Et il avait poussé les portes pour entrer.

Lassa ressentit comme un choc ; Tout ces gens qui se trouvaient ici, assis sur des bancs à discuter de l'événement. Cela faisait comme un gai brouhaha qui cessa soudainement à son apparition.

Toutes les têtes se tournèrent vers elle et elle se rapprocha de Kelvin. Il lui prit la main, lui sourit pour l'encourager, et ils remontèrent tous deux l'allée centrale alors que sur les bancs de chaque côté, les gens se levaient pour la saluer.

— On se croirait à mon mariage, lança Lassa pour amuser Kelvin.

— Pas du tout, répondit celui-là très sérieux. Sinon, je serais en train de t'attendre au bout de l'allée.

Lassa entendit mais ne répondit pas. *Qu'avait-il voulu dire ? de l'humour ?*

Ils arrivèrent à l'estrade sur laquelle se trouvaient trois personnes derrière une grande table, qui s'étaient également levées.

Le docteur Kleine était là aussi qui la prit en charge, Kelvin allant s'asseoir dans la salle près d'un couple qui devait être ses parents.

Il lui fit monter les deux marches de l'estrade et ils s'installèrent tous deux à côté des trois notables qui avaient repris leurs sièges.

La communauté rassemblée là était silencieuse, enfants comme adultes, ils se rendaient compte de l'importance de l'événement.

L'homme bedonnant et jovial qui se trouvait au milieu se leva, s'éclaircit la gorge, fit un petit salut à la foule et prit la parole :

— Sept cent vingt-huit ans. Le rendez-vous était pris pour poursuivre notre enseignement. Nous avons évolué grâce à Eléa, notre première Mère de l'humanité et nous accueillons aujourd'hui Lassa, qui, représentante de son monde, s'est fixée le même objectif. Je voudrais qu'aujourd'hui nous marquions la joie et le respect que nous apportons à cette visite ; Nous te disons bienvenue Lassa, notre Mère de l'humanité.

La parole de bienvenue fut reprise en cœur par tous et des applaudissements suivirent.

Lorsque le silence fut retombé, l'homme se présenta :

— Lassa, je m'appelle Ankthor et je suis le responsable du village. À mes côtés, Raven, notre institutrice qui enseigne aux enfants outre le calcul et la lecture, les trente-deux mots d'Avoir dont nous sommes si fiers ainsi que celui de notre sauvegarde qu'Eléa nous a donné avec sa vie. Je te présente également Marx, notre représentant de la Justice qui avec deux assistants règle les petits conflits que nous avons.

Tu connais déjà le docteur Kleine qui ne tarit pas d'éloges sur tes connaissances qui vont nous être, je n'en doute pas, très utiles.

Notre petite communauté comprend des agriculteurs, des chasseurs, des commerçants, des artisans, ainsi que des attentifs, qui nous aident en mettant à notre disposition leur énergie dans tous nos besoins en mots d'Avoir utilisés sur une longue durée. On les appelle « attentifs » car ils ne doivent, pour notre sécurité, pas fléchir. Et maintenant, à ton tour, s'il te plaît, de te présenter.

Lassa s'y attendait. Mais cet honneur, elle l'aurait volontiers laissé à d'autres. Hier encore, elle n'avait jamais vu un humain et le lendemain, elle devait s'adresser à une foule de plus de trois cents personnes. C'était beaucoup lui demander mais elle se leva.

— Merci à vous tous pour cet accueil chaleureux. J'ai appris hier les circonstances dramatiques qui ont suivi l'arrivée d'Eléa ; le choix douloureux que vous avez fait de vous exiler au fond de la forêt pour évoluer en utilisant les mots d'Avoir. Vous n'avez pas oublié votre part du marché et vous êtes venus, malgré les dangers, me chercher. Sans cela, je me serais inconsidérément approchée d'une ville et j'aurais été à la merci des prêtres de Ka. Tout ce que j'ai pu voir de votre village m'a paru merveilleux.

Un murmure approbateur traversa l'assistance. Ils étaient fiers de leur réussite, fiers de leur village et heureux que cela plaise autant à Lassa.

Elle sourit. Elle avait parlé avec simplicité, sans chercher à plaire mais elle sentit soudain qu'elle avait bien parlé. Il était important de montrer aux gens que leurs efforts avaient porté.

— Je n'ai que quatorze ans, reprit-elle. Dans la pensée des Fondateurs de notre monde, je ne devais pas me retrouver dans une telle situation. Je devais m'intégrer doucement à votre société pour bien comprendre vos motivations et vos coutumes pour ensuite apporter mes idées.

Cette évolution en douceur est comme qui dirait compromise.

Votre pays souffre, en partie à cause de nous, et je me sens responsable. Je ne peux me permettre de laisser cette situation perdurer. Je ne suis pas adulte, je ne suis pas une guerrière mais il va falloir faire quelque chose car ma mission est destinée à votre monde en entier.

Les habitants du village l'interrompirent à ce moment là par des applaudissements et des hourras qui durèrent bien deux minutes.

Elle pouvait entendre également son nom prononcé ou le terme Mère de l'humanité dont ils l'avaient honorée. Ils attendaient beaucoup d'elle et elle ne savait par où commencer. Elle se tourna vers Ankthor et celui-ci comprit le message. Il se leva et le calme revint.

— Lassa, tu dois comprendre que cela fait longtemps que nous espérons ta venue. Nous ne sommes pas assez nombreux pour changer les choses mais nous n'avons pas perdu l'espoir de le faire. Je comprends qu'à peine débarquée, tu ne puisses nous trouver une solution miracle mais nous avons confiance en toi. Laisse-toi guider par tes connaissances. Nous t'aiderons de notre mieux.

Les hommes comme les femmes rassemblés ici hochaient la tête pour appuyer le discours de leur représentant. Ils voulaient du changement.

Marx se leva et toucha le bras de Ankthor. Celui-ci se rassit.

— Chère Lassa, Merci. Merci d'abord pour nous redonner l'espoir. Vous savez, je m'occupe de régler les petits problèmes de voisinage que nous connaissons mais je me suis également engagé avec plusieurs pour maintenir une surveillance serrée des agissements des prêtres de Ka. Et ce que je peux dire pour résumer la situation, c'est qu'ils ont le pays bien en main. Ils contrôlent tout et ils ont une armée puissante qui leur obéit. Cependant, la population est fatiguée d'être à leur merci et je sais qu'une étincelle pourrait changer toute cette situation. Et pour dire, vous n'êtes pas une étincelle jeune demoiselle, mais un soleil.

La foule applaudit aux paroles de Marx et Lassa sourit.

— Je n'ai pas la notion de ce que vous êtes capable de nous apporter dans cette lutte, vous ne savez pas non plus exactement ce qui a été engagé pour résister à cette situation. Je propose donc que l'on nomme un Comité pour que sortent les idées qui porteront notre avenir.

La foule applaudit de nouveau et Lassa approuva de la tête.

— Mes petits gars, que j'envoie régulièrement aux nouvelles, sont devenus maîtres dans l'art de s'approcher au plus près des prêtres et de leurs alliés. Ils nous seront d'une aide précieuse. Je pense également qu'Ankthor, en tant que représentant du village devrait y participer, et je lance ici un appel à vous, mes amis, pour que ceux qui veulent apporter leur pierre à ce projet rejoignent le comité.

Kelvin se leva d'un bond. Il était volontaire. Ne serait-ce que pour rester au plus près de la Mère de l'humanité. L'aventure commençait et il ne souhaitait pas être laissé pour compte. Dans la salle, quelques personnes se levèrent aussi.

L'institutrice nota les noms sur une feuille de papier et Ankthor leur donna rendez-vous dès le lendemain dans cette même salle.

Lassa sentait que le village dans son ensemble voulait porter le projet. Elle était le fédérateur qui leur manquait et elle se résolut à tenir ce rôle malgré son âge.

— Bien, lança-telle en se levant. Je me sens concernée comme je le disais car les mots d'Avoir ne peuvent être utilisés pour opprimer et soumettre. C'est même exactement l'inverse de pourquoi je suis ici. Donc je vous aiderais de mon mieux.

Les habitants du village n'attendaient que cela. Ils se levèrent et applaudirent. Eux non plus ne souhaitaient pas que cette situation se perpétue. Ils voulaient que leurs enfants soient libres de circuler et d'utiliser leurs connaissances sans risque. Ils voulaient que tous aient les mêmes dons qu'eux et évoluent également.

— Oui, Mère de l'humanité, nous sommes avec toi… entendait-elle dans le brouhaha.

Lorsque le silence se fit, elle reprit.

— Je ne sais pas comment nous allons vaincre les prêtres de Ka mais j'ai quand même quelques petits apports immédiats en ce qui concerne les mots d'Avoir.

Nous n'avons tous la possibilité de n'utiliser qu'un seul mot d'Avoir à la fois. Mais comme vous êtes obligés de vous protéger sous l'invisibilité, vous êtes individuellement privés de Pouvoir en fait. Je vais donc vous apprendre à fixer un objet avec ce mot qui est nécessaire pour votre sauvegarde.

Cette bague, ce pendentif ou ce que vous voudrez, vous le porterez sur vous. Lorsque vous y penserez, vous le déclencherez. Vous pourrez ainsi sous couvert de cet objet utiliser un autre mot d'Avoir.

La salle resta muette quelques secondes, puis chacun se tourna vers son voisin ou en interpella un pour lui demander s'il avait bien compris.

— Le mot d'invisibilité contenu dans un objet ? résuma le Docteur Kleine

— Oui, confirma Lassa. D'une façon plus générale, nous allons procéder de même. Je pense qu'il suffirait de dresser des poteaux autour du périmètre de votre village et de fixer un mot d'invisibilité dessus. Ils se chargeront indéfiniment de ce travail.

Même chose pour les lumières qui éclairent le soir vos rues. Je crois bien que l'équipe des attentifs ne doive se trouver une autre occupation.

L'euphorie était à son comble. Chacun se félicitait de cette possibilité et inventait déjà des utilisations à cette innovation. Ankthor demanda le silence et tous se rassirent pour l'écouter.

— Voilà qui est parler Lassa. Que de progrès en quelques minutes. Nous allons tous réfléchir aux avancées que nous promet cette nouvelle possibilité. Je pense que notre réunion arrive à son terme. Je compte sur les volontaires demain soir dans cette même pièce. Lassa, bien que les attentifs prennent leur travail très au sérieux, c'est une tâche exténuante et le plus tôt sera le mieux pour mettre en place les protections. Que penses-tu de nous donner rendez-vous demain matin chez Selvin, notre charpentier. Il nous donnera des poteaux et nous irons directement les installer.

Sous ses airs bonhommes, Ankthor était un vrai gestionnaire et les gens l'écoutaient. Il donna encore quelques instructions et clôtura la réunion.

Les gens s'attardaient, discutant entre eux, et on les sentait animés par un même entrain. Ils se connaissaient tous et partageaient les mêmes préoccupations.

Lorsque Lassa descendit de l'estrade, ils la saluèrent gentiment sans toutefois l'accaparer ce dont elle leur fut reconnaissante. Kelvin, dans un coin, lui fit un signe et elle le rejoignit en se faufilant entre les groupes.

— Demain, je viens te chercher à huit heures pour t'emmener voir Selvin. Ça te va ?

— Oui, ce sera parfait. J'espère que Raven sera là pour apprendre à imprégner les objets. Elle pourra ensuite l'enseigner aux autres.

— Ne t'inquiète pas pour notre institutrice. Je la connais bien, elle m'a fait l'école. Elle est dévorée par l'envie de savoir et sa classe aura certainement congé demain. Elle ne manquera rien de ta prestation. Je voudrais te présenter mes parents.

Il se tourna vers le couple que Lassa avait remarqué plus tôt, accompagné cette fois par une jeune fille de l'âge de Lassa. Le couple lui sourit et s'approcha.

— Voici Jehor et Marcia, mes parents. Et cette petite princesse, c'est ma sœur Camille.

C'était vrai que Camille ressemblait à une princesse. Elle était charmante dans sa robe légère et ses longs cheveux bouclés châtains lui descendaient jusqu'à la taille. Son beau visage aux pommettes hautes s'éclairait par des yeux verts magnifiques.

— Bonjour Jehor, Bonjour Marcia. Heureux de faire votre connaissance. Je ne connais Kelvin que depuis deux jours mais c'est un garçon très sympathique. Camille, tu es magnifique.

— Merci Lassa. Tu n'es pas mal non plus. Par contre, si on m'appelait Mère de l'humanité à quatorze ans, je ferais des bonds de deux mètres. C'est horrible ce que ça peut faire vieillot.

— Bien d'accord avec toi, je préfère Lassa. Mais ils vont vite s'en rendre compte.

— Bon les enfants, on vous laisse. Je vais mettre la dernière touche au repas de ce soir. Tu manges avec nous Lassa ?

Lassa fut reconnaissante à la mère de Kelvin d'avoir pensé à elle.

Elle accepta chaleureusement.

Se retrouvant seuls, les trois jeunes décidèrent de flâner en remontant doucement vers la maison où la table les attendait. Les rues étaient encore animées. Les gens rentraient chez eux mais la nouvelle de l'arrivée de Lassa était sur toutes les bouches et beaucoup s'arrêtaient pour discuter encore un peu avec un ami. Les boutiques, par contre, étaient fermées. Tous avaient abandonné leurs activités pour se rendre à la réunion.

— Kelvin m'a dit que tu es seule depuis ta naissance naviguant dans l'espace avec, je n'ai pas bien compris, un objet qui parle et qui porte un nom ?

— Oui, Stilv est un ordinateur. C'est une boîte presque vivante qui contient toutes les informations connues et qui est capable de parler. On lui a donné les caractéristiques de mon père et il est très gentil avec moi.

— Et comment es-tu née toute seule ?

— Il y a dans le vaisseau une matrice artificielle ; elle est comme le ventre d'une mère. Elle peut faire grandir un bébé jusqu'à-ce qu'il soit prêt à naître. Il suffit donc au début de lui donner la matière : les cellules reproductrices de mes parents et elle s'arrange pour qu'un petit bébé en sorte neuf mois plus tard. Stilv n'avait plus qu'à lancer le processus.

— Incroyable ! répondit Camille médusée.

— Et en plus, elle peut lui parler par la pensée, n'est-ce pas Lassa ?

— Il est à l'écoute de tout ce que je ressens physiquement, de tout ce que je dis, de ce que j'écoute. Il entend en ce moment notre conversation et s'il a quelque chose à dire, il me parle en pensée.

— Et tu supportes ça ?

— C'est mon travail, si on veut. Il collecte ainsi toutes les données de votre monde et les retransmettra dans trois ans vers Gend'ria pour qu'ils vous connaissent mieux. Il peut même apparaître devant nous, enfin je crois !

— *Stilv, tu peux apparaître devant nous ?*

— *Aucun problème, Lassa. Enfin, un peu, à cause de la barrière d'invisibilité, mais comme tu es à l'intérieur, cela m'est possible.*

L'hologramme de Stilv apparut à côté d'eux et Camille réprima difficilement un cri. Il avait l'air réel. C'était un homme plutôt beau d'ailleurs.

— Bonjour, Kelvin. Bonjour Camille. Je suis très heureux de faire votre connaissance.

— M…Merci, bafouilla Kelvin

Camille, remise de ses émotions demanda :

— Et on peut vous toucher ?

— Essaye Camille. Tu verras bien !

Elle tendit le bras et passa à travers son corps.

— Oups

— Ce n'est qu'une image. On dirait que c'est vrai mais en fait, non.

— Et il ressemble à ton père ?

— Oui, il a une bibliothèque complète d'apparences différentes s'il le veut, mais c'est celle-là qu'il utilise le plus souvent.

Ils reprirent leur progression, Stilv marchant avec eux, et arrivèrent devant la maison de Kelvin et Camille.

— Merci Stilv, je vais y aller seule, maintenant.

— Je comprends. Tu passeras mon bonjour à tes parents, Camille. Bonne soirée Kelvin.

Et sans attendre une réponse, l'image devint floue puis disparut.

Ils entrèrent et furent accueillis dans le vestibule par une boule de poil rousse sur pattes qui frétillait et remuait de la queue tout en se frottant contre eux, les bousculant au passage.

— C'est Actarus, notre chien.

Lassa, se souvenant de son enseignement avec Ombreuse, lui caressa la tête, et passa sa main sous ses narines pour qu'il puisse la sentir. Heureux de cette marque de familiarité, Actarus lui lécha copieusement la main puis se dressa et posa ses pattes avant sur sa poitrine. Elle dut l'entourer de ses bras pour ne pas tomber. C'était doux et vivant.

Kelvin la débarrassa promptement de l'encombrant animal et le gronda pour sa manie de sauter sur les gens.

— Ce n'est rien Kelvin. C'était… agréable.

Marcia qui avait suivi la scène depuis l'entrée du salon se dirigea vers Lassa, la saisit dans ses bras et la serra contre elle. Cette chaleur qui se communiqua à Lassa, cette sensation douce et forte à la fois, de se sentir protégée et accueillie, lui fit monter les larmes aux yeux et elle serra Marcia en retour. Elles restèrent quelques secondes ainsi puis Marcia la libéra.

— Je n'avais jamais…

— …serré quelqu'un contre toi, je l'avais compris, finit Marcia pour elle. C'est fini maintenant, tu es en famille. Allons-y, passons à table.

Marcia l'installa entre Camille et Kelvin, ses deux premiers amis et prit place en face avec son mari. Un plat de poulet en sauce les attendait accompagné de frites. Ils se servirent et mangèrent tous avec appétit.

— Est-ce que la cuisine était aussi bonne sur ton vaisseau ? demanda Camille curieuse.

— Stilv est un vrai chef. Il est capable tout en pilotant le vaisseau, de discuter avec moi, de jouer aux échecs, d'entretenir le vaisseau et de mitonner des plats de n'importe lequel des mondes connus. Il est dans tous ses androïdes et il est donc partout à la fois. Nous avons en plus une soute pleine de toutes les denrées nécessaires. Elles sont conservées par un mot d'Avoir très utile vu qu'elles ont quelques années.

— Je pense que c'est le mot pour 'figer' intervint Jehor. Nous l'utilisons aussi avec la contrainte de devoir toujours le laisser actif. Il nous sert bien lorsque nous partons à la pêche avec Kelvin. Le poisson pris reste frais jusqu'à notre retour. Mais quant à le garder plus de trois cents ans, il ne faut pas y compter. C'est grâce à la fixation sur l'objet que vous réussissez cet exploit ?

— Oui, la fixation nous libère de l'action. Vous pourrez en trouver des usages multiples. Il est très important dans l'apprentissage des mots d'Avoir.

— Mais comment connaissez-vous ces mots ? Je veux dire, votre peuple sur Gend'ria ?

— Il y a très très longtemps, raconta Lassa avec un grand sourire, quelques personnes ont découvert sur notre planète un site enfoui qui devait venir d'une civilisation antérieure.

Sur un mur, il y avait écrit un mot, incompréhensible à l'époque ainsi qu'un alphabet, ce que nous avons compris plus tard. À force de recherche, les savants ont réussi à le prononcer correctement. Et il s'est avéré que combiné à un mot que nous créons avec l'alphabet il permet d'attribuer une volonté et une action au mot créé. Ce mot initial, nous l'avons appelé 'magie'. Chaque mot créé est unique par son action et il faut l'apprendre car on ne peut créer un autre mot pour la même action quelle que soit la distance qui nous sépare dans l'Univers. Nous avons donc un dictionnaire complet et mis à jour à chaque nouveau mot créé. Il ne faut pas les créer à la légère et il faut une autorisation pour chaque nouveau mot.

— Et tu connais tous les mots qui ont été créés ?

— À part ceux qui l'ont été depuis mon départ, oui. De plus, c'est assez facile.

Lorsque nous avons passé le deuxième échelon d'apprentissage, soit deux cent cinquante-cinq mots d'Avoir, nous avons la possibilité d'être imprégné du dictionnaire en entier ; Cela grâce à une machine à apprendre dans laquelle notre esprit absorbe de façon définitive tout ce que nous avons besoin de savoir. Ainsi, j'ai pu apprendre l'équitation, entre autre, sans jamais avoir vu un cheval.

— Et tu montes cependant comme si tu étais née sur un cheval, confirma Kelvin. C'est formidable. Qu'as-tu appris d'autre ?

— À cuisiner, par exemple ou à coudre. Je sais également pister le gibier, tirer à l'arc, et tout plein de petites choses comme ça. Il faut dire que je n'avais pas grand-chose d'autre à faire qu'apprendre. Par contre, mon corps n'est pas formé à ces activités et je l'ai ressentie lors de ma petite marche pour aller à notre rendez-vous ou pendant notre voyage à cheval. Il va falloir que je m'entraîne.

— Tu auras tout le temps pour cela. Ici, ce n'est pas l'espace qui manque et nous pourrons nous balader, aller nager, pêcher, chasser, courir et tout ce que tu veux faire.

— Oui, d'ailleurs tu pourras garder Ombreuse et la considérer comme ta jument. C'est un cadeau de la communauté à la Mère de l'humanité, lui dit Jehor.

— Merci. Elle est magnifique et nous nous entendons très bien.

— Tu dors ici, ce soir ? Tu partageras ma chambre, lui demanda Camille avec envie. Comme ça, Kelvin n'aura pas à aller te chercher demain !

— Oh oui, j'aimerais bien.

— Bien les jeunes, vous me débarrassez la table, vous me faites la vaisselle et vous pourrez ensuite monter dans vos chambres.

Le travail terminé, ils montèrent tous les trois à l'étage et investirent la chambre de Camille.

— Kelvin, tu n'as jamais prêté autant d'attention à ta petite sœur qu'aujourd'hui…

Malicieuse, Camille aimait embêter son frère et elle avait trouvé un point sensible. Il rougit mais ne répondit rien et ils s'installèrent, Camille et Lassa sur le lit et Kelvin sur une chaise près du bureau.

— Tu sais ce qu'on va faire ? Tu vas choisir parmi mes vêtements ceux qui te plaisent et on pourra les dupliquer pour que tu aies des affaires à toi.

Lassa, dès après être sortie de la boutique de vêtements avait dupliqué les sous-vêtements qu'elle y avait pris mais sa robe était son seul bien pour le moment et elle trouva cette idée charmante.

Elles ouvrirent l'armoire et retirèrent un à un les habits de Camille, Kelvin commentant et donnant son avis. Lassa attrapa le premier vêtement et le dupliqua. Il apparut dans ses mains quasi instantanément.

— Comment tu fais ça ? lui demanda Camille. Moi, il me faut au moins une heure et souvent plus suivant la complexité du modèle pour le dupliquer.

— Les trente-deux mots d'Avoir sont une mise en bouche et un apprentissage progressif. Vous devez apprendre à vous comporter avec ce pouvoir et le mot 'dupliquer ' que vous utilisez est limité. Le mien est plus puissant.

Un tas s'amoncela bientôt sur le lit et Kelvin alla chercher un sac pour y mettre toutes les nouvelles affaires de Lassa.

Elles choisirent ensuite sa tenue pour le lendemain et optèrent pour un pantalon bouffant rouge en tissu léger et un petit haut clair. Ils décidèrent ensuite qu'il était l'heure de se coucher et Kelvin les quittant, elles enfilèrent une chemise de nuit et s'allongèrent. Camille attrapa la main de Lassa.

— Tu sais, c'est super que tu sois là. Je n'avais pas d'amie pour partager ma vie.

Lassa sourit et ferma les yeux. Elle aussi était contente d'avoir une amie. C'était une sensation merveilleuse de pouvoir partager ses pensées avec quelqu'un qui vous comprenait.

PREMIERS ÉCLATS

— Debout, là-dedans. Aujourd'hui est une belle journée et animée par-dessus le marché. On a un rendez-vous à huit heures.

Kelvin était en forme, heureux sans savoir vraiment pourquoi, et il comptait le faire savoir.

Les deux filles se réveillèrent et le chahutèrent à travers la porte. Qu'il descende finirent-elles par acquiescer, elles se préparaient et le rejoindraient bientôt.

Marcia préparait la table pour le petit-déjeuner lorsqu'elles descendirent et après un bonjour, elles s'installèrent à table. Le café était prêt ainsi qu'un délicieux pain frais qu'elles badigeonnèrent de beurre et de purée de fruits.

— Jehor est déjà sorti. Il fait partie des attentifs pour la barrière et compte bien être rentré à la maison dès que tu auras terminé la mise en place des poteaux. Après, la pêche, m'a-t-il dit.

— Super, on ira avec lui, n'est-ce pas Lassa ?

— C'est une bonne idée, dit-elle en se tournant vers Camille qui répondit oui par un petit signe de la tête.

On frappa à la porte et Marcia alla ouvrir.

— Bonjour, Marcia, dit une femme assez âgée accompagnée d'un homme dans la quarantaine.

— Léana, Goran, c'est un plaisir de vous voir. Entrez.

— Nous sommes affreusement confus d'investir votre maison de si bonne heure, mais je n'ai pas arrêté de me tourner cette nuit. J'ai une chose importante à demander.

— Bien sur, vous prenez du café ?

La femme se tourna vers la table où les deux jeunes filles s'étaient levées pour recevoir les visiteurs et inclina la tête devant Lassa.

— Bonjour petite Mère. C'est toi que nous sommes venus voir aujourd'hui.

— Bonjour Madame, Bonjour Monsieur. Je suis à votre service.

Lassa, consciente de sa responsabilité d'Enseignante était malgré son jeune âge pleine de compassion et toute dévouée à son rôle.

— Merci, jeune fille. Mon fils a reçu une mauvaise blessure un jour en abattant un arbre qui lui est tombé dessus. Depuis, son bras reste figé et les médecins ne peuvent rien pour lui. La légende veut qu'Eléa soignait les malades alors depuis hier, je ne tiens plus en place. Peux-tu faire quelque chose pour lui ?

— On va voir ça. Monsieur, vous voulez bien vous asseoir ?

— Je m'appelle Goran, petite Mère

— Je veux bien couper court aux formules de politesse mais il faudra m'appeler Lassa !

— Très bien Lassa, lui répondit-il en s'asseyant et en libérant avec difficulté son bras de la manche de sa veste.

Le bras était figé. Les muscles s'étaient rétractés et contractés et ils empêchaient tout mouvement. Lassa sonda la blessure et comprit comment faire.

— Camille, je te nomme Première Assistante de la Mère de l'humanité. Ça te dit ?

— À part ce titre ronflant, je veux bien, Oh Mère de l'humanité. Cela consiste en quoi ?

— Il nous faut utiliser les mots 'souplesse' et 'force' pour redonner vigueur à ses muscles. Nous allons travailler du haut du bras vers la main. Tu suivras mon avancée et après que j'ai appliqué 'souplesse', tu pratiqueras 'force'. c'est compris ?

— Bien compris Chef

— *Stilv, peux-tu imprégner Camille du mot 'force' s'il te plaît ?*

— *Laisse-moi me caler sur ses émissions psychiques et je te fais ça.*

— *M'entends-tu Camille ?*

Une voix résonnait dans sa tête et Camille poussa un petit cri.

— *Oui, je t'entends*, répondit-elle à haute voix

— *Bien, mais tu peux me parler en silence. Il suffit pour cela de penser ta réponse.*

— *Je t'entends,* reprit-elle cette fois-ci en silence.

Et elle sentit un mot d'Avoir s'imprégner dans ses pensées. Il était là et maintenant elle le connaissait comme s'il avait toujours fait partie de son langage.

— C'est OK, dit-elle. Je le connais.

— Super. J'aurais pu te l'apprendre mais ça aurait pris plus de temps. Et puis maintenant que tu es branchée sur Stilv, il va pouvoir t'imprégner du deuxième échelon d'apprentissage. Comme ça, tu pourras m'aider sérieusement.

Lassa attrapa une cuillère et se concentra. Elle la fixa d'un mot et la tendit à Goran.

— Tiens-la dans ta main valide. Pense à cette cuillère et la fixation se déclenchera. C'est pour éviter la douleur qui résulterait du travail sur les muscles.

— Si tout le monde est prêt, on peut y aller. Camille, tu me suis.

Et Lassa commença à assouplir les muscles du bras de Goran. Camille, concentrée sur le travail de son amie pensait de son côté à animer le mot 'force' sur le muscle dès qu'il retrouvait sa souplesse.

Elles passèrent en revue tous les muscles du bras et Lassa passa ensuite à l'avant-bras. Camille, néophyte, la suivait grâce à la force du Pouvoir qu'exerçait Lassa à chaque endroit. Les muscles du bras puis de l'avant-bras retrouvèrent au fur et à mesure leur motricité. Ils tressaillaient doucement comme s'ils étaient traversés d'électricité.

Goran, émerveillé par le travail fait par les deux filles sentait les sensations se raviver dans son bras, les muscles se détendre, se gonfler. Son sourire s'étoffait de minute en minute. Elles entamèrent enfin la main, réseau complexe de petits muscles et nerfs enchevêtrés.

Lorsqu'elles eurent fini, la tension qui habitait Camille se relâcha et elle s'assit brusquement sur sa chaise, épuisée. Elle n'était pas habituée à utiliser les mots d'Avoir de façon si intensive.

— Ça va aller, lui dit Lassa. Cinq minutes de repos et il n'y paraîtra plus.

— Alors Goran, et ce bras ?

Celui-ci le leva doucement, le plia, ferma puis rouvrit la main. Il le contemplait comme s'il venait d'apparaître de son épaule.

— Merveilleux. Il est comme neuf.

— Lassa, tu peux me demander n'importe quoi, je le ferais, dit la mère de Goran en voyant son fils bouger son bras à nouveau.

— Cela a été fait gratuitement et avec plaisir. Vous ne me devez rien et je suis heureuse de vous avoir aidé. Camille, en forme ?

— Oui, je reprends du poil de la bête. Pour moi aussi, ça a été une expérience merveilleuse. Je veux devenir médecin.

— Trop tard ma vieille. Tu es déjà Première Assistante. Mais ne t'inquiète pas, tu vas apprécier.

— Les enfants doivent y aller. Ils ont rendez-vous pour la mise en place des poteaux mais je vous garde avec moi pour boire un café et fêter cette guérison, Léana.

Les trois jeunes s'excusèrent donc et sortirent alors que Léana et Goran s'installaient autour de la table de fête.

— Je comprends mieux que l'on t'appelle Mère de l'humanité maintenant. Tu fais vraiment des choses merveilleuses.

— Alors, pense au nom que l'on te donnera, Grand-mère de l'humanité, peut-être, car tu pourras bientôt m'égaler. C'est pour cela que sur mon monde il n'y a pas de préséance. Chaque homme est égal et tous capables.

— Tu sais que nous sommes les descendants directs d'Eléa ? C'est pour cela que c'est Kelvin qui a été chargé d'aller te chercher. En parlant de Kelvin, je trouve que tu es bien silencieux.

— Et jaloux. Quelle chance tu as de travailler avec Lassa.

— Si je ne me trompe pas, tu fais partie du Comité de Stratégie. C'est bien aussi pour être avec elle.

— Paix. On est tous ensemble. Les trois doigts de la main…

— Eh bien, pour la connaissance de l'anatomie, tu repasseras !

Et ils continuèrent à discuter gaiement jusqu'à arriver à la menuiserie de Selvin.

Un petit comité les attendait. Ankthor, Raven et le Docteur Kleine regardaient avec admiration les poteaux que Selvin avait soigneusement sculptés. Ils étaient tous les quatre surmontés d'une tête de bête hideuse mais magnifiquement façonnée.

— C'est pour faire fuir les visiteurs indésirables si la magie ne fait plus effet, avait déclaré Selvin avec humour.

Il était fier de son travail, il y avait passé la nuit. C'était du bois de Salvea. Il avait la caractéristique d'être imputrescible. Ses mains, imprégnées du mot de modelage avaient comme d'habitude caressées le bois pour lui imprimer les creux et les rondeurs, enlever les morceaux superflus. Le résultat était prenant.

— Bonjour les jeunes, prêts pour le travail ? demanda Ankthor en les voyant arriver.

— En forme mais on a déjà bossé. Ou plutôt les deux filles. Docteur, vous allez les envier : elles ont guéri Goran de son bras infirme ce matin en une petite demi-heure. Il fonctionne comme avant. Sa mère est aux anges et lui aussi.

49

— Lassa, c'est vraiment formidable. Cela me tirait des larmes de voir son bras dans cet état et de ne pouvoir y remédier.

— Camille m'a bien aidée. Elle voulait même devenir médecin au vu de l'expérience qu'elle en a tirée. Je l'ai embauchée comme Première Assistante. Mais maintenant, c'est Raven qui va m'aider. Je vais lui enseigner à fixer les objets et elle sera ensuite chargée de diffuser l'information.

— C'est encore plus que je n'attendais de la journée. Je suis prête.

— Alors, mon vaisseau va te contacter par la pensée. Il s'appelle Stilv et il va te donner le mot d'Avoir nécessaire à l'opération. Tu ne dois pas t'inquiéter, cela va bien se passer.

— Raven, tu m'entends ?

— Je vous entends, Stilv.

— C'est parfait, tu me réponds bien par la pensée.

Et Raven sentit se déposer dans son esprit le mot de fixation des objets.

— C'est parfait comme dit Stilv. Je sais le faire.

— Oui parfait. Je vais faire le premier et je te suivrais lorsque tu opéreras sur les suivants. Allons-y.

Lassa et Raven posèrent la main sur le poteau et se concentrèrent. Elles y déversèrent le mot d'Avoir avec lequel il devait interagir et passèrent aux suivants.

— Voilà, c'est fait, il ne reste plus qu'à les planter aux extrémités du village. Je vous laisse faire messieurs. Lorsque vous les aurez mis en place, il suffira de penser à chaque poteau pour que la fixation se déclenche. Nous, nous avons rendez-vous pour une partie de pêche. Raven, Docteur Kleine, si vous n'avez rien de mieux à faire, il serait bien de nous accompagner. Non pour la pêche, mais Camille et vous allez être imprégnés des connaissances du deuxième échelon, soit les deux cent cinquante-cinq mots suivants. Ça vous dit ?

— Plutôt deux fois qu'une, répondit le Docteur Kleine et ils suivirent les trois amis.

Ils passèrent chez eux, prirent les cannes à pêche, laissèrent un message pour que leur père les rejoigne à l'endroit habituel et sortirent du village du côté de la plaine où au loin s'étendait une jolie rivière.

Ils marchèrent d'un bon pas, chacun pressé d'arriver, Kelvin pour montrer son coin à Lassa, Lassa pour pêcher enfin et les trois autres pour être enseignés.

On entendait la rivière s'écouler doucement entre les arbres et ils empruntèrent un sentier pour atterrir sur la berge d'un grand trou d'eau bordé de gros cailloux plats.

Un joli coin à l'ombre, tout recouvert d'un gazon vert luxuriant s'étendait à quelques mètres de la rivière. Lassa s'y rendit et fit asseoir l'équipe d'étudiants.

— L'imprégnation va durer plusieurs heures. Non seulement il va vous apprendre les mots d'Avoir mais aussi toutes les utilisations qui en ont été faites. Comme vous avez utilisé 'drainer' pour chasser le sang d'un poumon, par exemple. Alors étendez-vous.

— *Stilv, tu peux te connecter aux trois ?*
— *C'est parti.*

Et l'imprégnation commença.

Lassa, après les avoir observé quelque temps rejoignit Kelvin et ils s'installèrent sur un rocher plat au-dessus de la rivière.

— Certains pratiquent la pêche au lancer, mais c'est dans des endroits plus mouvementés. Notre pêche est d'une technique plus simple. Il suffit de laisser le bouchon s'enfoncer et de ferrer. Le premier poisson qu'on prend, on le garde. Il servira au repas de ce soir. Les suivants, on les détache et on les remet à l'eau.

— OK. Le premier qui prend un poisson a gagné.

Ils lancèrent leur ligne à l'eau et attendirent. Lassa, pour attendre, se prit à observer Kelvin. Il était sur de ses gestes et l'économie de mouvements qu'il pratiquait montrait une grande expérience. Elle le trouvait beau : ses cheveux noirs plus longs sur sa nuque flottaient librement et se teintaient de reflets luisants sous le soleil qui passait les frondaisons. Il avait la peau bronzée par ses nombreuses activités en plein-air, bronzage qui mettait en valeur des yeux clairs noisette et il avait un nez droit et fin. Des fossettes marquaient des plis près de sa bouche comme quelqu'un habitué à rire, ce que ses yeux confirmaient. Son corps délié et musclé faisait ressortir son aspect de jeune adolescent de seize ans – elle avait demandé ce renseignement à Camille.

Toute à son inspection, elle ne se rendit pas compte tout de suite que son bouchon effectuait des allers-retours entre la surface et l'eau.

Kelvin la regarda en souriant :

— Tu es distraite Lassa, je vais gagner.

Kelvin, qui la regardait aussi mais avec plus de discrétion était ravi par la soudaine attention de Lassa à son encontre. Il la trouvait splendide, éblouissante, merveilleuse…

Depuis ces trois jours, il ne pensait qu'à elle et il ne faisait pas un pas si cela devait l'éloigner de sa présence.

Voulant aborder le sujet de façon détournée, il lui dit :

— Tu sais, tu es la première personne que j'emmène à notre coin de pêche.

— Tu sais, tu es la première personne que j'ai vue dans ma vie… lui renvoya Lassa en souriant…Et je ne t'ai pas quitté depuis. On va finir par être inséparable.

— C'est tout ce que je souhaite, lui répondit Kelvin en rougissant fermement.

Son cœur faisait boum.

Un poisson titilla à sa ligne et heureux de l'intermède, il tira un coup sec sur sa canne pour le ferrer. Sentant le poids qui soudain tordait sa canne, il sut qu'il l'avait pris et remonta sa ligne dans un geste étudié. Un joli poisson de rivière alla s'abattre contre le rocher et Kelvin, attrapant un caillou plat grand comme sa main s'apprêta à lui appliquer un coup sur la tête pour le tuer.

— Attends, lui dit Lassa. Je vais te montrer un tour à ma façon.

Elle attrapa le poisson et le dupliqua. Celui qu'elle produisit n'était pas vivant mais c'était la copie conforme du premier. Elle s'accroupit au bord de l'eau et relâcha son poisson.

Kelvin savait dupliquer des objets mais quelque chose de vivant était jusqu'alors impossible à copier.

— Ce mot, il va falloir que tu me l'enseignes. Je n'aime pas tuer, que ce soit les poissons ou autre chose, et cette solution me ravit. C'est mon père qui va être content aussi, il veut toujours protéger la ressource…

— Je te laisse le vider et je m'attelle à attraper le premier poisson de ma vie.

Il s'éloigna pour vider le poisson pendant que Lassa se rasseyait et replongeait sa ligne à l'eau.

Son père arriva sur ces entrefaites. Il avait l'air ravi.

— Lassa, tes poteaux ont été plantés et ils marchent parfaitement. L'équipe des attentifs est en vacances définitives ce qui me laisse plus de temps pour la pêche. Je vois que vous avez déjà pris notre dîner !

— J'essaye toujours d'attraper mon premier poisson.

— Aucune difficulté, il suffit d'une bonne dose de patience…

— …et d'un peu d'attention, rajouta Kelvin pour Lassa en posant le poisson vidé à ses côtés. Il se concentra et le figea pour qu'il reste frais.

— Papa, ce que je vais te dire va te bouleverser : Lassa a dupliqué le poisson vivant et l'a relâché. Ce que tu vois là n'est déjà qu'une copie.

— Et il était vivant aussi ?

— Non, ça on ne peut pas, répondit Lassa tout en restant concentré sur son bouchon.

— L'avantage est certain. Plus besoin de troupeaux. Une seule bête de chaque espèce suffit.

— Oui et non. Elle vieillira quand même et il faudra tôt ou tard la remplacer. Mais quelques couples de chaque et cela suffit.

— J'ai appris aussi que Camille et toi aviez soigné Goran de son infirmité ; que tu avais nommé Camille Première Assistante et que vous vous entendiez très bien. J'en suis également ravi.

— Oui. Je sais que ce sera une amie précieuse.

Alors qu'il allait se mettre à pêcher, Jehor vit quelque chose de bizarre à l'ombre.

— Mais que font ces trois-là à faire la sieste sous les arbres ?

— Ils étudient, papa. Stilv leur enseigne les mots d'Avoir. Cela fait bien une heure qu'ils sont comme ça.

— Curieuse façon d'étudier. J'aurais bien aimé faire de même lorsque j'étais en classe.

— En parlant de ça, je ne pense pas que Raven faisait déjà la classe à votre époque ?

— Non, nous étions avec Farlin ; il a pris sa retraite il y a bien quinze ans. Du reste Kelvin ne l'a pas connu comme instituteur.

— S'il est d'accord, j'aimerais qu'il reprenne du service. L'enseignement est un don et il nous serait précieux, sans compter que Raven devra également continuer la classe aux plus jeunes !

— Redonner des cours à ses anciens élèves, je pense que cela lui plairait. Et apprendre les nouveaux mots d'Avoir grâce à une machine qui parle, également. Il a toujours été friand de nouveauté. Par contre, il est un peu faible ces temps-ci mais je lui en parlerai lorsque nous rentrerons.

Ils se remirent à pêcher tous les trois et au bout d'un moment, Lassa attrapa son premier poisson qu'elle se hâta de remettre à l'eau.

Jehor avait apporté dans sa musette un en-cas et ils se partagèrent un petit repas en devisant joyeusement.

L'après-midi était bien entamée lorsqu'enfin Camille se redressa. Raven et le Docteur Kleine la suivirent de près.

— Je vais pouvoir faire des miracles, lança le Docteur Kleine. Lassa, je te remercie et ton monde avec toi pour t'occuper ainsi de nous.

Jehor rangea les affaires pendant que Lassa et les nouveaux initiés discutaient de l'imprégnation, et ils finirent par décider de rentrer doucement.

Les deux filles marchaient un peu à l'écart, traînant derrière le groupe, et Lassa raconta sa partie de pêche à Camille en insistant sur ses dialogues avec Kelvin. Camille pouffait de rire doucement.

Ils se séparèrent à l'arrivée dans le village, le Docteur Kleine se dupliquant le poisson avec la nouvelle méthode rapide et Raven, refusant. Elle n'aimait pas trop manger du poisson.

S'étant mise d'accord avec son père pour que Lassa loge à la maison dans la chambre d'amis, les deux filles les quittèrent pour aller chercher les affaires de Lassa et dire au revoir à Magda.

Dans une des rues qu'elles traversèrent, une maison se bâtissait pour un jeune couple qui emménageait et Lassa remarqua un apprenti chargé de dupliquer les briques et de les donner au maçon qui les ajustait pour former un mur. Du temps que le maçon prépare la surface, l'enduise de ciment, y pose sa brique et la positionne, l'apprenti faisait une autre brique et elle était disponible lorsque le premier finissait son travail.

— Remarques-tu une amélioration possible dans ce travail ? demanda Lassa à son amie.

— La duplication des briques, répondit-elle aussitôt. Il les fait une par une.

— Bien, alors ce sera ta première tâche d'enseignement !

Elles se dirigèrent vers les travailleurs et les interrompirent en leur disant bonjour.

— Bonjour, Mère de l'humanité, répondirent-ils en chœur.

— Je m'appelle Lassa et mon amie Camille a une petite idée pour améliorer votre travail. Vas-y Camille !

— Oui, bien, bonjour Tavel, bonjour Andir. Plutôt que de perdre son temps à dupliquer les briques, Andir pourrait commencer à t'aider. Je pourrais le décharger de ce travail en lui apprenant à multiplier les briques.

— Ça serait une très bonne idée, Camille. Je trouve aussi que sa fonction lorsque l'on monte les murs n'est pas amusante. Je lui trouverais bien une autre occupation.

— Alors Andir, tu connais déjà le mot pour 'dupliquer'. Je vais t'en apprendre un autre plus rapide auquel Il suffit d'ajouter une finale qui donne le nombre. On va commencer par cent et tu apprendras avec Raven les autres finales.

Camille lui fit répéter la finale plusieurs fois jusqu'à ce qu'il ait acquis la prononciation puis s'écartant lui proposa d'essayer. Andir prit donc une brique, vérifia qu'elle était sans défaut comme son chef le lui avait appris, se concentra tout en prononçant dans sa tête le mot accompagné de sa finale. Il en résulta un petit tas de briques bien rangées. L'opération n'avait pris qu'une seconde et les deux compères étaient ravis.

Elles les quittèrent sous les remerciements et les promesses d'aller apprendre la suite avec Raven et descendirent la rue en riant.

Elles arrivèrent à la maison d'hôte et entrèrent. Magda vaquait à ses occupations dans la pièce principale mais dès qu'elle les aperçut, elle fila promptement à leur rencontre.

— Bonjour Mesdemoiselles. Vous êtes devenues des héroïnes en une matinée, savez-vous ? La mère de Goran est passée. Elle fait le tour du village et clame ton extraordinaire gentillesse et ton pouvoir. Elle m'a montré le bras de son fils et je dois dire que j'en suis restée coite. Ce qui n'est pas peu dire, en passant.

Camille sourit. Elle connaissait Marcia depuis longtemps et celle-ci s'était bien qualifiée. Elle était en général un vrai moulin à paroles. De fait, avant que Lassa ait pu en placer une, elle reprit

— Si ce n'était pas malheureux de le voir ainsi privé de son bras et maintenant, il le bouge sans difficulté. C'est merveilleux. Suite à ça, il y a bien deux ou trois personnes qui sont passées et souhaitent solliciter ton aide.

— Je comprends mais le Docteur Kleine a reçu aujourd'hui une formation accélérée. Il est maintenant capable de les aider, j'en suis sure. De plus, cela lui fera la main. Si on vous en parle encore, conseillez-leur d'aller le voir. De mon côté, je vais m'installer chez Camille.

— Je suis heureuse que tu te sois fait des amis si rapidement. J'avais bien compris en te voyant hier soir partir bras dessus bras dessous avec Camille que tu risquais de ne pas rentrer de si tôt dans ta chambre. C'est parfait, non que j'ai beaucoup d'hôtes en ce moment… Quoi que… Il y aura peut-être cet inconnu à la flèche lorsqu'il sortira de l'hôpital… commença-t-elle à supputer pour elle-même.

Camille sourit et fit un signe à Lassa.

— Oui, peut-être, répondit donc celle-ci. Je monte récupérer mes affaires, Magda.

— Bien sur, bien sur, dit Magda, rêveuse, pensant déjà à son futur hypothétique hôte. Il faudra que je…

Elles montèrent et Lassa prit son sac à dos et son peigne tout en faisant rapidement le tour de la chambre. Elle n'avait pas dormi là une seule nuit en fait et depuis qu'elle connaissait Camille, cela ne lui disait plus rien d'habiter toute seule.

Elles sortirent de la chambre et après avoir dit au-revoir à Magda reprirent le chemin de la maison.

Quelques têtes se tournaient sur leur passage et leur adressaient de petits saluts polis. Elle, et maintenant Camille, étaient des notoriétés. Mais les gens restaient discrets et ne les importunaient pas.

— *Stilv, tu es encore là ?*

— *Oui Camille. Maintenant que nous sommes liés psychiquement, je suis toujours à l'écoute.*

— *Et peux-tu transmettre à Lassa un message de ma part ?*

— *Je pourrais mais on peut faire mieux. Je peux vous connecter toutes les deux et vous pourrez vous parler comme avec moi.*

— *Oh oui, super, Stilv, fais-le.*

— *Lassa…*

— *Oui Stilv ?*

— *Ce n'est pas Stilv, c'est moi, Camille !*

— *Camille ? Mais comment… Tu as demandé à Stilv pour me parler ?*

— *Et il s'est arrangé pour que nous puissions communiquer en direct. C'est super, non ?*

— *Oui, et tu voulais me dire quoi ?*

— *Oh rien. C'est une idée qui m'était passée par la tête : pouvoir communiquer avec toi en échangeant des messages par l'intermédiaire de Stilv, mais il a fait beaucoup mieux.*

— *Je n'y avais pas pensé. Tu commences à comprendre la haute technologie.*

— *On pourrait peut-être un jour aller visiter ton vaisseau ?*

— *Je ne crois pas qu'il y ait de problème à cela. Mais on attendra d'être en vacances.*

Les deux filles, heureuses de leur nouvelle connivence rentrèrent dans la maison de Camille et grimpèrent à l'étage pour investir la nouvelle chambre de Lassa.

Marcia s'y trouvait qui aérait la pièce et changeait les draps.

La chambre était spacieuse et bien éclairée par une fenêtre qui donnait sur la rue. Des rideaux permettaient de s'isoler. Un grand lit trônait au milieu de la chambre avec une table de chevet de chaque côté et une grande armoire à deux pans où Lassa pourrait ranger ses nouvelles acquisitions. Un bureau dans le coin complétait le mobilier.

— Alors les filles, des nouvelles rencontres ?

— non, rien de neuf à part qu'on a participé à l'accroissement du rendement des maçons du village et qu'on est capable de se parler par la pensée, déclara Camille très fière.

— Oh, si ce n'est que cela... Allez donc prendre une douche et vous changer. Vous avez une réunion ce soir.

— Je passe la première. Pendant ce temps, tu pourrais ranger tes affaires et choisir tes vêtements pour ce soir ?

— On fait comme ça.

Camille fila dans sa chambre en face de celle de Lassa, chercha quelque temps dans son armoire, puis descendit dans la salle d'eau.

— Alors, cette nouvelle vie ? demanda Marcia.

— Mille fois mieux que je ne l'espérais. Je suis si heureuse d'être avec vous et d'avoir rencontré Camille. Et Kelvin ! En parlant de ça, il est où ?

— Il s'est lui aussi préparé et doit vous attendre en ressassant ses plans pour la réunion de ce soir. Il est dans sa chambre.

— Je vais d'abord ranger mes affaires, décida sagement Lassa.

Elle alla dans la chambre de Camille, prit le gros sac qu'elles avaient préparé hier et revint dans sa chambre où elle ouvrit son armoire.

— Camille et moi avons les mêmes goûts en plus de la même taille, j'ai presque tout copié de sa garde-robe...

Elle rangea donc ses affaires, dupliquant les cintres lorsqu'ils vinrent à manquer et choisit son ensemble pour le soir.

Lorsque Camille revint, elle s'éclipsa à son tour pour aller se baigner.

Camille alla embrasser sa mère et lui faire un câlin. Elle voulait partager son bonheur avec elle.

— Lassa est géniale, maman et je suis capable de faire tellement de choses nouvelles.

— Je vois que ta nouvelle vie te plaît et c'est très bien. Je crois que Kelvin l'apprécie beaucoup aussi…

— Comme tu dis… et elles rirent ensemble.

Kelvin qui passait dans le couloir à ce moment voulut savoir la raison de cette bonne humeur :

— Qu'est-ce qu'il a Kelvin ? demanda-t-il

— Oh rien, lui répondit sa sœur. Tu es seulement aux petits soins pour Lassa.

— C'est normal, elle est… et il se tut soudain gêné.

— Oui, comme tu dis. Elle est…

CONSEIL DE GUERRE

Ils descendaient la rue en direction de la salle commune. La balade fut agréable. Une équipe restreinte d'attentifs était ce soir encore de service pour l'illumination des réverbères mais Lassa se promit d'intervenir dès demain pour qu'ils n'aient plus à le faire.

À leur arrivée, Lassa fut présentée aux participants. Ils étaient sept. Deux femmes, Raven et une femme qu'elle rencontrait pour la première fois, Sylvia, qui s'occupait ordinairement d'un café dans la rue principale. C'était, trouva Lassa, un bon moyen pour récupérer les impressions des villageois et de les tenir au courant des décisions du comité.

En plus d'Ankthor, Marx et Kelvin, deux hommes, que par contre elle connaissait de vue : Bother, qui les avait salués dans la rue à leur arrivée et Ankar, le guetteur qui les avait laissés passer.

Lassa les informa dans le détail des imprégnations de Raven, du Docteur Kleine et de Camille. Elle leur résuma la guérison de Goran, dont ils avaient entendu parler et l'anecdote de l'apprenti maçon.

Ils s'installèrent et Ankthor prit la parole :

— Nous devons trouver des moyens pour contrecarrer les prêtres de Ka. Ils ont pris le pouvoir dans tout le pays et nous devons les en chasser. Avec l'arrivée de Lassa, tout me semble maintenant possible. Mais comment allons-nous procéder ?

— D'abord, un petit point de la situation en dehors de notre village, dit Bother. Je me suis toujours chargé de récolter les informations auprès de ceux qui revenaient de mission et je vais vous résumer la situation. Les prêtres de Ka sont disséminés dans tous les villages et les villes du pays. En général, par deux ou en petits contingents dans les endroits plus grands. Ils sont regroupés en castes : les guetteurs d'abord qui surveillent l'utilisation des mots d'Avoir. Ils sont donc au fait des trente-deux mots dont la population pourrait faire usage.

Il y a ensuite les servants qui soumettent la population par des cérémonies et des discours sur les bienfaits de leur ordre et de leur dieu. Ils ne semblent pas avoir beaucoup plus de vocabulaire et ce sont les plus nombreux. Ils sont fanatiques et semblent croire à leur enseignement donc peu au courant de l'histoire d'Eléa.

Et enfin, les guérisseurs qui se font payer chèrement leurs actions. Ceux-là sont les dirigeants et sont regroupés à Lysandia, la capitale. Ils sont chapeautés par un grand prêtre. Ils possèdent une armée qui leur obéit sans discuter.

— Donc, la majorité des prêtres ne connaissent que les trente-deux premiers mots ? Pourquoi ?

— Ça, ma petite, c'est de la stratégie de pouvoir. Pour avoir l'obéissance de ses troupes, il faut être le plus puissant. Ainsi les servants ont le pouvoir sur la masse et les guérisseurs sur les servants.

— Complètement à l'opposée de ce qui devrait être.

— Oui et ils en profitent.. Le peuple est obligé de leur verser des taxes écrasantes sur tout ce qu'ils gagnent ou produisent. Les soldats servent de collecteurs d'impôts et font régner la terreur. Nombreuses sont les arrestations et les confiscations de biens pour les gens qui ne peuvent payer. Les gens sont donc miséreux et se plaignent de la situation mais ne peuvent rien faire. Je pense qu'il suffirait de les réunir et de les armer pour que tout explose. Il leur faudrait un élément fédérateur et je pense que Lassa pourrait devenir la bannière de la contestation. Il faudrait leur dévoiler la vraie histoire.

— Mais pour se battre contre les prêtres, il faudrait savoir ce dont ils sont capables où nous risquons de nous faire massacrer ! prédit Ankar. Les soldats, ce n'est pas pareil. Une flèche bien placée… mais les prêtres et leurs mots d'Avoir…

— J'en étais arrivée à la même conclusion : il nous faut connaître les pouvoirs des prêtres, intervint Lassa. Et pour cela, j'ai peut-être une solution : les écouter comme ils nous écoutent. Mais pour être sur de capter tous les mots qu'ils utilisent, il faudra modifier le mot d'Avoir pour qu'il nous fasse entendre tous les mots utilisés et non seulement ceux que nous connaissons. En effet, ils en ont peut-être conçus d'autres. Nos guetteurs pourraient ainsi en faire la liste et nous saurions à quoi nous avons affaire.

— Et ce mot existe ?

— Non, mais nous pouvons le créer. Il nous suffit de déterminer exactement ce dont nous avons besoin comme action et ensuite je l'inventerai.

— Nous avons besoin de connaître le nom de tous les mots d'Avoir utilisés…

— …ainsi que leur localisation…

— … quelle que soit la distance qui nous sépare de l'émetteur. Que l'on ne soit pas obligé de détacher des guetteurs dans toutes les villes du pays.

— … même si nous ne connaissons pas les mots utilisés…

— Oui, je crois que nous avons bien cerné les caractéristiques du mot…

— Il faudrait rajouter… même s'ils sont cachés sous un mot d'invisibilité, rajouta Kelvin. Il se pourrait que nous ne soyons pas les seuls à utiliser ce mot. Peut-être y a-t-il des personnes qui sont également au courant disséminées dans le pays. Il nous suffirait ensuite de les contacter.

— Oui, j'ai toujours pensé que le mari d'Eléa s'était peut-être confié à certains qui ont voulu ensuite vivre une vie différente que reclus dans la forêt, où simplement partir avec un autre groupe d'affinité. Mais nous n'avions malheureusement aucun moyen de savoir qui et où ils étaient.

— En parlant de qui, serait-il possible de connaître le nom de l'émetteur en plus de la localisation ? Ce serait plus facile pour le retrouver.

— Non, mais on pourrait demander au mot de montrer une image de la personne. Les prêtres de Ka ont-ils un signe particulier ?

— Oui, Lassa. Ils portent tous un triangle tatoué sur la joue droite et ils sont en robe.

— Bien, car il ne s'agirait pas d'essayer de les contacter pour se faire connaître. Pour ceux-là, une mention 'prêtres de Ka'.

— Il faudrait aussi penser à retirer le village de la zone d'écoute, sinon tous les mots d'Avoir utilisés vont submerger les attentifs.

— Bien pensé.

— Résumons ! dit Ankthor. Première mission, créer un mot d'Avoir pour découvrir ce que les prêtres connaissent et si nous avons de possibles alliés quelque part. C'est un bon début. Il va nous falloir choisir des guetteurs : je pense que nous pourrions réaffecter nos attentifs à cette nouvelle tâche. Ils sont déjà habitués à travailler en équipe de quart.

— Avons-nous des nouvelles de notre blessé ?

— Il s'est réveillé quelques minutes du temps de manger mais s'est rendormi très vite. Il est encore faible mais devrait avoir repris des forces demain matin.

— Nous pourrions aller l'interroger dans l'après-midi, reprit Ankthor.

— J'ai demandé ce matin à Jehor de contacter votre ancien instituteur pour qu'il reprenne du service. Il faudrait également organiser les séances d'apprentissage le soir : Raven est prête.

— Oui, je m'en occupe dès demain.

— Encore un point : j'aimerais former des combattants pour qu'ils soient prêts le moment venu : des archers principalement, proposa Ankar.

Lassa se redressa sur sa chaise.

— Je comprends votre point de vue mais nous ne devons pas tomber dans les excès de nos adversaires. Nous avons d'autres solutions. Ce matin, j'ai montré à Kelvin que nous avions la possibilité de dupliquer à partir de matériau vivant. Dans notre monde, grâce à cette technique, nous pouvons épargner les animaux mais comment attraper un cerf, le dupliquer puis le relâcher sans mal. Nous avons donc inventé des mots de chasse qui remplacent avantageusement les arcs. Nous avons le mot 'étourdir ' qui agit dès que nous pouvons voir l'animal, quelle que soit la distance. C'est donc plus efficace qu'une flèche, plus précis, et moins meurtrier. Il reste actif jusqu'à ce qu'on réveille l'animal ou pendant vingt-quatre heures sinon. J'aimerais beaucoup que nous nous contentions de ces armes-là. Par contre, l'idée de former un groupe de combattants est à retenir. Je vais tout de suite vous imprégner des mots de chasse. J'espère que vous y trouverez votre bonheur.

— *Stilv, tu es prêt ?*
— *Je suis prêt*

Ankar ressentit Stilv dans son esprit qui lui expliqua gentiment ce qu'il allait faire pour l'habituer au contact puis qui l'imprégna des mots d'Avoir.
Ils levèrent ensuite la séance.

Lassa sortit de la salle et respira l'air frais de la nuit qui était déjà tombée. La réunion avait été fructueuse mais épuisante. Kelvin était encore en train de parler avec Ankar à l'intérieur et Camille était au petit coin. Elle s'assit donc sur les marches de la maison commune et attendit patiemment. La lune se levait et elle s'émerveillait de sa beauté. La nuit était calme et silencieuse. Lassa aimait sa nouvelle vie et en pensée, elle remercia le destin qui l'avait amenée ici.
Alors qu'elle allait se lever pour aller les secouer un peu, un bruit dans les buissons attira son attention. Un animal semblait

gratter le sol ou quelque chose comme cela. Elle récapitula mentalement les mots à sa disposition et choisit de faire apparaître une petite boule de lumière qu'elle envoya explorer du côté du bruit. La boule fila dans les airs, guidée par sa pensée et le bruit cessa brusquement. Puis des petits cris se firent entendre. Un jappement aussi, faible. « *Un chien* ? » pensa-t-elle.

La lumière éclaira un petit museau qui sortait des herbes, aplati par terre et qui montrait des dents à la lumière. Lassa sourit. Un petit chiot. Elle éteignit la lumière et appela doucement dans la nuit. L'animal émit un gémissement. Elle recommença et lui également mais il n'osait sortir de sa cachette.

Lassa se leva et s'approcha doucement. Lorsqu'elle fut à moins d'un mètre, elle s'accroupit et lui parla gentiment. La bête, après quelques hésitations, sortit la tête du couvert et se mit à cricriter. Ce n'était pas un chiot mais un écureuil. Lassa rit de son erreur.

L'animal tourna la tête à droite, puis à gauche, et s'approcha doucement. Elle n'aurait pas pensé qu'un animal sauvage puisse se montrer aussi conciliant et cela lui plut. Elle resta immobile et tendit doucement la main. L'animal curieux s'approcha, renifla sa main. Elle n'avait rien à lui donner mais ce dernier s'en accommoda.

Il n'était pas bien grand. Lassa le toucha. Dans la nuit, il semblait marron. L'écureuil émit un petit cri et monta dans la main de Lassa. Puis il continua sa progression et grimpa rapidement sur son épaule. Lassa ne bougeait toujours pas. Elle voulait voir ce qu'il allait faire ensuite.

Mais l'animal ne semblait pas vouloir aller plus loin. Il cricrita à son oreille et commença à mordiller ses cheveux. Un bruit derrière elle l'avertit que quelqu'un s'approchait.

— Tu fais quoi, Lassa ? demanda Kelvin.

— Attends, ne t'approche pas. Je suis en pleine discussion avec un nouvel ami.

— Un ami ?

— Oui, un petit écureuil qui est monté sur mon épaule, dit-elle en se relevant doucement. Elle s'attendait à ce que l'animal redescende rapidement et aille rejoindre la forêt mais il ne bougeait plus de son emplacement. Lassa ne sentait qu'à peine son petit poids. Elle se retourna donc vers Kelvin et celui-ci aperçut la bestiole sur son épaule.

— Beurk, lança-t-il, ça doit avoir pleins de puces ce truc là.

— Mais non, il est tout mignon. Il s'est approché comme s'il voulait que je le prenne.

— Oui, et bien à ta place, je le renverrais d'où il vient. Il a pas d'amis chez lui ?

— Tu es jaloux ?

Camille s'était approchée également et s'enthousiasmait de cette rencontre.

— C'est génial, Lassa. Tu lui as lancé un mot pour qu'il vienne comme cela sur ton épaule ?

— Non… Je crois qu'il m'aime bien.

— Je peux le caresser ?

— Essaye, on verra bien.

Camille s'approcha et tendit la main. L'écureuil ne fit pas mine de partir mais se réfugia contre le cou de Lassa. Sa queue ébouriffée se mêlant à ses cheveux. Camille le caressa doucement.

— C'est sauvage normalement ces petites bêtes. Tu vas en faire quoi ?

— Et bien, j'aimerais bien qu'il reste avec moi. Cela me ferait de la compagnie.

— Maman ne serait pas contre. Mais c'est Actarus qui ne sera pas content.

— Et bien, on va voir. S'il n'est pas parti d'ici la maison, j'essaierais de l'amener dans ma chambre.

Kelvin secoua la tête.

—Ah ces filles…

— Kelvin est jaloux, on dirait, reprit Camille. Il ne veut pas de concurrence.

Lassa rigola.

— C'est ce que je lui disais, il y a pas deux minutes.

— Non, je suis pas jaloux mais c'est pas normal. J'ai jamais vu un écureuil faire cela. Et en plus c'est pas propre.

— Ah ces garçons, répondit Camille. Moi, je l'aime bien et puis c'est pas un rat.

A deux contre lui, Kelvin abandonna la partie.

— Bien, on rentre ? demanda-t-il en boudant et en tournant les talons. Lassa et Camille se sourirent et lui emboîtèrent le pas, l'écureuil cricritant de plus belle..

Lorsqu'ils rentrèrent, les parents de Camille étaient déjà couchés, l'animal avait passé le seuil, toujours sur l'épaule de Lassa et si Actarus avait grogné contre la bestiole, Kelvin lui avait fait entendre raison tout en le félicitant doucement d'être de son avis.

Ils décidèrent d'aller finir la soirée dans la chambre nouvellement attribuée à Lassa. Lorsqu'ils eurent fermé la porte, Lassa déposa l'écureuil par terre et ouvrit la fenêtre.

— Au cas où il veuille sortir. ça mange quoi un écureuil ?

— Des noisettes, ronchonna Kelvin

— Oui, je pense aussi dit Camille. Des graines et des fruits également, je pense.

L'écureuil fit le tour de la pièce, monta agilement sur le bureau et se percha à la fenêtre.

Les filles, amusées par cette compagnie, s'installèrent sur le lit et Kelvin attrapa la chaise du bureau et alla s'asseoir à l'autre bout de la pièce, loin de la bestiole.

L'écureuil cricrita contre lui semblant lui reprocher son manque d'attention et les filles rirent de plus belle.

— Bien, lança Lassa lorsqu'elle reprit sa contenance, ce n'est pas grave, demain, il sera sûrement retourné chez lui. Tu parlais de quoi avec Ankar ? demanda-t-elle gentiment à Kelvin pour lui montrer qu'elle s'intéressait à ce qu'il faisait.

— Oh, je lui ai demandé d'intégrer son équipe de combat. Je veux être dans l'action. Mais tu as raison en ce qui concerne d'éviter de tuer des gens. La plupart sont manipulés et ne connaissent aucune autre vie.

J'ai déjà rencontré des soldats dans des tavernes, et écouté leurs conversations. Ils sont catastrophés de la violence dont usent certains de leurs supérieurs et certains de leurs collègues. Certains ont même été arrêtés pour avoir refusé d'obéir. Ils ne sont pas tous méchants. Ils viennent du peuple et ont choisi l'armée pour éviter la famine.

— Cela ne les disculpe pas pour autant. Être responsable ou complice, la différence est minime. Mais si on arrive à en convaincre certains, ils pourraient miner l'intérieur même du pouvoir. Et ils se retourneraient contre leurs maîtres le moment voulu. Cependant, je voudrais bien que tu ne choisisses pas de participer au groupe de combat.

— Tu as peur pour moi ? La taquina Kelvin tout sourire

— Peuh, lança-t-elle en lui tirant la langue.

Kelvin sourit de plus belle.

— Non, mais s'il y a quelque part des gens qui utilisent secrètement les mots d'Avoir, ou pour convaincre la population du bien-fondé de nos actions, je pense qu'il me faudra beaucoup voyager. Et donc…

Lassa laissa en suspend la suite et Kelvin leva les sourcils, interrogateur.

— … et donc, reprit-elle un peu gênée, j'aimerais t'avoir avec moi ainsi que Camille. Je ne sais pas pourquoi mais je préfère vous avoir tous les deux à mes côtés. Et puis, tu auras peut-être à me protéger, on ne sait jamais.

Camille sourit et lança l'oreiller sur Lassa.

— Eh, se plaignit celle-ci en lui renvoyant l'oreiller.

— Oui, oui, besoin de nous, besoin de nous…

— C'est vrai, rétorqua Lassa en rougissant.

— J'accepte, les interrompit Kelvin.

— Étonnant, lança Camille pour elle-même.

Son frère fit semblant de ne pas avoir entendu et reprit.

— Mais, il est d'autant plus important que j'apprenne les mots de chasse et de protection.

— On va faire comme pour Camille. Tu vas être imprégné des deux cent cinquante-cinq mots supplémentaires et on rajoutera à ton programme ces mots de chasse. Tu es d'accord ?

— Ça roule. On fait ça quand ?

— Viens t'allonger sur le lit, ça commence tout de suite.

— Mais tu ne pourras pas dormir ?

— Ne t'inquiète pas. Tu feras moins de bruit que si tu dormais vraiment et je peux toujours me coucher à côté de toi. Ce ne sera pas plus différent que dans la tente…

Kelvin retira ses chaussures et se glissa sur le lit. Camille, gracieusement lui laissa la place et alla s'asseoir sur la chaise. Il s'étendit et attendit.

Stilv le contacta et commença l'imprégnation. Camille attendit quelques secondes pour être sur qu'il n'entendait plus et tança du doigt son amie.

— Toi ma vieille, tu cherchais un moyen pour garder Kelvin près de toi…

— Ça se voit tant que ça ?

— Sa chambre est à deux mètres, tu aurais pu l'y envoyer.

— Oh, quelle logique imparable, sourit Lassa. Tu as raison… Je l'aime bien.

— Tu peux enlever le « bien »

— Peut-être ! Enfin, oui…

— Et bien, alors ma chère, je te laisse profiter de ton petit ami et je vais me coucher. Mais je te préviens, il est casse-pied. A demain.

— A demain Camille.

Lassa regarda Kelvin assoupi dans le lit à côté d'elle et acquiesça. Oui, un petit ami, voilà ce que je voudrais faire de lui.

Elle se coucha toute habillée, demanda à Stilv de la réveiller quelques minutes avant qu'il en ait terminé avec Kelvin et l'écoutant respirer, sentant sa chaleur à ses côtés, elle s'endormit.

— *Lassa...*
— *Oui Stilv... Il est l'heure ?*

Elle se crut un instant encore sur le vaisseau où n'ayant pas de soleil, Stilv lui servait de réveil matin. Puis elle se souvint.

— *Oui Stilv... il est l'heure ! Tu peux me brancher comme Camille sur ses activités psychiques ?*
— *Ce sera fait dès qu'il sortira d'imprégnation.*

Elle resta étendue mais alluma la petite lampe de chevet à ses côtés. Cela lui rappela qu'elle devait faire de même pour les lumières publiques. Mais demain est un autre jour.

Elle sentit Kelvin remuer et sut qu'il en avait terminé. Il restait couché sans bouger de peur de la réveiller et espéra-t-elle pour profiter de sa présence.

— *Kelvin...*
— *Oui, Lassa.*
— *Tu n'as pas l'air plus surpris que ça que je te parle ainsi.*
— *Camille m'a prévenu que cela pouvait arriver. J'attendais seulement ce moment avec impatience.*
— *Tu sais, tu m'aurais manqué si tu avais décidé de ne pas nous accompagner.*

Kelvin ne répondit pas. Après quelques secondes où son cœur s'arrêta de battre, elle sentit sa main saisir la sienne et la serrer. Elle était bien et lui rendit sa pression.

NOUVELLES CONNAISSANCES

Le lendemain les trouva dans la rue, Kelvin installé sur une échelle à visser un petit bois dans le mur à la hauteur des lumières. Lassa l'avait fixé d'un mot provoquant l'éclairage des lumières dès que l'on pensait au bois et Camille lui avait attribué un certain quartier. C'était le douzième et le dernier qu'ils posaient. Lassa avait voulu le faire dès le lever et ils s'étaient éclipsés de la maison sans réveiller personne.

Ils ramenèrent l'échelle dans la remise, passèrent près des écuries où Lassa caressa Ombreuse. Ombreuse non plus n'aimait pas l'écureuil qui trônait sur l'épaule de Lassa. S'il s'était absenté durant la nuit, elle n'en savait rien, mais il était là à son réveil. Kelvin s'était levé, lui avait fait une grimace et était parti dans sa chambre se préparer. Lassa toute contente l'avait serré contre elle. C'était son premier animal de compagnie.

Lorsqu'ils rentrèrent à la maison, les parents de Camille en étaient au petit déjeuner et ils s'installèrent avec eux pour profiter de la manne.

— Dites donc, je vous ai cherché ce matin. Ton lit, Kelvin n'était pas défait et celui de Lassa portait deux empreintes, peux-tu m'expliquer ?

— En tout bien, tout honneur maman. Lassa m'a imprégné hier soir et j'étais couché sur son lit.

— J'espère bien, lui dit gentiment sa mère. C'est trop tôt.

— Ne vous inquiétez pas Marcia, pas avant vingt-cinq ans… la rassura Lassa en souriant.

Et les trois jeunes de pouffer bientôt suivis par les parents. Un petit cricritement sortit de la poche de la veste que Lassa avait prise pour se prémunir du froid du matin et Jehor et Marcia la regardèrent interrogatifs. Elle sortit de sa poche son petit écureuil et le leur présenta.

— Oups, j'avais oublié de vous dire. Hier soir, un petit écureuil est venu me voir pour que je l'adopte.

— Il est mignon tout plein, lança Marcia. J'avais un cochon d'inde quand j'étais petite et je le trimbalais partout avec moi.

Elle attrapa le petit morceau de pain qu'il lui restait et le tendit à l'écureuil qui le prit entre ses mains et commença à le grignoter.

Actarus, toujours assis à côté de son maître pour les repas, gronda sourdement à la vue de l'animal. Jehor le caressa.

— Par contre, fais attention à ne pas le laisser à la portée du chien. Il est habitué à leur courir après dans la forêt.

Lassa regarda le toutou et lui fit les gros yeux.

— C'est à moi… Pas touche

Actarus gémit… puis gronda de nouveau.

— Et vous venez d'où ? Demanda Jehor.

— Nous sommes allés installer la lumière automatique dans les rues. Elles seront éclairées au coucher du soleil et s'éteindront dès que quelqu'un y pensera le matin. Par contre Jehor, le comité a décidé hier de demander aux attentifs de poursuivre leur travail sous une autre forme. C'est un nom qui ne perdra pas de sa signification car il faudrait écouter dans tout le pays les mots d'Avoir qui y seront prononcés. On pourra ainsi connaître la force de nos ennemis et découvrir de possibles alliés.

— Ce sera un travail passionnant je pense. Mais il me faudra connaître tous les mots de ton dictionnaire ?

— Pas nécessaire, le mot que je vais créer te laissera entendre tous les mots que tu les connaisses ou pas. Il suffira de les noter. Et si ce sont des mots sous couvert d'invisibilité, on pourra contacter les émetteurs. On s'y met après le petit-déjeuner. Je pense qu'on aura besoin de ton vieil instituteur aussi , Farlin. Il est d'accord ?

— Il m'a juste répondu qu'il voulait te voir.

— Très bien, ce sera ma première visite. Nous y allons ? demanda-t-elle à ses amis

Tous prêts, ils se levèrent pour y aller. Kelvin attrapa une tartine pleine de confiture.

— Lassa, peux-tu m'accorder une minute ? demanda Marcia.

— Bien sur

Marcia entraîna Lassa avec elle et elles sortirent par la porte donnant sur l'arrière-cour.

Kelvin se rassit et enfourna sa tartine.

Lorsqu'elles revinrent cinq minutes plus tard, Lassa rejoignit ses amis.

— Je suis fière de vous, leur dit Marcia alors qu'ils quittaient la maison.

— Merci maman, répondit Camille. Qu'est-ce qu'elle voulait ? demanda-t-elle à Lassa.

— Tu le sauras bien assez tôt, répondit Lassa mystérieuse.

Ils prirent le chemin de la maison du vieil instituteur et s'y retrouvèrent quelques minutes plus tard. Lassa frappa à la porte.

— Serais-tu Lassa ? lui demanda un vieil homme en lui ouvrant la porte.

— Oui Monsieur. Jehor m'a demandé de venir vous voir.

— Entre Lassa, et tes amis aussi.

Ils entrèrent et le vieil homme les conduisit en marchant doucement vers le salon où il s'assit dans un fauteuil et leur proposa de faire de même.

— Je ne sors plus, aujourd'hui, même pour l'arrivée de la Mère de l'humanité. Mon fils s'occupe de moi. Il vient faire mon ménage et me préparer à manger. C'est trop d'efforts pour moi. Alors la vie trépidante que tu me proposes, je n'en suis plus capable. De plus, es-tu sure de tes motivations ? Je sais qu'Eléa prônait la non-violence qui est en accord avec vos mœurs et toi tu te proposes de faire la révolution. Cela risque d'être violent et d'entraîner des morts. En es-tu consciente ?

— J'y ai bien réfléchi. Si ce n'avait été nos mots d'Avoir qui avaient rendu cette situation intolérable, je m'y serais accordée. J'aurais en douceur essayé de faire changer les choses, apprenant les mots à ceux qui le souhaitaient et j'aurais vécue dans un endroit protégé comme celui-ci. Mais, je ne peux permettre à une dictature de s'épanouir ainsi grâce à eux.

Même si cela coûte cher. Au prix de ma propre vie si nécessaire. Par contre, la violence ne sera pas de notre fait, nous allons combattre avec des mots d'Avoir pour faire le moins de mal possible et pas avec des arcs et des épées.

— Je vois et je suis de tout cœur avec toi. Mais comme je te disais, je ne suis plus en état de t'aider.

— Si vous aviez été en forme, vous auriez accepté ?

— De tout cœur.

— Alors, j'ai une solution. Dans notre monde, on reste jeune et actif jusqu'à la fin. Jeune, je ne vous le promets plus, mais actif, il me suffit de quelques minutes.

— Tu veux dire que les mots d'Avoir peuvent me requinquer ?

— Oui

— Comment refuser une telle offre ?

— Alors, restez assis. Camille, Kelvin, vous allez m'aider avec les mots 'souplesse' et 'vigueur'. Je vais utiliser 'régénération'. Farlin, je vais vous donner un objet et vous allez y penser ; il vous empêchera de ressentir de la douleur pendant que nous travaillons.

Lassa attrapa un petit bibelot sur la table basse du salon se concentra et le fixa. Elle la tendit ensuite au vieux monsieur.

Ils s'avancèrent et se placèrent autour du fauteuil.

— Je commence et vous me suivez. Camille en premier et Kelvin juste après. Ça va nous prendre de l'énergie, surtout toi

Kelvin, puisque c'est la première fois. Il faut essayer de tenir jusqu'au bout.

Lassa se concentra et commença. Le vieil homme sentit un picotement qui commença à la base du crâne et s'étendit doucement sur toute sa tête. Ils progressèrent ainsi, Lassa s'attardant sur les organes les plus usés. Kelvin finit par trembler légèrement mais il n'en poursuivit pas moins son travail.

Lorsqu'ils eurent terminé, ils retournèrent s'asseoir et attendirent que Farlin leur donne son opinion. Ils pouvaient voir cependant les changements sur le visage de cet homme.

— Vous savez, leur dit le vieux monsieur, ce bibelot c'est l'un de mes premiers élèves qui l'avait fabriqué spécialement pour moi. Il a cinquante ans.

Farlin se pencha, se pencha encore, étendit le bras et reposa le bibelot sur la table basse.

— Quelle souplesse, dit-il en se levant prestement. C'est la grande forme. Merci. Je suis prêt à vous suivre au bout du monde.

— Aujourd'hui, on n'ira pas aussi loin mais nous allons chercher Raven et le Docteur Kleine. Avec eux, nous nous proposons de créer un mot d'Avoir pour espionner nos ennemis et trouver des alliés. Mais avant ça, vous allez faire la connaissance de Stilv, une machine intelligente qui va vous enseigner le mot dont vous aurez besoin pour nous aider. Et ce soir, lorsque vous serez couché, il vous enseignera les deux cent cinquante-cinq mots d'Avoir du deuxième échelon d'apprentissage.

— *Stilv, tu veux bien dire bonjour à Farlin ?*

— *Bonjour, Farlin*

— Mais il me parle dans ma tête.

— Répondez-lui de même.

— Je vous écoute Stilv

— Bien, alors je vais vous imprégner d'un mot d'Avoir. Vous allez le sentir s'incruster dans votre esprit. Vous n'avez rien à faire. Vous êtes prêt ?

— Prêt, Stilv

Ils quittèrent ensuite la maison, Farlin marchant devant, accélérant de temps en temps, puis ralentissant pour les attendre en sautillant sur place comme un enfant pressé. Il se réjouissait également du plein air retrouvé et conduisit le groupe à l'hôpital.

Ils rentrèrent dans la cour intérieure, et Kelvin passant sous les arcades se mit à la recherche du Docteur Kleine.

Il le trouva avec ses deux assistants, en train de programmer les visites à faire auprès des malades qu'ils n'avaient auparavant pas réussi à aider au mieux.

Le Docteur Kleine se libéra immédiatement et suivit Kelvin. Lorsqu'il vit Farlin, il sourit et en se tournant vers Lassa, il lui dit :

— Vu les cours que j'ai pris hier, j'ai bien compris que l'on pouvait faire quelque chose pour la vieillesse mais voir le résultat c'est autrement plus convaincant.

— Oui, Farlin a accepté de nous aider. Nous aurions besoin de vous une petite heure. Nous allons de ce pas chercher Raven et nous irons dans la salle commune faire une petite expérience de création de mot d'Avoir. Vous êtes partant ?

— Je vous suis.

Le groupe marcha jusqu'à l'école et ils convainquirent facilement Raven de donner la matinée à ses élèves pour les suivre jusqu'à la salle commune.

C'était la première fois que Lassa utilisait le mot ultime qui allait lui permettre de créer et elle n'était pas très rassurée mais sûre d'elle cependant.

Lorsqu'ils se furent tous concentrés sur leur mot, Lassa se lança. Le mot de 'magie' sembla animer l'air et chacun ressentit comme une main qui lui prenait la pensée qui l'animait et l'espace au milieu d'eux se remplit d'une boule de couleur jaune or avec de petits nuages de brume qui semblaient flotter autour. Puis tout disparut. Le mot était créé.

Nulle part dans l'Univers, ces mêmes options ne pourraient être assemblées pour former un mot. Et il serait renvoyé, grâce aux sondes d'exploration pour être intégré au grand dictionnaire des mots d'Avoir.

— C'était magnifique, dit Raven.

— Oui, je n'avais jamais vu ça non plus mais je recommencerais bien tout de suite, répondit Lassa enthousiasmée également.

Lorsqu'ils ressortirent de la salle commune, un jeune garçon, les bras pleins d'affiches, en collait une sur le panneau près de l'entrée. Après en avoir demandé une, Lassa la détailla pour le groupe.

C'était un résumé de la réunion d'hier soir. Elle demandait également des volontaires pour aller rejoindre le groupe de combattants d'Ankar. Elle annonçait également la reprise des cours pour le lendemain soir dans la salle commune et demandait aux attentifs de se réunir le soir même pour une nouvelle mission.

— Eh bien les choses se mettent en place, déclara le Docteur Kleine. À ce propos, il parait que vous comptez visiter notre blessé cet après-midi. J'ai répondu à Ankthor qu'il n'y avait pas de problème et le rendez-vous est fixé à seize heures.

— Bien, nous y serons. En attendant, je vous libère. Camille, Kelvin, nous allons faire les boutiques.

Les trois amis se rendirent donc, à la demande de Lassa, chez un artisan qui fabriquait colliers, bagues et pendentifs.

— Nous allons choisir un objet pour fixer le mot d'invisibilité pour ne pas nous faire repérer par les prêtres de Ka lorsque nous utiliserons les mots d'Avoir à l'extérieur du village.

Chacun de leur côté, ils cherchèrent le bijou qui leur convenait. Kelvin demanda à l'artisan de voir un article et il le présenta à Lassa.

— Si tu veux bien, j'aimerais que tu le portes, déclara Kelvin.

C'était une chaîne en or fine mais à maillons rectangulaires, Kelvin ne voulant pas qu'elle ne se brise et que Lassa ne la perde et soit en danger. Au maillon du centre pendait un petit pendentif représentant un cœur stylisé dont le pourtour était parsemé d'éclats de pierre rouge qui le faisait briller au soleil.

Lassa trouva l'œuvre très jolie et le cadeau plein de tendres promesses. Elle accepta donc avec joie et promit de le porter en pensant à lui. Camille se décida pour un petit bracelet en argent d'où pendaient une quantité de petits motifs accrochés par une courte chaîne.

Lassa choisit pour Kelvin, une petite chevalière dont la surface plane attendait la gravure des armoiries choisies par celui qui la prendrait.

Après avoir obtenu l'accord de Kelvin sur son choix, elle se concentra sur un mot et y dessina en relief le blason de Gend'ria : une planète entourée de douze autres plus petites.

Ils avaient remercié l'artisan, qui de son côté s'était extasié sur la gravure de Lassa et l'assurait d'une place dans son échoppe si un jour elle cherchait une occupation.

Ils gagnèrent ensuite un petit parc ombragé et s'assirent sur un banc pour imprégner leurs bijoux. Kelvin prit ensuite le collier et décida de le mettre au cou de Lassa. Alors qu'il s'approchait, le petit écureuil lui montra les dents en cricritant fort.

— Tu veux bien enlever ce truc de ton épaule, demanda-t-il

— C'est pas un truc, c'est Croquette.

— … Croquette, pouffa Kelvin, et en quel honneur ?

— Et bien parce qu'il fait de toutes petites bouchées lorsqu'il mange, répondit-elle en attrapant Croquette et en le mettant par terre. L'animal regarda à droite, puis à gauche, puis fila et grimpa à l'arbre à côté du banc. Il s'installa sur la première branche et les regardait de haut.

Kelvin reprit donc son approche et souleva la chevelure noire et lisse de Lassa, heureux de sentir le poids et la douceur de ses cheveux. Il dégagea le cou, y glissa le collier et fit jouer le fermoir.

— Merci Monsieur

— De rien, gente demoiselle, répondit-il dans le même temps.

Camille attendit patiemment que les amoureux en aient terminé car ensuite ce fut le tour de Lassa qui glissa la chevalière au petit doigt de la main gauche de Kelvin.

— Après vous être aidé alors que ce n'était pas vraiment nécessaire, j'aimerais que l'on m'accroche mon bracelet. Moi, je n'ai qu'une main pour le faire.

Lassa, toute souriante, se plia à la demande de son amie et lui ferma le bracelet autour du poignet.

— Nous n'avons rien de prévu jusqu'à cet après-midi. Pourquoi ne pas aller nager ? Il fait une journée magnifique. On pourrait se faire des casse-croûte à la maison… proposa Camille.

Ils acquiescèrent tous en chœur et résolus se levèrent du banc. Croquette redescendit aussi rapidement qu'il était monté et Lassa lui tendit la main pour qu'il rejoigne son épaule.

Ils remontèrent rapidement vers la maison. Camille entraîna Lassa dans sa chambre et elles revêtirent un bermuda ainsi qu'un haut assez moulant pour ne pas gêner leurs évolutions aquatiques. Elles choisirent également un rechange qu'elles enfournèrent dans un petit sac.

Prêtes pour l'équipée, elles redescendirent à la cuisine, préparèrent les en-cas et rejoignirent Kelvin à l'écurie municipale qui, en bermuda également, avait sellé trois chevaux. Ombreuse piaffait, heureuse d'être de sortie aujourd'hui et Lassa la caressa avant de monter en selle. Ils s'éloignèrent au pas traversant le village.

Lorsqu'ils arrivèrent sur la plaine, Kelvin passa au petit galop suivi de près par les deux filles. Ils filèrent dans la prairie, montant et dévalant les petites buttes qu'ils rencontraient, heureux de cette liberté et du vent sur leur visage.

La rivière, dont le lit serpentait autour d'une petite colline, était cachée de la vue par un rideau d'arbres qui l'encadrait sur les deux rives. Ils obliquèrent vers l'ouest pour gagner le coin pour la baignade. Arrivés près des arbres, ils remirent leurs montures au pas et se faufilèrent entre la végétation. La rivière était en contrebas et ils laissèrent donc les chevaux entravés sur une hauteur et descendirent le petit chemin qui les mènerait en bas.

Un gros trou d'eau s'étirait paresseusement à cet endroit. Il faisait bien vingt mètres de long par sept de large. Il paraissait également profond.

Lassa se rappela de la petite mare à canard qu'elle avait à sa disposition sur le vaisseau et des trois brasses qu'il lui était possible d'y faire avant d'atteindre l'autre bout. C'était peu pour un apprentissage de la natation mais la machine d'imprégnation avait compensé ce désavantage. Ils posèrent leurs affaires et s'approchant doucement de l'eau testèrent sa température du pied. Elle était fraîche mais agréable.

Ils se glissèrent dans le cours d'eau et firent quelques mètres en faisant des brasses vigoureuses pour se réchauffer. Ils s'amusèrent ensuite à nager ; les deux filles à un moment se liguèrent pour plonger Kelvin sous l'eau, qui leur rendit la pareille équitablement, passant de sa sœur à Lassa puis le contraire. Ils entamèrent même une course d'un bord à l'autre du grand côté du bassin ; Course que Lassa gagna, avantagée par une technique éprouvée même si elle n'était pas très musclée.

L'après-midi se passa rapidement et ils sortirent exténués de l'eau pour aller enfin se restaurer. Les sandwichs que Camille avait préparé étaient les bienvenus. Tout en croquant dans son pain, Kelvin ramassait du petit bois et l'entassa entre deux cailloux. Il pensa à sa chevalière et sentit aussitôt l'invisibilité l'entourer.

— Ça marche, lança-t-il aux filles.

Il prononça le mot de 'feu' et du bois s'élevèrent bien vite une bonne flambée.

— Bien sur que ça marche, répondit Lassa.

— En fait, lorsque je suis venu te chercher, j'avais un silex avec moi. Car il m'était impossible de faire le feu autrement. Je suis juste étonné de pouvoir tout faire par moi-même.

Ils se laissèrent ainsi chauffer au soleil et s'attendaient bien à être sec d'ici peu pour pouvoir se changer. Croquette qui s'était éloigné les rejoignit dès qu'ils firent mine de partir. Ils regagnèrent leurs chevaux et rejoignirent le village au pas, en discutant de leur journée.

A seize heures, ils passaient les portes de l'hôpital. Ankthor et Marx les attendaient dans le jardin. Marx, en tant que responsable de la Justice, tenait également à se renseigner sur leur invité surprise.

— Marx va mettre en œuvre le mot « vérité » pour que nous nous assurions des paroles que prononcera le blessé. Mais nous y serons contraints également alors laissons-le parler d'abord. Nous lui expliquerons ensuite où il est s'il nous parait digne de confiance. Allons-y !

Le docteur Kleine les accueillit à l'entrée du bâtiment mais fronça les yeux en apercevant la bestiole sur l'épaule de Lassa.

— Lassa, tu m'excuseras mais je ne veux pas que cet écureuil pénètre dans l'hôpital. Ce n'est pas très sain. On ne sait jamais.

Lassa obéit de bonne grâce et déposa Croquette dans le jardin. L'animal voulut cependant la suivre mais elle le repoussa doucement et le Docteur Kleine ferma la porte derrière eux.

Ils trouvèrent Maric qui les conduisit jusqu'à la chambre qu'occupait le blessé. Ils frappèrent. L'homme les attendait. Il sourit en voyant entrer la délégation de l'air de dire « Tout ça pour moi ».

Marx se concentra pour déclencher le mot d'Avoir tout en se rapprochant de l'homme.

— Bonjour Monsieur, lui dit-il. Nous sommes là pour prendre de vos nouvelles et connaître votre histoire, si vous voulez bien nous la raconter.

L'homme paraissait grand, même allongé sur son lit et massif, l'aspect d'un homme de la terre habitué aux durs travaux des champs. Il était jeune cependant, ne devant pas avoir dépassé la trentaine. Son visage était ouvert et il ne semblait rien avoir à cacher.

— Bonjour, je suis prêt à vous répondre mais avant tout je voudrais vous remercier. Je me suis cru perdu lorsque j'ai pris cette flèche.

— Ce sont ces deux jeunes qui ont trouvé votre cheval errant dans la forêt et vous, affalé dessus, évanoui. Ils vous ont ramené jusqu'à notre village.

— Merci, je vous dois sans aucun doute la vie. Je m'appelle Géron. J'habite un petit village, Cornois, au pied des montagnes de l'Aigle. J'y vis avec ma femme et mes deux enfants. Je suis cultivateur. J'ai un petit lopin de terre dont je m'occupe depuis sept ans. Nous sommes loin des montagnes de l'Aigle.

— Oui, répondit Ankthor. Notre village est dans une forêt mais même de la route vous ne verriez pas vos montagnes. Mais s'il vous plaît, avant que l'on ne vous réponde, nous aimerions en savoir plus sur vous.

— Oui, je comprends votre réticence. Avant de travailler la terre, j'ai débuté comme soldat, reprit-il. J'étais à la Capitale et je peux dire que j'ai côtoyé du « beau monde ». J'appartenais à la garde personnelle du grand Prêtre de Ka. Mais j'ai abandonné bien vite la partie. Les violences gratuites m'ont toujours rebuté. Alors, avec ma femme nous sommes partis nous installer le plus loin possible des prêtres et de leurs exécuteurs des basses-œuvres.

Nous y vivions heureux mais une sécheresse suivie d'une inondation nous ont réduit à la précarité. Tous dans le village, nous étions au bord de la famine. Et personne pour nous aider. Nous avons donc décidé de nous servir là où était l'argent et avons monté une bande pour attaquer un convoi chargé des impôts. Nous leur avons tendu une embuscade sur la route mais elle a mal tourné.

Nous n'avions pas assez d'hommes expérimentés et nous avons dû nous enfuir précipitamment. C'est à ce moment que j'ai reçu un carreau d'arbalète dans le dos et que je me suis retrouvé agonisant dans la forêt. Pour tout dire, cela m'étonne d'être autant en forme. Je crachais du sang ce qui fait que mon poumon était perforé.

Après cette confession, le groupe s'excusa et se rendit dans le couloir pour analyser les faits.

— Il n'a pas menti une seule fois, annonça Marx. C'est plutôt bon signe.

— De plus, il ne porte pas les prêtres et les soldats dans son cœur ; Je pense que nous pourrions faire de son village un allié, d'autant plus qu'ils ont besoin d'aide. Je suis pour lui raconter notre petite histoire.

— Allons-y, j'ai confiance en lui ! Confirma Lassa. C'est de plus un ancien soldat, il pourrait nous être utile.

Ils rentrèrent donc de nouveau dans la pièce et cette fois-ci ce fut Ankthor qui prit la parole.

— Merci Géron de nous avoir raconté sans faux-fuyants votre histoire. Nous savons que vous nous avez dit la vérité et nous vous faisons confiance. À nous de vous en conter une.

Ankthor s'assit au bord du lit. Il reprit.

— Il y a une légende qui raconte qu'il y a plus de sept cents ans, une jeune femme nommée Eléa est descendue des étoiles sur un bateau céleste et a aidé le peuple en lui enseignant des mots de magie et en guérissant les malades. Le roi de l'époque l'a fait prisonnière et lui a arraché ses secrets pour ensuite former la secte de Ka. Vous connaissez cette histoire ?

— Bien sur. Cette légende n'est pas très populaire auprès des prêtres mais elle se raconte dans les chaumières aux enfants le soir. Je l'adorais lorsque j'étais petit et je rêvais qu'Eléa revienne.

— Eh bien, je vous présente Lassa. Elle vient de la même planète lointaine et est notre deuxième Mère de l'humanité.

— Mademoiselle, je ne voudrais pas vous manquer de respect, mais avant que je ne crois cette histoire, il va me falloir des preuves sérieuses.

— Je vous comprends, reprit Ankthor mais déjà je peux vous dire que la légende d'Eléa n'en était pas une. Que les prêtres de Ka lui ont bien arrachée ses mots d'Avoir et qu'ils les utilisent pour dominer le pays.

— C'est vrai que de toute façon, l'histoire d'un Dieu qui leur aurait enseigné la magie ne me convainquait pas beaucoup plus.

— Oui, eh bien nous, nous utilisons également ces mots d'Avoir mais nous savons par qui ils nous ont été légués.

— Donc, vous pouvez faire de la magie comme les prêtres ?

— C'est comme cela que vous avez été guéri. Votre poumon était bien perforé et nous l'avons réparé et avons soigné votre plaie.

— Et vous Mademoiselle, vous venez des étoiles sur un bateau céleste ?

— Attendez une seconde. Je vais contacter mon vaisseau et lui demander de vous parler.

— Stilv, prêt pour une démonstration ?

— Bonjour jeune homme, je m'appelle Stilv. Je suis l'entité intelligente qui dirige le vaisseau qui a conduit Lassa sur votre monde. Nous venons d'une planète à trois cent quatre-vingt années de distance qui s'appelle Gend'ria. Je ferais bien un passage à basse altitude pour vous convaincre mais je ne voudrais pas alarmer le pays entier.

— Il me parle dans ma tête. C'est incroyable. Mais n'est-ce pas seulement de la magie ?

— Je vais vous prouver que je parle d'une certaine hauteur. Je pense avoir repéré votre village pendant que vous en parliez et je peux vous dire qu'il y a 227 habitants.

97 hommes, 102 femmes et 28 enfants. Que les champs s'étendent à l'est du village. Qu'il y a 62 constructions et une rue principale d'où partent deux rues de chaque côté. Qu'il y a en ce moment un homme qui est assis sous sa véranda dans la première maison à gauche à l'entrée du village. Il a les cheveux blancs et est barbu. Une barbe épaisse et longue qui lui descend sur la poitrine. Il lit un livre tout en buvant ce qui doit être un café dans une tasse en fer.

— OK, OK, c'est le vieux Karl. Il est dehors toute la journée. Je vous crois. Et vous voyez ma femme ?

— Vous pouvez me parler par la pensée. Je vous entendrais également.

— Comme ça ?

— Oui, c'est cela. Maintenant dites-moi où vous habitez ?

— Dans la deuxième rue à droite, la troisième maison sur la droite. Celle avec un petit jardin sur le devant où pousse un grand pommier.

— C'est OK, il y a trois personnes dans votre maison. Une femme et deux enfants : un garçon et une fille.

— Et pouvez-vous lui dire que je vais bien ?

— Je peux faire mieux. Vous pouvez le lui dire vous-même. Mais allez-y doucement, ça va lui faire un choc.

— Lydia, Lydia, c'est moi Géron.

Pas de réponse.

— Parle-moi dans ta tête, mon amour.

— Mon Dieu, Géron, tu es mort ?

— *Non mon amour. J'utilise la magie, tu sais comme les prêtres de Ka. Je vais bien.*

— *Tu es où ? Tu vas bientôt rentrer ?*

— *Je suis dans un village. Ils m'ont accueilli et m'ont soigné. Je suis guéri et je vais bientôt rentrer. Rassure-toi Lydia. Je ne cours aucun danger.*

— *Oh tu m'as tellement manqué. J'avais si peur.*

— *J'aurai beaucoup de choses à te raconter lorsque je rentrerais. Je t'aime, mon amour.*

— *Moi aussi, Géron, je t'aime.*

— C'est bon. Je vous crois. Lassa vient des étoiles et son bateau volant peut faire des choses extraordinaires. Je vous remercie, j'ai pu rassurer ma femme.

— Voilà une bonne chose de faite. De toute façon, vous pourrez bientôt la retrouver. Il nous faudra la journée de demain pour préparer l'approvisionnement et vous pourrez partir dès le lendemain. En attendant, nous vous ferons visiter notre village. Vous êtes d'accord ?

— Nous vous serons tous infiniment reconnaissants pour votre aide. C'est d'accord.

— Pour cette fin d'après-midi, je vous propose de vous habiller et de suivre les jeunes. Ils vous mèneront jusqu'à notre maison d'hôte où vous pourrez séjourner jusqu'à votre départ. Nous vous attendons dehors au bout du couloir sur votre droite.

Arrivés dans le jardin intérieur de l'hôpital, Ankthor reprit la parole.

— Kelvin, Camille, Lassa, je vous charge de montrer le village demain à notre invité. Il ne faut rien lui cacher de notre vie pour bien lui montrer l'intérêt d'utiliser les mots d'Avoir. Nous devons en faire un convaincu pour qu'il décrive notre village et notre mode de vie aux siens.

— Je souhaiterais l'accompagner lorsqu'il partira. Je rencontrerais ainsi les autres villageois. C'est mon rôle d'Enseignante.

— Je m'en rends bien compte, Lassa. Tu as une mission et nous ne saurions t'en priver. Bien, nous y allons. Occupez-vous bien de Géron.

Lorsqu'ils se retrouvèrent seuls, les trois amis attendirent Géron qui ne tarda pas à apparaître. Heureusement, se dit Lassa, car Camille devenait hystérique, deux phrases se réjouissant du départ prochain, deux phrases se lamentant sur la décision de ses parents de les garder ici.

— Me voilà, Mère de l'humanité, annonça Géron

— Je m'appelle Lassa si tu veux qu'on soit amis…

— Bien Lassa. Je ne souhaite pas mieux. Au moins, tu ne te prends pas trop au sérieux.

— Je suis là pour enseigner aux gens l'égalité et se faire appeler Mère de l'humanité crée automatiquement une distance qui va à l'encontre de ma position. Je te présente Camille, mon amie et mon assistante et Kelvin, son frère, mon garde du corps et plus que ça, répondit Lassa.

Géron sourit, fit un petit salut aux deux jeunes gens.

Un petit cricri aux pieds de Lassa lui fit baisser la tête.

— Oui, j'allais oublier de te présenter Croquette. Il est avec moi depuis deux jours.

Géron regarda le petit animal que Lassa fit monter sur son épaule.

— Il est tout mignon, décréta-t-il, je peux le toucher ?

Kelvin secoua la tête…Encore un qui faisait la cour à la bestiole, pensa-t-il

Lassa lui fit signe que oui et Géron approcha sa main doucement pour toucher l'écureuil. Puis tout se passa très vite. Il l'attrapa fermement, le ramena à lui et lui souleva la queue. Le cricri criait vraiment maintenant et se débattait mais Géron renforça sa prise. Après avoir vérifié, il attrapa la tête de Croquette et la tourna dans le sens des aiguilles d'une montre sous le regard affolé des trois jeunes. La bestiole se détendit dans la mort.

— Mais vous êtes fou… Ça va pas ? Lança Lassa. Camille et Kelvin firent bloc à côté d'elle, pensant au mot pour étourdir.

— Oh, oh, du calme… Lança Géron devant le visage menaçant des trois jeunes. Je vous explique. Les prêtres ont la sale manie de marquer tout ce qui leur appartient… dit-il en soulevant de nouveau la queue de l'animal. Il leur montra le petit triangle tatoué, assez bien caché par la queue de l'animal.

Lassa fit les gros yeux et Kelvin confirma.

— Oui, c'est bien la marque des prêtres.

— Peut-être, répondit Lassa, mais en quoi il méritait de mourir ? C'était pas sa faute.

— En fait, c'est très grave. Ce n'était pas un animal mais un prêtre de Ka que tu portais sur l'épaule. Et j'espère bien que je l'ai occis aussi, bien que cela m'étonnerait.

— Salopard … fut le cri du prêtre en se redressant de son divan. Il se frotta le visage. Rompre le contact par une mort prématurée du porteur lui était déjà arrivé mais ce n'était vraiment pas de son goût.

— Purée de truc… reprit-il en se levant. Le grand prêtre de Ka fit quelques pas jusqu'à son bureau et nota une description du personnage dans un gros cahier qu'il tenait depuis trois jours. Il souligna ensuite de deux traits rageurs la phrase : « Ce n'est pas possible qu'il sache… A vérifier. »

Cela faisait déjà une dizaine d'année qu'il avait introduit auprès des guérisseurs cette pratique. Mais ce secret était vraiment bien gardé.

Il sonna la cloche sur son bureau et un serviteur rentra.

— Votre Excellence, lança ce dernier en faisant une courbette.

— Amène-moi Marcus

— Tout de suite votre Excellence.

Cela faisait trois jours qu'il faisait des allez-retour dans le corps de l'écureuil… Depuis que ce Marcus les avait informé qu'il avait rencontré des chevaux sans cavalier et qu'il les avait suivi jusqu'au village.

Il avait appris des choses intéressantes sur cette Mère de l'Humanité mais il lui manquait l'essentiel.

Le serviteur introduit un jeune prêtre, blond, avec une marque triangulaire sur la joue droite. On voyait qu'elle était récente. Pour sa première mission, ce débile était tombé sur le gros lot mais il était incapable de retrouver le chemin.

— Marcus, assieds-toi, s'il te plaît.

— Merci votre Excellence, répondit le jeune homme assez mal à l'aise. Il n'était pas là depuis longtemps mais il savait que quand le grand Prêtre était aimable, cela ne signifiait rien de bon.

— Marcus, j'ai perdu le contact. En fait, il y avait quelqu'un dans le village qui connaissait l'existence des écureuils espions. Je n'ai pas l'information. Alors tu vas me raconter de nouveau et en détail tout ce dont tu te souviens.

— Bien votre Excellence. Les soldats m'ont lâché devant la forêt de Cilgue, à une demi-journée de Boulet. Je suis rentré dans la forêt et tout allait bien. J'ai guidé l'animal un peu partout, m'enfonçant dans la forêt, prenant des repères comme je l'avais appris.

Mais je ne sais ce qui s'est passé. Le soir, je l'ai endormi et je suis rentré dans mon corps pour me restaurer mais quand j'y suis retourné, une heure après, il n'était plus à la même place. C'est sûrement cette femelle qui a réussi à le sortir de sa transe. Elle était en chaleur et j'ai eu le plus grand mal à en reprendre possession.

Seulement après, j'étais perdu. Je ne sais pas où il a pu errer durant cette heure. C'était la nuit et j'ai décidé d'attendre le lever du soleil sans plus le quitter.

C'est le matin, alors que je cherchais à m'orienter que je suis tombé sur les chevaux et le gars blessé. Je les ai suivis, j'ai traversé avec eux la barrière invisible et je me suis retrouvé dans le village. Je vous ai aussitôt informé, votre Excellence.

— Tu pourrais retrouver l'endroit où tu as abandonné ton poste ?

Marcus sentit un frisson l'envahir. Abandonner son poste avait qualifié le grand Prêtre. Alors qu'il est d'usage de se restaurer le soir. Il reprit humblement :

— Oui, votre Excellence, sans problème. De toute façon, il n'a pas pu aller bien loin. En partant de là, je retrouverais l'endroit où je suis tombé sur les chevaux, j'en suis certain.

— Bien Marcus. Je te crois. Je sais que tu feras au mieux pour rattraper ton erreur. Tu vas partir sur le champ pour Cilgue et me fouiller cette forêt de fond en comble. Tu seras accompagné d'un contingent de ma garde Personnelle. Et je suis certain que pour le bien de tous, tu retrouveras le chemin du village.

Marcus prit bonne note de la menace à peine voilée, salua le grand Prêtre et s'empressa de sortir de son bureau.

Le grand Prêtre soupira. Que des incapables, pensa-t-il mais il ne pouvait être partout à la fois. Il avait décidé de ne pas envoyer l'armée maintenant. La forêt était immense et il savait que malgré ce qu'affirmait le jeune prêtre, un écureuil pouvait parcourir une grande distance en une heure.

Une pensée lui vint cependant. Il sonna de nouveau et le serviteur rentra.

— Appelles-moi le Capitaine de ma Garde

— Oui, votre Excellence.

— En gros, résuma l'hologramme de Stilv, devant le Comité de Stratégie toujours présent à l'hôpital, ils ne savent pas grand chose.

— Pas grand chose, c'est quand même vite dit, reprit Ankthor. Ils savent où le village se trouve.

— Non, je ne pense pas. J'ai observé la Capitale depuis l'incident et seule une troupe de vingt soldats en est sorti pour se diriger dans notre direction. Ils étaient accompagnés par un prêtre de Ka. S'ils savaient vraiment où était le village, l'armée serait sur le pied de guerre.

— Comment cela se peut-il ? Il était ici…

— Je ne sais mais la probabilité pour que j'ai raison est très forte. Ils ont des troupes regroupées beaucoup plus près d'ici que la Capitale. Ils auraient dépêché des messages sinon, et les pigeons auraient déjà atteint les forts. Non, là, ils sont dans le doute. Ils savent que vous êtes dans cette forêt, mais ils ne savent où exactement. De toute façon, je surveille toute l'activité du Territoire et nous aurons le temps d'évacuer s'il y a danger.

— Alors, que savent-ils en fait, Stilv ? demanda Lassa, à part la couleur de mes sous-vêtements, poursuivit-elle avec une grimace.

Stilv sourit. Malgré cette situation d'alerte qui avait réunie le Comité en urgence, il restait optimiste. L'intervention de Géron leur avait évité le pire.

— J'ai visionné tout ce qui s'est passé depuis ta rencontre avec cet « animal » et s'ils savent que tu as rejoint le village, que tu es la Mère de l'humanité, que tu veux les combattre, les espionner, ils n'ont pas plus d'information sur nos plans.

Au niveau des mots d'Avoir, ils savent que tu peux imprégner un objet, que tu as des mots de chasse, que tu es capable de régénérer un corps, et que notre institutrice doit enseigner les deux cent cinquante-cinq mots aux habitants. Ils ne savent rien de plus.

Vous n'avez à aucun moment prononcé le mot d'invisibilité, même lorsque vous avez imprégné vos bracelets.

Celui qui était aux commandes de l'animal connaît vos visages, et quelques noms, mais c'est tout.

— Cela pourrait être un ancien serviteur mais vu sa carrure et son assurance, je penche plus pour un soldat.

— C'est vague, votre Excellence. Même si l'on se restreint aux soldats, en dix ans, il en est passé quelques uns au Palais.

— J'ai envoyé le jeune prêtre à leur recherche dans la forêt mais je n'ai pas beaucoup d'espoir. C'est notre seule piste. Il n'est pas du village, il était au courant pour les écureuils. Tu as sa description, tu dois retrouver sa trace.

— Je ferais de mon mieux, votre Excellence.

Confortés par le récit de Stilv, le Comité décida d'attendre et de voir. Il décida également de maintenir le programme comme prévu.

Lorsqu'ils ressortirent de l'hôpital, Géron, qui n'était pas intervenu durant la réunion, leur dit qu'il était d'accord avec les déductions de Stilv.

Ils décidèrent donc de poursuivre comme si de rien n'était et de conduire Géron jusqu'à la pension de famille.

Lassa n'en voulait pas à Géron pour avoir tué l'animal. Elle comprenait maintenant ses raisons.

Alors qu'ils descendaient la rue du village, Géron s'extasia.

— Votre village est fabuleusement riche. Des toits de tuile et des briques pour toutes vos maisons, une substance dure qui recouvre les routes, des trottoirs, c'est pour chacun un palais.

— Tout vient des mots d'Avoir, dit Kelvin. Imaginez-vous fabriquer une brique et ensuite pouvoir la multiplier à l'infini sans autre apport en matériau, en temps ou en énergie et vous vous retrouvez avec notre village.

C'est identique pour tout : hier, nous sommes allés à la pêche, nous avons pris un poisson que nous avons dupliqué puis remis dans l'eau. Et nous avions de quoi donner à manger à tout le village si nous l'avions souhaité. Ou pour l'agriculture, nous ne labourons pas, tout se fait sur un simple mot. Nous vous montrerons demain. Nous pouvons aussi assécher un marécage et faire pousser les végétaux plus vite. Nous ne risquons pas la famine.

— Et les prêtres pourraient faire cela ?

— Oui. Mais tout le monde à l'époque d'Eléa pouvait faire de même. Les prêtres l'ont interdit pour garder la population sous leur coupe. Ce n'est pas seulement la richesse qu'ils apprécient mais surtout le pouvoir et ils ne peuvent l'avoir que s'ils asservissent les autres par la pauvreté et le travail.

— Je les savais mauvais mais je n'avais pas idée de l'étendue des mots d'Avoir. Une chose que je sais, c'est qu'ils ne donnent rien. Ils ne savent que prendre.

— Je vais vous montrer comment fonctionne notre mode de vie. Votre tunique est trouée. Nous allons aller vous en chercher une autre.

— Mais je n'ai pas d'argent…

— Attendez de voir.

Ils rentrèrent dans une boutique de vêtements et furent reçus par un jeune homme qui apprenait le métier.

— Stevan, tu es seul à la boutique ; ton père t'aurait-il déjà laissé les rênes ?

— Non, il s'est absenté pour la journée. Bonjour Lassa, je suis heureux de faire ta connaissance.

— Moi aussi, d'autant que tu ne m'appelles pas Mère de l'humanité…

— Les nouvelles vont vite dans le village. On sait que tu n'aimes pas ça. Que puis-je pour vous ?

— Il nous faudrait une tunique neuve pour Géron. La sienne a été traversée par une flèche.

— Une flèche ? Il y a de meilleures façons d'user un vêtement.

— C'est certain, lui répondit Géron, mais je n'en ferais pas une habitude, promis.

Stevan sourit et les conduisit devant un présentoir avec plusieurs chemises de tailles, de couleur et de motifs différents.

— Quel choix ! Vous êtes achalandés comme dans la capitale.

— Mon père n'arrête pas de créer des modèles. C'est sa passion.

Géron choisit une tunique brune en tissu épais qui convenait à la vie en pleine air et aux activités salissantes.

— Pourrais-tu, s'il te plaît Stevan montrer à Géron comment tu renouvelles le stock après qu'un client soit passé. C'est la première fois qu'il verra la magie à l'œuvre.

— Bien sur. De plus, je suis l'ami d'Andir, tu sais l'apprenti maçon que vous avez aidé hier, et il m'a appris le mot plus rapide.

Stevan se concentra et une seconde plus tard apparut dans sa main une tunique identique à celle choisie par Géron. Il la replia et la reposa sur l'étagère sous le regard éberlué de son client.

— Tu comprends pourquoi l'argent n'a pas cours chez nous ?

LES 32 MOTS AU POUVOIR

Lorsqu'ils rentrèrent à la maison pour se préparer pour la réunion avec les attentifs, Jehor, également concerné, était déjà dans la salle d'eau.

Marcia, dans la cuisine, fut catastrophée d'apprendre que le gentil écureuil était en réalité un prêtre de Ka et ses mots ne furent pas assez durs pour cette espion qui avait envahi son domicile et stationné sur l'épaule de Lassa. Lorsque l'averse fut passée, Camille se lança en racontant le rajeunissement de Farlin, la création du mot d'Avoir, puis fit un récit détaillé de leur baignade et le plaisir qu'ils y avaient pris. Elle comptait sérieusement faire oublier à sa mère les dangers et la saoulait de paroles sur le positif de leur vécu.

Lorsqu'elle en arriva enfin au départ de Géron et de Lassa, Camille plaida leur cause avec conviction pour arracher l'autorisation de participer au voyage.

— Maman, c'est la chance de notre vie. Enfin faire quelque chose de constructif. Il nous faut suivre Lassa. Elle a besoin de nous…

— C'est d'accord, acquiesça Marcia en coupant le flot de paroles de sa fille qui ne s'attendait vraiment pas à ce qu'elle cède aussi facilement.

Devant son air étonné, elle reprit :

— Vous comprenez, j'étais tout à fait heureuse de vous élever dans un cocon à l'abri du monde extérieur, mais je savais que l'arrivée de la Mère de l'humanité allait apporter des bouleversements profonds dans notre vie et je l'ai toujours accepté. Je suis heureuse que vous y ayez une part aussi active.

Camille était folle de joie et sauta à son cou. Celle-ci la serra bien fort. Elle cachait sa peur de mère et voulait profiter quelques heures encore de sa petite fille qui grandissait bien vite.

Lorsque Jehor eut terminé de se préparer, les deux filles se précipitèrent dans la salle d'eau.

Kelvin résuma de nouveau leur journée au bénéfice cette fois de son père et celui-ci rendit également un jugement positif à l'évocation du voyage. Chacun, selon lui, avait un rôle à jouer dans cette affaire et devait s'y tenir.

Lorsque Kelvin fut prêt, ils passèrent à table.

— Ce soir, nous avons du lapin, claironna Marcia pour que tout le monde l'entende. Dommage, j'aurais bien fait de l'écureuil…

Lassa et Kelvin éclatèrent de rire mais Camille se récria.

— Oh maman, du lapin, tu sais bien que je n'en mange pas. C'est trop mignon ces petites bêtes !

— Mais aujourd'hui c'est du lapin spécial Lassa, préparé sans tuer la bête. Ça te permettra de goûter, je pense.

— Ainsi, c'est cela que tu demandais à Lassa ce matin. Son mot d'Avoir pour… préparer du lapin pour moi ?

— Mange plutôt que de parler. On verra si c'est à ton goût.

Le lapin était excellent et Camille se régala. Elle aimait le lapin mais surtout elle appréciait que sa mère ait eu une pensée pour lui faire plaisir. C'était un cadeau en plus d'un repas.

La réunion battait son plein.

— Vous serez de surveillance par équipe de quatre pendant deux heures comme vous y étiez précédemment habitués. Il vous suffira de noter ce que vous entendrez et verrez et nous ferons un point tous les soirs. Lassa va vous donner toutes les capacités nécessaires.

Lassa se leva.

— Pour que la localisation soit efficace, j'ai demandé à mon vaisseau de nous cartographier le pays dans son entier. Vous n'aurez pas le nom des lieux mais vous les reconnaîtrez. Vous serez donc imprégnés de cette étude ainsi que du mot d'Avoir que nous venons de créer. Ne vous inquiétez pas, Stilv va vous parler en pensée. Ce n'est pas douloureux et vous n'avez rien à faire. Si vous devez lui répondre, préférez le mode pensée plutôt que la parole. Vous êtes prêts ?

Et après qu'ils eurent acquiescé, Stilv se chargea de l'imprégnation.

Les attentifs étaient clairement satisfaits de leur nouvelle connaissance du pays. Ils connaissaient chaque cours d'eau, les cols et les vallées des montagnes, l'emplacement de toutes les villes et villages, les bords de la côte.

La première équipe se concentra et tous observèrent pour voir le résultat. Quelques minutes plus tard, l'un d'entre eux annonça :

— Un prêtre de Ka, au palais de la Capitale, mot de 'feu'…

Cela marchait. Ils seraient bientôt au courant des mots utilisés par les prêtres. Ils attendaient également avec beaucoup d'espoir de trouver d'autres personnes qui les utilisaient.

Ils rentrèrent ensuite tous ensemble, le père de Kelvin ne faisant pas partie de l'équipe qui travaillait.

— Vous savez, la carte que j'ai dans la tête, c'est comme si je voyais le paysage d'en haut. Je distingue tous les reliefs, les fleuves… Ton ordinateur a vraiment de grandes capacités.

— Et tu n'as pas encore appris les deux cent cinquante-cinq mots d'Avoir suivants. Ça donne également du relief à la magie, déclara Kelvin. Comme j'ai eu droit également aux mots de Chasse, je peux d'un regard et d'une pensée endormir un animal ou même un homme. Je pense que je ferais un bon garde du corps pour Lassa.

— Je l'espère mon fils, elle nous est précieuse.

— Maintenant que tu es connecté à Stilv, tu pourras nous parler par la pensée dès que tu le voudras. Tu nous donneras des nouvelles de la surveillance.

Ils rentrèrent et Marcia étant déjà couchée, Jehor les quitta pour la rejoindre. Alors qu'ils montaient l'escalier, Kelvin demanda à Lassa :

— Tu n'as pas de nouvelle imprégnation pour moi, par hasard ?

— Non, ce soir pas de raison que tu t'affales sur mon lit. Bonne nuit Kelvin, Bonne nuit Camille.

— Vivement la tente… lança Kelvin

— Cher grand frère, il ne faut pas trop y compter. Il n'y a qu'une tente ; deux filles et deux garçons ; la tente est donc réservée aux filles…

— Et la duplication, tu y penses ?

— Et le fait de me faire dormir avec Géron, tu y penses ?

Kelvin bougonna et vaincu rentra dans sa chambre.

Le lendemain arriva donc rapidement. Lassa était fatiguée. Cela la changeait de sa vie monotone sur le vaisseau.

ils passèrent prendre Géron pour commencer leur visite de la ville. Kelvin comptait lui montrer ce qui touchait à l'agriculture. Lassa voulait également aller voir le boucher du village pour lui enseigner à dupliquer vivant les animaux.

Kelvin les emmena donc voir Remar, un jeune agriculteur qui s'occupait des champs de céréales à l'est du village. Ce dernier leur montra ses champs : de petites parcelles chacune contenant des céréales différentes, du blé, du maïs, de l'orge, de l'avoine et encore d'autres.

Les parcelles, d'après Géron, ne suffiraient pas même à nourrir une famille pendant trois mois et il s'en étonna auprès de Remar.

— Pourquoi créer une parcelle gigantesque, on a plus de chance de se faire repérer par les prêtres. Nos champs sont de tout petits jardins et ne produisent qu'un sac à chaque récolte. Mais ce sac sera dupliqué pour nous nourrir toute l'année. En fait, je duplique plus que je ne travaille sur les parcelles. D'autant que j'ai des outils efficaces pour préparer mes champs. Venez, j'ai une parcelle en friche un peu plus loin, je vais vous montrer.

Remar prit un râteau et ils le suivirent. Le petit carré de terre était destiné à produire de l'avoine. Il était pour le moment plein d'herbes folles.

Sur un mot pensé par l'agriculteur, les herbes se fanèrent. Elles gisaient sur le sol comme de l'herbe sèche. Il les regroupa sans difficulté avec son râteau en un gros tas sur le passage au bord du terrain puis se concentra sur un autre mot et la terre sembla bouillir pendant quelques secondes. Après l'opération, Remar proposa à Géron de toucher la terre. Il enfonça sa main et ramena une poignée de terre friable à souhait. Elle était prête à être semée.

— Voilà, je la laisse reposer et demain, je sème.

Ils terminèrent la visite par un petit hangar qui contenait quelques sacs, chacun rempli de graines différentes. Remar s'approcha d'un sac de maïs, le saisit et le tassa. Il le dupliqua ensuite et un deuxième sac apparut à côté. Il le cousit et le porta jusqu'à une petite charrette à l'extérieur.

— Je dois aller livrer un sac de chaque sur la place pour Ankthor ce matin. Je crois que cela a un rapport avec vous.

— Oui, cela permettra de nourrir le village de Géron qui est au bord de la famine, confirma Camille.

La maraîchère leur fit également une petite démonstration et leur présenta les cageots qu'elle devait également livrer pour le village de Géron. Un légume de chaque sorte dans l'un et un fruit dans l'autre.

— C'est merveilleux. Avec un tel pouvoir, je pourrais produire de quoi nourrir le village entier. Nous n'aurions jamais plus de problèmes de nourriture. Tu disais Lassa qu'Eléa apprenait ces mots d'Avoir à tout le monde. Pourrais-je en bénéficier ?

— Géron, nous ne t'avons pas montré tout cela pour ensuite te renvoyer sans aucune possibilité de faire la même chose. Par contre, pour la méthode, j'y ai bien réfléchi hier soir et il y a une solution simple.

Les prêtres sont à l'affût de tous ceux qui utilisent ces mots et le moindre manquement aux règles pour les utiliser peut être terrible pour la personne. Nous possédons un mot d'Avoir qui leur est inconnu et qui prononcé, permet d'utiliser les autres mots en sécurité. Ce mot, les gens d'ici sont prêts à mourir pour qu'il ne tombe pas entre les mains des prêtres mais on ne peut pas demander la même chose aux gens de ton village. Pas encore.

Alors je ne te donnerais pas ce mot mais un pendentif qui le contient. Il suffira de l'avoir sur toi pour pouvoir ensuite utiliser les mots que je t'apprendrais. Tu seras chargé de les enseigner à ton tour aux tiens et de dupliquer ce pendentif pour qu'ils le portent également.

Tu seras donc imprégné des trente-deux mots d'Avoir initiaux qui ont servi à ce village pendant sept cents ans. Pour que vous vous habituiez à leur manipulation progressivement.

— Mais je veux également combattre pour vous.

— C'est vrai que nous allons nous lancer dans une reconquête du pays et que nous avons besoin de volontaires. Mais ils doivent être déterminés. Nous ne savons pas encore les mots que les prêtres utilisent mais les mots que ces volontaires apprendront ne doivent pas non plus leur être divulgués.

— Je comprends. Mais sous la torture, j'en ai vu bien peu qui n'avouent pas.

— C'est pour cela que le village a une méthode : tous se sont fait creuser une dent qu'ils remplissent de poison au cas où ils seraient pris.

— J'accepte ma part du marché. Avant de quitter le village demain, j'aurais ma dent creusée également.

— Attends. Je vais te reposer la question après avoir utilisé le mot 'vérité'. Il t'empêchera de dire quelque chose que tu ne penses pas vraiment. Es tu d'accord ?

— Je suis d'accord

— Alors, vas-y Géron, dis-nous ce que tu veux faire.

— Je veux ramener les mots d'Avoir à mon village, porter le pendentif et les utiliser. Dans le même temps, je veux contribuer à votre révolution jusqu'à la mort si nécessaire. Je veux recruter des gens surs grâce à ce mot de 'vérité' et avec eux apprendre les mots pour combattre. Nous faire creuser une dent et nous en servir pour ne pas avouer les mots secrets.

— OK Géron. On fera comme tu le demandes.

— Demain nous partons avec vous, Géron, contribua Camille.

Lassa sourit. Si elle était heureuse d'avoir ses amis avec elle, elle était ravie que cela leur plaise autant.

— Demain soir, au campement, tu seras imprégné. Et cet après-midi nous irons nous faire creuser une dent tous les deux, reprit ensuite Lassa.

Le boucher fut ravi. Lassa lui montra comment dupliquer un animal vivant. Mais il lui raconta aussi qu'il était obligé d'écouler sa matière première tous les deux jours. De fait, il devait préparer toute sorte d'animaux à chaque fois. Il n'arrêtait donc pas de travailler.

Lassa lui demanda à voir la pièce où il entreposait la viande, demanda à Kelvin d'y clouer un bois, comme il l'avait fait pour les lampadaires et le fixa du mot 'figer'. Tant que la viande ne sortirait pas d'ici, elle serait protégée.

— Mais, vous pourrez apprendre tout ça en allant aux cours de Raven et Farlin le soir dans la salle commune.

— Je n'en aurais pas eu le temps auparavant. Mais avec ton aide, je suis libre. Mon fils qui se plaignait de la charge du boulot reviendra peut-être sur sa décision de ne pas reprendre l'activité familiale.

— Surtout que là vous n'aurez même plus à vous réapprovisionner. Figer et dupliquer vous permet de vous concentrer sur le service. Et un animal de chaque suffira.

— Vos mots d'Avoir sont merveilleux.

Sur la place du village, le chariot destiné à emporter les provisions pour Cornois se remplissait sous la direction active d'Ankthor. Les sacs de graines y avaient pris place à côté des cageots de fruits et légumes, ainsi qu'un sac de pomme de terre, autant de lentilles apportés par un troisième cultivateur.

Ankthor demanda à Géron s'il restait des animaux sur pied dans son village. Devant sa réponse positive, il souffla.

Regrouper puis guider jusqu'à Cornois un petit troupeau disparate n'aurait pas été une mince affaire.

— Je vous ai mis également quelques produits courants et le village a rempli deux coffres de babioles « indispensables ».

Les amis, quittant là Ankthor et ses préparatifs, allèrent s'enquérir d'un petit collier avec pendentif pour Géron. Mais dans le magasin de bijoux, tout sembla trop précieux aux yeux de celui-ci. Il voyait mal tout le village porter un collier en or avec un médaillon orné de petites pierres précieuses comme Lassa.

Ils ressortirent donc de l'échoppe et Géron demanda s'ils avaient un menuisier. Ils le conduisirent chez Selvin.

— Pourriez-vous me fabriquer un petit pendentif en bois en forme de spirale comme le portent les adeptes de la religion de Ka ?

— Pas de mon plein gré mais j'ai déjà vu l'un de ces emblèmes.

— Il le faudrait le plus simple possible et qui n'attire pas l'œil. Il ne s'agirait pas qu'en plus, on ait envie de nous le subtiliser. Nous l'attacherons avec une cordelette solide et il fera très bien l'affaire.

— Le plus dure, ça va être de le faire moche. Repassez dans deux heures, je vais voir ce que je peux faire pour vous.

L'après-midi les trouva en train de faire leurs sacs. Les filles décidèrent qu'à part les sous-vêtements dont elles emporteraient un exemplaire chacune, elles ne feraient qu'un seul sac qu'elles utiliseraient toutes deux, dupliquant à qui mieux mieux.

Kelvin partit également du même principe mais il ne prit, plus raisonnable que les filles et moins porté sur l'apparence leur dit-il en tirant la langue, qu'un pantalon et une chemise, qu'il dupliquerait chaque jour.

Trouvant son sac finalement trop léger, il alla dans la chambre de ses parents, ouvrit la grande armoire en bois massif et choisit un pantalon de voyage pour Géron. Il dupliqua également une chemise large que son père portait pour aller à la pêche pensant que c'était la seule à la proportion de la carrure de leur nouvel ami.

Ravi de pouvoir mettre son talent à profit, le dentiste du village accepta de leur expliquer en détail les règles de son art. Le creusement de la dent était un mot d'Avoir et le scellement, une pâte qui devenait solide après séchage. L'étape la plus délicate consistait à remplir un petit carré de panse de brebis avec le poison et ensuite de le ligaturer. La petite bourse serait insérée dans la dent.

Pour l'utilisation, une pression adéquate sur la dent craquerait le scellement et déchirerait l'enveloppe qui contenait le poison.

Il pratiqua ensuite l'opération sur Géron en leur décrivant chaque étape. L'artisan leur donna également du poison, de la pâte de scellement, un carré de panse et du fil qu'il fourra dans une petite bourse.

— Voilà de quoi reprendre le travail dans un autre village, annonça-t-il fièrement.

Mais lorsque Lassa demanda à recevoir les mêmes soins, il se récria :

— Ah non, la Mère de l'humanité. S'empoisonner... par ma faute, sûrement pas !

— Vous préférez peut-être que je fasse le saut de l'ange par une fenêtre comme l'a fait Eléa, si encore ils m'en laissent la possibilité, où que je sois torturée jusqu'à leur avouer les mots d'Avoir ? Vous croyez que j'ai le choix ? Je dois être traitée comme vous tous.

Revenant sur sa position au vu de la détermination et des arguments de Lassa, l'homme lui pratiqua l'opération tout en maugréant qu'elle ne devait jamais se faire prendre ; Qu'il aurait du mal à supporter que son travail ait mis fin à la Mère de l'humanité.

Elle le rassura en lui disant que si elle était prise et qu'elle pouvait ainsi échapper à son sort, elle le bénirait sûrement pour cette chance qu'il lui donnait. Très professionnel, il les informa cependant que comme certains en étaient déjà passés par là, les prêtres du Ka s'attendraient à cette manœuvre et qu'il faudrait être rapide de peur qu'ils ne les bloquent dans leur élan.

Ils en avaient terminé de leurs préparatifs. Le départ approchait.

COMME UN FEU DE PAILLE

Tout le monde dans la maison était sur le pied de guerre depuis trois heures du matin. Marcia avait préparé un solide petit déjeuner et l'excitation laissa la place chez Kelvin et Camille à une part de tristesse d'avoir à quitter leurs parents pour un temps indéterminé. Surtout Camille, qui n'avait encore jamais quitté le foyer.

Après s'être longuement embrassés, ils se quittèrent et les trois jeunes tenant leurs chevaux par la bride descendirent la rue pour la place du village.

Ankthor finissait avec l'aide de Géron d'atteler les deux chevaux du chariot. Géron, à qui on avait rendu son cheval hier l'avait déjà attaché à l'arrière et Lassa suivit son exemple. Elle monta ensuite sur le banc du chariot et attendit patiemment le moment du départ. Ayant terminé les préparatifs, Géron remercia encore Ankthor pour tout ce qu'ils avaient fait pour lui et son village et guidé par Kelvin et Camille prit la rue qui descendait vers la prairie.

Aucune route n'avait été tracé pour ainsi ne pas attirer de curieux. Ils devaient donc remonter la prairie sur de nombreux kilomètres pour enfin arriver à un gué qu'il leur faudrait traverser. Ils rejoindraient alors une route secondaire utilisée auparavant par des bûcherons. Plus tard, ils atteindraient enfin la voie carrossable, vrai début de leur voyage.

Lorsqu'ils passèrent enfin le gué, le soleil était haut dans le ciel et ils furent heureux de retrouver le couvert de la forêt. La petite route forestière était bien entendu en assez mauvais état et ils durent à plusieurs reprises la dégager de branches d'arbres pour laisser passer le chariot. Ils préférèrent tout de même les y remettre après leur passage pour confirmer l'état d'abandon de la route.

Kelvin et Camille, à cheval, fermaient la marche en traînant chacun un gros buisson derrière eux. Ils suivaient les traces du chariot et les effaçaient à mesure. Lassa donna à chacun un bout de pain et de la viande séchée et ils mangèrent tout en avançant, pressés de quitter ce passage où il ne fallait pas qu'ils soient vus.

Ils atteignirent enfin la voie principale au cours de l'après-midi. Stilv leur ayant confirmé qu'il n'y avait personne aux environs, ils s'y engagèrent et prirent la route vers les montagnes de l'Aigle.

Deux heures plus tard, ils commencèrent à remarquer les traces de civilisation. Géron confirma qu'ils arriveraient bientôt à un gros village, Boulet, que la route traversait. Ils avaient décidé de ne pas s'arrêter dans les auberges et passèrent donc sans attirer autrement l'attention, les villageois voyant des voyageurs passer toute la journée.

 Le village était plus grand que Aud'ria mais c'est tout ce qu'il avait de plus songea Lassa. Les bâtiments, même sur la rue principale étaient en bois, couverts de chaume. Les plus grands, à étages, servaient de maison aux commerçants plus aisés qui avaient leur commerce au-dessous. Un air de pauvreté et de saleté recouvraient le tout et elle se rendit alors compte du décalage affreux qui existait entre Aud'ria et le reste du pays.

Les hommes étaient habillés de tissus pauvres et rudes, tissés et cousus sûrement par leur femme. Les enfants étaient dépenaillés et s'ébattaient dans la poussière de la route.

Ils n'avaient pas l'air cependant de souffrir de la faim. Les champs devaient avoir produit cette année. Géron l'informa cependant que le village était riche par rapport à Cornois. Il voyait passer de nombreux voyageurs qui y vendaient et y achetaient de la marchandise et faisaient tourner le commerce.

Les impôts des prêtres cependant, ne laissaient que peu pour vivre. Le village dépassé, ils retrouvèrent la route, longue artère qui s'étendait du sud du pays, passait par la capitale et continuait jusqu'aux montagnes infranchissables qui barraient la mer du nord. Le ciel s'obscurcissait lorsqu'ils décidèrent de s'arrêter. Entre la forêt et la route s'étendait une petite plaine où ils pourraient installer le camp.

Ils étaient tous soulagés de pouvoir mettre pied à terre. Camille, qui n'était pas habituée aux longues randonnées à cheval ressentait son corps comme jamais ; il lui semblait n'être plus que bouillie.

— J'ai mal au dos.

— Tu veux dire aux fesses, renchérit Kelvin

— Oui, enfin… Je veux dire que je suis heureuse de m'arrêter. Je n'aurais jamais pensé être lasse de monter à cheval.

— Viens, lui dit Lassa, on va monter le campement tant que l'on a encore un peu d'énergie.

L'endroit qu'ils avaient choisi pour s'arrêter était plat, recouvert d'une herbe fine et en retrait de la route. Camille nettoya le coin où allait se monter leur tente tandis que Lassa la sortait de son sac. Elle montra ensuite à sa compagne la facilité avec laquelle elle se montait tandis que Kelvin s'empressait de son côté d'appuyer sur le bouton pour installer celle des garçons.

Géron, pendant ce temps s'occupait de déharnacher l'attelage pour donner plus de liberté aux bêtes en les entravant chacune à une longue corde rattachée au chariot.

Lassa, pour tester son pendentif, décida d'allumer le feu ce qui fut fait en quelques secondes. Elle sourit en pensant que dans le village, les attentifs de garde écrivaient en ce moment : Lassa, plaine au nord de Boulet, mot 'feu'.

Elle fit ensuite chauffer une casserole d'eau. Avant tout une tisane. Elle les réconforterait.

Ils s'assirent donc auprès du feu et savourèrent la boisson chaude.

— Je ne pensais pas que le pays était si pauvre…

— Et moi, si vaste… reprit Camille.

— On n'a chevauché qu'une journée et il nous en faudra trois pour atteindre les montagnes ! Tes fesses devront s'y faire, renchérit Kelvin, tout heureux de pouvoir taquiner sa sœur.

— En tout cas Lassa, demain je prendrais bien mon tour sur le banc du chariot, si ça ne t'ennuie pas trop.

— Non, tu pourras y rester toute la journée. Moi aussi, j'ai besoin de m'habituer à monter un cheval sur de longues distances.

Kelvin se proclama cuisinier et fit cuire des lentilles qu'il agrémenta lorsqu'ils furent cuits de pommes de terre, de tomates et de petits morceaux de viande séchée. Le plat mijotait doucement au coin du feu lorsqu'ils décidèrent de manger.

— Excellent, lui concéda Lassa après y avoir goûté.

— Et nourrissant…

Rompus par leur journée, ils décidèrent d'aller dormir. Lassa rappela cependant à Géron que dès qu'il serait couché, Stilv l'imprégnerait. Géron toucha son collier, fait d'un lien en chanvre et du petit pendentif en spirale, signe du peuple de Ka.

— Je prendrais bien soin de m'en servir avant d'utiliser les mots, dit-il avant de s'engouffrer dans la tente suivi de Kelvin.

Le lendemain, lorsque Kelvin se réveilla, Géron n'était plus à ses côtés. Il ne le trouva pas dehors, mais la casserole d'eau était posée près d'un feu ravivé. Il ne s'inquiéta pas et mis l'eau à chauffer. Les deux filles se présentèrent rapidement, sortant de la tente à grands renforts de gloussements joyeux.

Lassa était informée de l'absence de Géron. Celui-ci avait laissé ce matin très tôt un message à Stilv pour les prévenir de ne pas s'inquiéter : il partait chasser.

Les trois amis, réunis autour du feu patientaient donc lorsqu'ils virent Géron sortir des bois près des tentes et s'approcher, un sourire radieux aux lèvres.

— J'ai voulu tester les mots d'Avoir. Il fallait que je sois sûr d'être capable de les utiliser. Alors, je suis parti à la recherche d'une proie. Le pendentif m'a rendu invisible dès que j'y ai pensé et je me suis alors déplacé dans la forêt sans inquiéter personne. Il m'a été aisé de trouver une biche qui mangeait tranquillement son petit déjeuner. J'étais à cinquante mètres environ et je l'ai regardé, ai pensé au mot 'étourdir' et elle a immédiatement fléchi les pattes et s'est affaissé par terre. J'ai pu aller jusqu'à elle et je l'ai caressée. Nous n'avions pas besoin de viande alors je l'ai réveillée et elle est partie, plus étonnée qu'effrayée. En résumé, c'est un succès. Que nous ayons assez de volontaires et nous pourrons vaincre une armée, ou alors il ne faudra pas qu'elle se montre.

— Ne crions pas victoire trop vite. Nous ne connaissons pas les mots d'Avoir qu'utilisent les prêtres de Ka. Ils peuvent peut-être faire la même chose.

— En tout cas, l'armée ne les connaît pas. Et prise par surprise, elle serait défaite avant que les prêtres ne puissent réagir. Et avec eux, on ferait peut-être jeu égal mais ils ne sont pas si nombreux que ça.

Stilv les interrompit en leur annonçant de la visite. Trois hommes à cheval venaient à leur rencontre, des soldats.

— C'est impossible de nous cacher dans les bois ; le chariot ne passerait pas. Repliez les tentes et nous ferons de notre mieux pour la suite, ordonna Géron.

Lassa fila vers sa tente, tandis que Kelvin faisait la même chose de son côté. Quelques minutes plus tard, les trois hommes furent visibles, avançant au petit trot. Pour se donner de la contenance, le quatuor avait opté pour une tournée de tisane supplémentaire et était tranquillement assis autour du feu quand les soldats obliquèrent pour venir les voir.

— Bonjour Messieurs, déclama Géron se mettant dans son rôle.

— Bonjour, reprit leur chef, un sergent pouvait voir Géron. Que faites-vous ici ?

Ils avaient l'air attentifs mais pas stressés. En face d'eux, ils n'avaient qu'un homme et trois jeunes adolescents.

— Nous avons fait hier nos emplettes à Boulet et nous retournons chez nous.

— Et où habitez-vous ?

— A Cornois. Au pied des montagnes de l'Aigle. Je suis avec ma fille et les deux enfants de ma sœur.

— Cornois, mais ça fait une trotte pour venir jusqu'ici. Vous pouvez m'expliquer ?

— C'est une mauvaise saison pour la région. Nous avons eu une sécheresse puis une inondation. Il n'y a plus rien à vendre ou alors à des prix excessifs. Nous avons donc préféré venir jusqu'à Boulet. Ça ne nous coûte que du temps.

— Bien et comme vous avez fait une affaire, il vous reste de quoi payer à boire à trois soldats de Ka ?

— Nous n'avons rien que de la tisane et je ne pense pas qu'elle vous comblerait. Vous savez nous sommes tous des enfants de Ka, répondit-il en montrant son pendentif et en sortant ostensiblement sa bourse.

Ankthor leur avait fourni quelques pièces d'argent à chacun pour qu'ils ne soient pas à court en cas de besoin. Ces pièces allaient bien servir. Ce n'était cependant pas le moment de le dupliquer avant de l'utiliser.

— Prenez, leur dit-il en leur tendant une pièce. Nous partageons volontiers avec les soldats au service de Ka.

Le sergent tendit la main et attrapa la pièce. Impatients d'aller la dépenser dans une taverne de Boulet, ils abrégèrent l'interrogatoire et les quittèrent. Lorsqu'ils regagnèrent la route, c'en fut fini du petit trot ; ils lancèrent leurs bêtes au galop.

— Et voilà. Extorsion de fonds. Vous comprenez comme le métier avait peu d'avenir à mes yeux ?

Vers le milieu de l'après-midi, ils arrivèrent à la hauteur d'un homme accompagné d'un jeune garçon. Ce dernier marchait d'un pas traînant, fatigué par la longueur de leur voyage.

— Vous allez où, Monsieur ? lui lança Géron en ralentissant l'allure de son convoi.

— À la mort ! lui répondit l'homme en s'arrêtant. Nous sommes de Trémond, et la famine y sévit. Nous sommes allés jusqu'à Boulet, mon fils et moi, pour trouver un commerçant compatissant qui accepterait de nous vendre à crédit quelques marchandises mais il ne s'en est trouvé aucun. Alors nous rentrons. Ma femme nous attend.

— Je comprends votre lassitude, Monsieur. Voulez-vous monter à l'arrière, nous allons dans la même direction.

— Je veux bien. Moins vite j'y serai, mieux ce sera pour la nouvelle que j'ai à y annoncer mais mon fils est fatigué. Je m'appelle Charn et voici Willy, dit l'homme en aidant son fils à monter sur le plateau du chariot.

— Soyez les bienvenus. Je m'appelle Géron et je voyage avec ma fille Lassa et ses deux cousins Kelvin et Camille.

— Enchanté, répondit Charn et tout heureux de pouvoir se reposer, ils s'installèrent à leur aise pendant que le chariot reprenait de la vitesse.

— Vous avez quelques provisions. De quoi tenir deux ou trois semaines ?

— Oui, nous avons fait le même parcours que vous. Nous venons de Cornois et nous avons réuni nos derniers sous pour pouvoir acheter de la nourriture. Mais le village connaît la même situation que le vôtre.

— Alors, vous serez pillés dès votre arrivée. Il n'y aura jamais de quoi nourrir un village.

— Je sais bien, répondit Géron et ils continuèrent en silence.

Le jour déclina vite et ils cherchèrent un coin tranquille pour passer la nuit. Le jeune garçon, qui devait avoir dix ans, s'était endormi sur l'épaule de son père et dodelinait doucement sous les à-coups de la route. Ils arrivèrent enfin à une clairière où ils décidèrent de s'arrêter.

Géron avait bien réfléchi à leur situation et à celle de leurs invités et il demanda à Lassa de le suivre tandis que Kelvin et Camille avaient en charge le feu et le repas.

Ils s'enfoncèrent dans les bois jusqu'à ne plus être visibles du camp et Géron lui dit :

— Je pense qu'il est de notre devoir de les aider. Nous devons nous assurer de leur franchise. Lassa, tu pourrais utiliser le mot 'vérité' sur notre ami pendant que je l'interrogerais sur ses motivations.

— D'accord, lui répondit Lassa et elle pensa à son pendentif. Elle invisible, ils revinrent au camp et Géron retourna près de Charn, qui avait étendu son fils près du feu.

— Charn, deux mots. Vous savez que les temps sont durs et je voudrais que vous me fassiez le topo de ce que vous pensez de la situation. Avec franchise. Nous avons peut-être un moyen de vous aider mais nous ne voulons nous engager qu'à coup sur.

— Oh vous savez ! Moi, je n'ai plus rien à craindre. Nous en sommes déjà réduits à la dernière extrémité alors parler ne peut pas faire plus de mal. Ma femme et moi sommes de Trémond. Nous nous sommes connus jeunes et nous avons fini par nous marier. Notre enfant est né il y a dix ans. Je suis ce que l'on pourrait appeler le négociant de mon village. Chaque année, je regroupe les récoltes que les gens du village et ceux des alentours ont produites, et je vais les vendre chez les commerçants de différentes villes. C'est la solution la plus rentable pour nous tous et nous nous en sortions plutôt bien. Bien sur, les collecteurs d'impôts nous en ponctionnaient une bonne part mais nous survivions. Voilà deux ans que coup sur coup chaque année sécheresse puis inondation nous ont frappé et les soldats de nous prendre notre dernier grain. Ils n'ont eu cure de nous condamner. Aujourd'hui la situation est catastrophique : nos greniers sont vides depuis trop longtemps, nos bêtes sont mangées ; même mes chevaux y sont passés. Nos bois sont vides et aucune chance que la situation ne s'améliore. Nous n'avons plus de grains pour les semences et nous ne pouvions compter que sur une aide extérieure que j'étais parti chercher en dernier recours.

— Et qu'entretenez-vous comme relations avec les prêtres et les soldats ?

— Je ne peux penser à eux sans un sentiment de dégoût pour ce qu'ils nous font subir. Nous aurions des réserves si elles n'étaient pas allées alimenter leur trésor. Nous leur avons demandé de l'aide mais ils ne savent pas donner. Ils nous ont renvoyés tout en nous menaçant du pire si nous ne pouvions payer notre prochain impôt. Dans mon village, quelques-uns sont des adeptes de Ka, comme vous, dit-il en désignant le pendentif que Géron portait, mais ils ont arraché le leur suite à cette affaire. Nous n'attendons plus qu'une aide du ciel, mais sûrement pas de Ka.

— Eh bien vous l'avez trouvée ! déclara Lassa en apparaissant devant lui.

Charn fit un bond en arrière. Il se tenait debout, incrédule et avait du mal à se remettre.

— Venez près du feu, je vais vous raconter une histoire pas banale, lui dit-elle.

Charn la suivit près du feu où Kelvin et Camille s'activaient, s'assit et attendit en silence que Lassa lui raconte son histoire.

Elle commença par son arrivée, la visite au village caché dans la forêt. Elle lui apprit l'histoire d'Eléa et la source du pouvoir des prêtres.

— Voilà, en gros vous savez tout. Comme nous avons décidé d'aider Géron et son village, nous sommes partis avec lui pour les rencontrer. Votre histoire est similaire et je pense que tous les villages de la région vivent dans la même préoccupation.

— Et vous pouvez nous aider avec ces mots d'Avoir ?

— Bien sur, nous pouvons nourrir votre village jusqu'à ce que les récoltes soient revenues. Après, vous pourrez vous-même assurer votre subsistance grâce à eux. Nous vous parlerons en détail de l'organisation d'Aud'ria et vous en prendrez ce que vous voudrez.

— Pourrais-je avoir une démonstration ? Je suis curieux de voir ça.

— Géron, peux-tu aller nous chercher un sac de grains dans le chariot ?

Sans effort apparent, Géron monta dans le chariot et attrapa un sac de blé qu'il positionna sur son épaule. Il les rejoignit et posa le sac par terre.

— Géron, à toi l'honneur. Pense bien à utiliser ton pendentif.

Géron dans la seconde disparut et quelques instants plus tard un deuxième sac apparut à côté du premier. Charn l'ouvrit et glissa sa main dans les grains de blé comme s'ils étaient des pièces d'or.

— C'est vraiment extraordinaire. Je comprends maintenant toute l'utilité d'un seul chariot pour nourrir un village… Je veux tout. La dent creusée, les pouvoirs pour nous défendre, ceux pour nous nourrir…

— Comme vous êtes négociant, vous avez sûrement de bonnes relations avec les villages avoisinants. J'aimerais bien que vous alliez leur proposer votre aide également. Il serait bien dans un premier temps de les secourir et ensuite de les convertir à notre cause.

— Je le ferais. Je veux vous aider. Votre vision de notre pays est grandiose et je veux y participer… pour l'avenir de mon fils.

Ils mangèrent en silence, chacun ressassant les événements de la journée.

Après que Lassa lui eut fait répéter ses paroles en se servant du mot de 'vérité', elle l'informa que ce soir même, lorsqu'il serait allongé, Stilv l'imprégnerait des mots d'Avoir. Il lui donnerait, comme à Géron, la version plus efficace du mot « dupliquer » car cela lui serait nécessaire pour tout ce qu'il avait à faire. Il pourrait l'apprendre à d'autres, mais qu'à ceux responsables de l'approvisionnement. Les autres se contenteront des trente-deux mots initiaux. Géron lui confia un pendentif dupliqué des adeptes de Ka pour le cas où, ne trouvant pas le sommeil, il voudrait s'entraîner.

Ils montèrent une tente pour le père et le fils et ils allèrent tous dormir.

Le lendemain, lorsqu'ils se réveillèrent, ils trouvèrent à côté des tentes un petit champ de blé qui y avait poussé durant la nuit et était prêt à être récolté. Charn était déjà levé, son fils à ses côtés et ils discutaient du champ apparu si soudainement.

— J'en aurais été convaincu à moins. Un champ qui pousse en une nuit, j'en reste étourdi.

— Les mots que vous avez appris, il faudra les partager avec ceux de votre village. Les trente-deux pour ceux qui ne sont pas prêts à s'engager plus loin, ceux de chasse aux volontaires pour nous aider. N'oubliez pas de donner à chacun un pendentif.

— Nous deviendrons les plus fervents adorateurs de Ka, affirma Charn. Les enfants aussi ?

— Oui, vous leur apprendrez les trente-deux mots à l'école auprès de leur instituteur. Vous ne pourrez pas faire disparaître votre village alors il vous faudra vous fondre dans le paysage. Donner l'impression d'un village qui a retrouvé sa prospérité sans trop montrer de richesse.

Ils prirent leur petit-déjeuner, fauchèrent le champ pour ne pas laisser derrière eux de traces suspectes, creusèrent la dent de Charn, remballèrent leurs affaires et reprirent la route.

Camille avait pris son cheval pour laisser Charn avec Géron et elle chevauchait aux côtés de Lassa. Au soir, ils arriveraient au village de Cornois.

Camille, pour le distraire, prit le jeune Willy avec elle sur le cheval et après avoir galopé jusqu'à plus soif, ils réintégrèrent le convoi et marchèrent au pas derrière le chariot. Ils arrivèrent enfin au pied des montagnes et si la route principale continuait en les longeant, une bretelle prenait à l'est et s'enfonçait plus profond dans les vallées de l'Aigle, une montagne de mi-hauteur dans cet enchevêtrement de pointes déchiquetées plus hautes les une que les autres qui barraient l'accès à la mer.

Il existait plusieurs villages dans les vallées environnantes et Charn, à chaque fois qu'une voie divergeait vers l'un d'eux le nommait ainsi que son nombre d'habitants. Il connaissait vraiment bien la région. Lorsqu'ils arrivèrent à l'embranchement de Trémond, il le regarda passer avec nostalgie. Il était convenu qu'ils aillent ensemble à Cornois pour qu'il puisse ensuite récupérer le chariot pour ramener chez lui la nourriture.

Le soleil était déjà bas lorsqu'ils s'engagèrent sur la route du village de Géron. Ils voyaient au loin les petites maisons au toit de chaume se profiler. Lorsqu'ils arrivèrent, tout le monde était déjà au courant de l'arrivée d'un chariot et ils s'étaient massés en foule près de l'entrée du village. Les voyageurs stoppèrent donc leur convoi et lorsque les villageois eurent reconnu Géron, plusieurs l'accueillirent à grands cris, heureux de le revoir après sa disparition et sa femme s'élança pour l'embrasser. Il descendit du chariot et l'enlaça, le cœur battant de la revoir et fier de rapporter une solution pour leur survie. Les enfants commençaient à s'agglutiner autour du chariot à essayer de voir ce qu'il transportait.

Géron monta sur la ridelle et prit la parole :

— Mes amis, j'ai une belle et bonne histoire à vous raconter mais elle attendra demain. Pour l'instant, nous allons commencer la distribution des vivres envoyés à nous par Aud'ria, un village dans la forêt plus au sud. Je comprends que vous vous disiez qu'un chariot ne peut pas suffire mais tentez le coup, alignez-vous, vous recevrez votre part.

N'ayant rien à perdre les villageois s'organisèrent en ligne. Sans se faire remarquer, les trois amis devinrent invisibles et montèrent également dans le chariot pour dupliquer pendant que Géron et Charn distribuaient. Lorsque le premier homme à être servi repartit avec un sac de grain sur l'épaule, la foule ricana. Vu la prodigalité de Géron, la distribution tournerait court très vite. Mais ils avancèrent et reçurent, pour les hommes un sac de grains, pour les femmes un cageot de légumes. Lorsqu'ils y revinrent pour la deuxième fois et que le chariot les servait encore, ils ne riaient plus. Ils étaient même très sérieux et se demandaient à mi-voix de quelle magie il s'agissait. Les enfants se prirent au jeu et après avoir été servi couraient à leur maison pour déposer les affaires et revenaient s'insérer dans la file pour une nouvelle distribution.

— Qu'as-tu-eu tout à l'heure, Siméon ?

— du blé.

— Je vais te donner du maïs. Et Géron de se retourner pour choisir un sac nouvellement dupliqué.

Les femmes faisaient le plein de tomates, de courgettes, de poivrons et de choux et tous riaient de nouveau mais de joie cette fois. Ils ne comprenaient pas mais la profusion les soulageait de leur plus grave souci. Plus tard les explications comme avait dit Géron.

Ils continuèrent jusque tard dans la nuit et lorsqu'ils ne surent où mettre un sac de plus, les villageois s'arrêtèrent de faire la queue et celle-ci diminua. Même les enfants, exténués avaient arrêté de venir quémander les objets entreposés dans les coffres offerts par les villageois de Aud'ria.

Ils étaient cependant encore tous là regardant Géron, avides de réponses maintenant qu'ils avaient de quoi manger.

Les voyageurs étaient eux aussi épuisés et Géron demanda aux villageois de rentrer chez eux, que demain matin il leur dirait tout. Lorsque la place fut vide, ils reprirent le chariot et guidant les chevaux à pied, ils allèrent jusqu'à la maison de Géron. De là, ils débarquèrent un sac de chaque ainsi que les cageots de légumes, entravèrent les chevaux dans la cour, leur donnèrent de l'avoine et rentrèrent. Géron, sa femme et leurs deux enfants trouvèrent à tout ce petit monde un petit coin pour dormir et tous s'affalèrent sur leur couche.

Lassa et Camille étaient couchées sur un tas de paille dans un coin de la cuisine.

— Tu sais, je me disais que je n'ai que 14 ans et que j'ai l'impression, après la distribution de ce soir, d'avoir rempli ma mission. J'ai apporté de la nourriture à des gens qui avaient faim.

— Oui, répondit Lassa, c'est très gratifiant comme sensation. Et pense que demain, nous leur apporterons les mots. Et à d'autres encore. Moi, je suis ravi d'avoir quitté mon vaisseau et de faire ce que je fais.

— Et moi ravie de t'avoir avec moi.

Lassa sourit. Elle aussi se félicitait d'avoir rencontré Camille.

Le jour était déjà bien avancé lorsqu'ils se réveillèrent et Romane, la femme de Géron, leur avait préparé un petit-déjeuner. Ils s'installèrent donc à table heureux de ne plus être sur la route. Géron était déjà sorti pour aller saluer les villageois et organiser la réunion. Les deux filles demandèrent à se baigner et Romane leur expliqua la marche à suivre. Remplir les deux seaux au puits à l'arrière de la maison et les porter dans un petit cabanon où elles trouveraient du savon et des serviettes. Elles prirent donc leur sac de vêtements et se rendirent à l'arrière de la maison. Kelvin, Charn et Willy attendirent qu'elles aient fini pour faire de même. Enfin, tous rafraîchis, ils se hasardèrent dans le village à la recherche de Géron.

Les villageois étaient en train de décorer leur salle commune pour recevoir la réunion et faire honneur à leurs sauveurs. N'attendant plus qu'eux, ils les saluèrent et battirent le rappel de tout le village pour écouter leur histoire. Géron les installa à la table devant l'assemblée tandis que les villageois s'entassaient sur les bancs. Tout le monde était là et les retardataires restèrent debout au fond de la salle.

— Vous avez tous compris, commença Géron que la magie était à l'œuvre hier lors de la distribution. Je vais donc vous raconter l'histoire comme on me l'a racontée. Vous souvenez-vous de ce conte que vous avez du entendre étant petits et raconté sûrement vous-même à vos enfants… Le conte de cette femme venue des étoiles qui avait apporté la prospérité et le bonheur aux hommes il y a très longtemps ? Elle s'appelait Eléa et sa connaissance de la magie, elle l'enseignait autour d'elle. Eh bien, lorsque je fus blessé durant l'attaque des collecteurs d'impôts, j'ai été recueilli dans un village, au fond de la forêt, qui avait conservé ses enseignements. Ils pratiquent la magie et peuvent faire beaucoup de choses magnifiques. C'est la même magie qu'utilisent les prêtres de Ka mais eux ne se donnent pas la peine de nous aider.

Les villageois acquiescèrent. Ils avaient longtemps supporté de payer les impôts mais de se voir plumer comme des poules alors qu'ils n'avaient quasiment plus rien leur était resté en travers de la gorge.

— Ces jeunes viennent de ce village. Ils nous ont rejoints pour nous sauver premièrement et pour nous aider à ce que nous ne soyons plus à la merci d'une quelconque famine. Leur magie fait pousser les récoltes, duplique les matériaux, soigne les malades, fore les puits, illumine, nous protège des gens mal intentionnés et beaucoup d'autres choses. Et ils sont là pour nous l'enseigner. Par contre, il faut bien savoir que les prêtres de Ka sont contre. Ils veulent garder la magie pour eux et châtient ceux qui la pratiquent. Alors, il vous faudra choisir. Ils m'ont enseigné cette magie et je vous montrerais ce dont je suis capable. Ensuite, vous verrez si le jeu en vaut la chandelle. En attendant, je vais laisser parler Lassa, la véritable responsable de toute cette histoire.

Lassa se leva.

— Bonjour. Oui, Eléa n'était pas un mythe. Elle venait bien d'une planète très loin d'ici grâce à un vaisseau qui voyage par-delà les étoiles et son but était de transformer votre monde pour lui donner la liberté, la richesse et le savoir que son monde possède. Elle est venue il y a sept cent trente-deux ans et avait promis qu'une autre Enseignante viendrait. Les villageois de Aud'ria l'ont attendue et le jour dit sont allés au rendez-vous prévu des siècles auparavant. Et ils m'ont trouvée.

À ce moment de son discours la foule n'en pouvait plus de nouveauté et d'extraordinaire. Ce fut le brouhaha et Lassa les laissa discuter entre eux.

— Vous êtes Eléa des étoiles ? demanda l'un d'eux au bout d'un moment.

— Je m'appelle Lassa mais je viens bien du même monde qu'Eléa et je suis venue pour la même raison. Je suis la nouvelle Enseignante. Les prêtres de Ka ont emprisonné puis torturé la Première Enseignante pour qu'elle leur donne sa magie. Depuis sept cents ans, ils l'utilisent pour vous soumettre. Je suis venue changer cela.

— Vous êtes venu détruire les prêtres de Ka et leur Dieu ?

— Aucun Dieu ne leur a donné les mots d'Avoir. Ils leur viennent d'Eléa. Et je suis décidée à les empêcher de continuer à s'en servir pour opprimer les gens.

— Alors vous avez ma bénédiction, dit un vieil homme en se levant. Il se trouvait au premier rang et il dégageait une aura de force. Et je suis même prêt à vous y aider si vous voulez bien de moi. Je voudrais vous remercier au nom de tous les habitants de ce village pour l'aide inestimable que vous nous avez apporté. Si Géron dit que cette magie est bénéfique, je le crois et je veux la connaître.

Hamon, par sa voix de chef du village venait de rendre son calme à l'assemblée qui l'avait écouté et maintenant gardait le silence.

— Je peux vous assurer que cette magie nous sera profitable. Allez-donc voir le champ du vieux Karl. Il le laisse en friche depuis des années et je m'en suis occupé ce matin avec les mots d'Avoir. Voyez par vous-même ce qu'ils peuvent faire. Par contre, pour s'en servir, nous devrons être prudents car les prêtres de Ka surveillent le pays pour trouver des gens qui les utilisent. Mais je ne pense pas que cela soit plus risqué que d'attaquer des collecteurs d'impôts et des soldats parce que nous avons faim. Si vous êtes convaincus, revenez me voir. Nous en discuterons.

Et Géron fit un signe aux jeunes pour qu'ils le suivent. Ils sortirent de la salle. Il les dirigea vers sa maison pour qu'ils laissent les villageois discuter entre eux.

Lorsque les villageois sortirent enfin de la salle de réunion, ils avaient pris la décision d'aller voir le champ du vieux Karl pour voir ce qu'il y avait de nouveau.

Ils suivirent donc le chemin et arrivés en bordure du village, les premiers s'arrêtèrent net. Les suivants, obligés de faire la même chose, leur demandèrent ce qui leur arrivaient et la rumeur finit par atteindre les derniers rangs : le champ était couvert de blé mur près à être moissonné. Ils s'approchèrent enfin et virent ce grand champ, hier encore couvert d'herbes folles, donner la plus belle récolte de sa longue carrière et ce en un matin. Les plus sceptiques étaient sidérés. Tous voulaient faire la même chose sur leurs champs.

Ils retournèrent donc en masse devant la maison de Géron et demandèrent à Hamon de leur servir de porte-parole.

— Géron, appela Hamon en frappant à la porte.

Lorsque celui-ci fut sorti, il reprit : nous sommes convaincus. Y a-t-il d'autres pouvoirs que tu pourrais nous montrer ?

Géron sourit. Il savait qu'ils en viendraient à plus, comme lui en avait voulu plus. Et il avait préparé ce qu'il fallait. Il prit derrière sa porte un gros lapin dans une cage en osier et dit :

— Aujourd'hui, tout le village va manger de mon lapin.

Il devint invisible ce qui arracha un cri à la foule. Ils virent ensuite la porte de la cage s'ouvrir et un lapin mort en sortir.

— Prends Hamon. Ce sera pour ton repas de ce jour.

Il recommença l'opération et tendit un nouveau lapin à la foule. Un homme se détacha et l'attrapa. Et la manipulation se poursuivit jusqu'à ce que tous aient leur lapin en main. Géron se matérialisa et souleva la cage où son lapin était tranquillement installé.

— Et on peut faire ça avec n'importe quel animal. Plus besoin de tuer la bête et on peut nourrir autant de personnes que l'on désire.

— Ta magie est immense. Mais tu as besoin d'être invisible pour la pratiquer ?

— C'est le seul moyen pour garantir que les prêtres de Ka ne nous détectent pas. Il suffit de nous rendre invisible avant de pratiquer les mots d'Avoir.

— Et comment devons nous faire pour apprendre à les utiliser ?

— Nous nous réunirons le soir dans la salle commune et je vous les apprendrais. J'en recruterais d'autres qui formeront les combattants du village. Nous devons libérer le pays de la tutelle des prêtres. Quels sont ceux qui souhaitent me suivre dans la lutte contre les prêtres de Ka ?

Hamon ainsi que quelques hommes levèrent la main.

— Pour vous, formation et entraînement spéciaux. Nous en reparlerons tout à l'heure. Notre ami Charn vient du village de Trémond où ils sont encore plus près de la famine que nous. Il va repartir ce matin avec le chariot de vivres pour les distribuer aux villageois. Eux aussi vont apprendre les mots d'Avoir et seront sans doute volontaires pour nous aider à combattre. Je vais leur donner ce lapin pour qu'ils aient de la viande à manger. Quelqu'un leur donnerait-il un autre animal ?

— J'ai une jeune brebis que je comptais manger. Si tu me la dupliques par ta méthode, je veux bien la donner à Trémond.

— Je vais leur donner une poule pondeuse, dit une autre personne.

— Et moi un canard.

— La communauté a encore à sa disposition un petit troupeau de vaches et vu l'abondance dont nous comptons bien profiter sous peu, je pense que nous pouvons faire un effort pour nos voisins et alliés et leur en donner une. Nous la choisirons qui allaite comme ça ils auront du lait, dit Hamon.

Charn remercia chaleureusement les villageois et chacun partit chercher la bête promise. Lorsque les cages furent déposées dans le chariot et la vache et la brebis attachées à l'arrière, Charn et Willy dirent adieu à leurs amis et prirent la route. Ils seraient de retour chez eux dans l'après-midi.

Les jours suivants furent consacrés à l'enseignement. Kelvin, Camille et Lassa s'occupaient de la majorité des villageois. Ils furent divisés entre les trois amis puis réduits en classes de vingt. Chaque classe avait droit à deux heures de cours par jour. Ils ne pouvaient donc se voir que le soir et passaient leur fin de journée à se raconter leurs anecdotes de cours. Les villageois quant à eux, s'entraînaient durement pour assimiler les différents mots et les champs suivaient la progression de l'apprentissage en se modifiant au jour le jour. Lassa avait rajouté 'dupliquer des formes vivantes' aux trente-deux mots d'Avoir initiaux. Les animaux étaient devenus trop rares pour que les villageois continuent à les tuer. Forte de son expérience, le boucher du village s'était aussi vu attribuer une pièce figée qui lui permettrait de conserver sa viande. Il n'aurait ainsi qu'à la dupliquer chaque matin pour servir ses clients.

Il faudrait toutefois qu'ils s'entraînent quelques années avec les mots initiaux avant de pouvoir passer aux suivants. La prise de conscience de la communauté de partage, de l'inutilité de l'argent, tout leur mode de vie devait d'abord évoluer.

Géron, quant à lui, avait été aidé par Stilv pour former les volontaires qui avaient été acceptés après l'épreuve du mot de 'vérité'.

L'imprégnation leur avait permis d'être immédiatement efficaces.

Tous les chariots du village avaient été réquisitionnés, attelés et chargés de grains, de légumes et de tout le nécessaire. Les volontaires, par équipe de deux, avaient été envoyés dans tous les villages alentours pour les soulager de la faim, leur montrer les possibilités offertes par les mots d'Avoir, trouver d'autres volontaires et former une personne ressource, en général l'instituteur du village, pour enseigner les mots d'Avoir à la population.

Plus ils seraient nombreux, plus les risques d'incursion des prêtres et des soldats seraient diminués. Ils seraient aptes à se défendre.

De son côté, Charn, contacté mentalement, avait confirmé le bon accueil qu'il avait reçu dans son village et la mise en pratique des mots.

Il avait suivi le même processus et envoyé des volontaires, à pied cependant, vu qu'ils avaient mangé même leurs chevaux, nourrir les villages près du sien, qui devaient ensuite faire la même chose avec leurs voisins.

Le processus s'étendait et au bout d'un mois, Lassa fut à même de discuter, avec les personnes ressource de tous les villages de la région. Leur conversation portait sur l'avancée de l'enseignement ou des problèmes rencontrés mais était aussi remplie de l'ébahissement de tout le monde pour ce nouveau monde en train de naître autour d'eux.

La famine avait fait que les villageois désespérés, s'étaient raccrochés très facilement à cette solution qui leur apportait prospérité et liberté.

Géron et Charn, quant à eux se retrouvaient à la tête chacun d'environ cent-vingt hommes volontaires pour former le fer de lance dans la reprise du pouvoir aux prêtres de Ka.

Maintenant que la région était entre leurs mains, ils avaient pour mission de s'infiltrer discrètement dans les grosses agglomérations pour écouter les gens parler, repérer les mécontents et les convertir à leur cause.

Du côté de Aud'ria, les guetteurs avaient réussi à écouter une centaine de mots en provenance des prêtres. Ceux-ci avaient une école qui formait les futurs dirigeants et elle était une source d'information très pratique.

Ils avaient également entendu à trois endroits différents du pays, le mot 'invisibilité' être utilisé suivis de nombreux mots initiaux. Des volontaires avaient été envoyés pour les contacter.

Mais ce qui était devenu le sujet le plus important était qu'ils avaient entendu régulièrement plusieurs mots d'Avoir, dont certains que ni le Docteur Kleine ni Raven ne reconnaissaient. Ils en avaient conclus que le groupe qui les utilisait, caché dans les montagnes de l'Aigle, avait dépassé le deuxième niveau.

Lassa était très satisfaite en ce qui concernait les mots utilisés par les prêtres. Elle y voyait clairement une manœuvre d'Eléa, qui malgré son emprisonnement et la menace pesant sur son fils, avait réussi à limiter la diffusion des mots d'Avoir.

Tous les mots que les guetteurs avaient entendu ne faisaient partie que du deuxième niveau d'apprentissage et ils étaient tous assortis de la finale d'atténuation. Celle-ci était utilisée pour l'entraînement à certains mots compliqués et dangereux. Accolée au mot, elle permettait d'en limiter la force en cas de maladresse. Et les prêtres de Ka utilisaient cette finale pour tous leurs mots. Eléa l'avait joué fine. Leur pouvoir était donc faible et de peu de portée.

De plus, les résistants pourraient utiliser les mots du deuxième niveau sans crainte d'être captés car les prêtres ne connaissaient donc pas les vrais.

L'utilisation des mots d'Avoir par d'autres personnes était également prometteuse d'alliés.

Mais le plus étrange restait cette communauté. Les attentifs avaient fourni les mots à Lassa. Certains faisaient carrément partie du grand dictionnaire et cette connaissance accrue l'intriguait. Eléa n'aurait jamais mis de tels mots à la libre utilisation de ses contemporains qui ne devaient normalement se limiter qu'aux trente-deux initiaux.

Le mystère restait donc complet et nécessitait un éclaircissement.

Les montagnes de l'Aigle où se tenait ce petit groupe surplombaient le village et malgré la difficulté de s'y frayer un passage, ils devraient aller y chercher la réponse.

Les trois jeunes vivaient toujours chez Géron qui leur avait construit une cabane dans le jardin où ils avaient aménagés deux chambres, une pour les filles et une pour le garçon. Camille se montrait de très bonne compagnie, aidant Lassa de son mieux.

Kelvin, de son côté était attentionné, cherchant toujours à lui faire plaisir. Stilv leur avait organisé une connexion avec leurs parents et ils s'échangeaient des nouvelles de temps en temps.

Pour Lassa, c'était un bonheur que de les avoir avec soi et elle s'en félicitait tous les jours.

MOT DE LIAISON

Deux mois avaient passé à une vitesse incroyable. Les villageois connaissaient maintenant les trente-deux mots d'Avoir et leurs champs étaient verts et or. Ils s'étaient trouvé d'autres occupations comme rebâtir leur chaumière en matériaux plus solides et plus beaux. Un groupe avait été faire des achats dans un gros village ramenant un exemplaire de chaque matériau utile et ils s'étaient tous mis au travail.

— *Nous allons y aller, Stilv*

— *C'est certain que ce mystère doit être éclairci. Comment peuvent-ils utiliser ces mots ? Eléa aurait vraiment fait une exception flagrante.*

— *Oui, imagine, ils connaissent même le mot pour rendre l'eau pétillante. Elle devait vraiment les aimer pour leur permettre d'acquérir un tel vocabulaire.*

— *En tout cas, vous ne pouvez pas monter là-haut les mains dans les poches. Vous serez obligé de traverser un col, de redescendre un versant et d'en attaquer un autre avant d'arriver à leur plate-forme. La nuit, la température avoisine les -20°.*

— *C'est certain, une petite écharpe ne serait pas de trop.*

— *Comme tu dis. Mais j'ai ce qu'il te faut dans mes réserves. Je vais te descendre des combinaisons isothermes et des bonnes chaussures de marche. Heureusement, les Gend'riens ont été prévoyants. J'en ai de toutes les tailles.*

— Tel que je te connais, la navette doit être déjà en train de se poser.

— Gagné. Et en parlant de cela, tu ne veux vraiment pas y aller avec elle ?

— Non, je ne veux pas remplacer une superbe balade en montagne par un petit tour de deux minutes en navette.

Pendant qu'ils parlaient encore, la navette se posa dans un endroit dégagé du village. Lassa était habituée au fait que Stilv et ses androïdes pouvaient faire plusieurs actions en même temps. Elle était également habituée à voir décoller et atterrir une navette mais ce n'était pas le cas des gens de Cornois.

Ni même de Camille qui vint la rejoindre en courant.

— Ton vaisseau a atterri, lui lança Camille. C'est trop, j'étais juste à côté et il est descendu sans faire de bruit. Je me suis retourné et j'ai vu un machin gigantesque à un mètre du sol et il s'est posé.

— Ah ah ah, ce n'est pas mon vaisseau, Camille, il est trop petit. C'est Stilv qui nous apporte des vêtements chauds pour notre expédition dans les montagnes.

— En tout cas, ça m'a fait un choc. Et pas qu'à moi. La moitié de Cornois s'est réfugié chez elle et l'autre moitié entoure ton vaisseau, le truc quoi. Ils se doutent bien que cela a un rapport avec toi mais ils sont pas très rassurés quand même.

— Attend, ce n'est pas fini. Tu n'as pas encore vu un androïde de Stilv.

Lorsque Lassa et Camille arrivèrent sur le site d'atterrissage de la navette, la foule s'écarta. Elle entourait bien le module mais à une distance respectable.

— C'est votre vaisseau ? lui demanda aussi Hamon. En tant que chef du village, ils les avaient beaucoup aidé durant ses deux mois et ils avaient beaucoup discuté.

— Non, en fait, c'est un petit véhicule utilitaire. Mon vaisseau est beaucoup, beaucoup plus grand.

Hamon pinça les lèvres et secoua la tête sans plus dire un mot.

La porte s'ouvrit, et un homme de métal descendit de la navette. La foule eut un mouvement de recul mais Lassa s'approcha rapidement de l'androïde pour bien montrer qu'il n'y avait pas de danger.

Camille avait pris son courage à deux mains et avait suivi son amie.

— C'est vous, Stilv ?

— Pas plus, pas moins que l'hologramme que tu as vu de moi.

— Vous me paraissez plus solide cependant.

— Oui, comme tu dis. J'utilise les androïdes pour tout ce qui nécessite une action. Comme vous apporter votre garde-robe, par exemple.

Stilv se tourna vers les habitants et leva les mains au ciel. Il cria :

— Bonjour, Cornois

Lassa éclata de rire. Quelques habitants levèrent une main timide pour le saluer.

Le déchargement des affaires se passa dans le calme. Les enfants, curieux s'étaient approchés et Lassa leur avait bien confirmé qu'il n'y avait aucun risque. Ils touchèrent l'androïde puis finirent par organiser une partie de loup avec Stilv. Bien sur le loup ce n'était que Stilv. Et les enfants poussaient des cris, à moitié sincères, lorsqu'il était prêt de les attraper.

Lorsque la navette reprit l'air, Stilv avait été accepté comme un membre de l'équipe de Lassa. Un grand bonhomme tout en métal mais pas méchant du tout.

Deux jours passèrent encore avant qu'ils ne soient prêts à partir. Ils avaient embauché un jeune berger qui normalement menait ses moutons dans les pâturages d'altitude. Il servirait de guide pour la première partie du voyage et garderait les chevaux en attendant leur retour.

Les villageois leur avaient apporté qui une part de tourte, qui une cuisse grillée de poulet, ou un peu de ragoût d'agneau, qui une part de son meilleur fromage, du pain frais sortant du four. Lassa s'était empressée de fourrer tout cela dans son sac à dos traité avec le mot 'figer' pour les conserver en l'état.

Les trois amis ne se tenaient plus d'impatience. Ils en discutaient le soir et Kelvin avait conclus que c'était l'Aventure avec un grand A.

Le jour du départ arriva enfin. Ils ne pensaient partir que cinq jours, un jour et demi pour monter, deux pour se renseigner sur les personnes qui utilisaient ces mots, et encore un jour et demi pour redescendre. Ce fut donc des au-revoir chaleureux qu'ils échangèrent avec Géron et sa femme ainsi qu'avec le village dans son entier venu leur souhaiter bonne route.

Les trois amis prirent la route d'un cœur léger et le jeune garçon, monté sur un âne les précédait. Ils contournèrent le village et s'enfoncèrent dans la vallée jusqu'aux pentes de la montagne. Arrivés en haut, ils pourraient même peut-être voir la mer. En tout cas, ils s'en rapprochaient.

Un sentier grimpait en pente douce et ils entamèrent l'escalade. Les chevaux avaient le pied sur et le sentier était bien tracé. Ils grimpèrent donc aisément en une demi-journée jusqu'au pâturage. Ils dessellèrent leurs chevaux et montèrent le camp du jeune garçon en lui installant une tente. Celui-ci avait été formé pour utiliser le mot d'Avoir pour lui permettre de dupliquer la nourriture pendant leur absence. Ils lui laissèrent donc le sac à dos figé qui lui était destiné et chaudement équipés entamèrent leur montée. Plus de sentier tracé cette fois. Stilv les guidait dans les passages pour qu'ils ne soient pas bloqués par des obstacles qu'ils n'avaient pas vus plus bas et obligés de faire demi-tour. Les arbres se raréfiaient et les rochers semblaient avoir poussé à leur place, sortant du sol de plus en plus gros. Ils étaient souvent obligés de les escalader.

La vue par contre était magnifique. Plus ils s'élevaient, plus la vallée prenait des airs de fête, dansant sur les verts plus foncés des bosquets, glissant sur la faible ondulation des prairies, et virevoltant avec le bleu des cours d'eau. En fin d'après midi, la brume formée par les nuages nimbait le tout de filets blanchâtres.

Le froid aussi se faisait plus vif et ils étaient heureux de porter leur combinaison. Ils entrevoyaient sur les hauteurs des bouquetins qui sautaient allègrement d'un rocher à l'autre, ramenant leur escalade laborieuse à une course d'escargots. Pourtant ils avançaient et le soir tombant, ils n'étaient pas loin du col.

Ils dressèrent une tente dans un endroit plat assez grand pour la recevoir et ils se pelotonnèrent à l'intérieur. Tous les trois ensemble, rien ni le temps froid ni l'escalade, ni la fatigue ne les atteignaient. Ils étaient bien. Ils sortirent les victuailles du sac et mangèrent. La cuisse de poulet, figée encore chaude et dont la peau craquait sous la dent était un délice avec le pain frais. La tente, spécialement conçue pour, les protégeait efficacement et c'est le ventre plein et confortés par la douce ambiance intérieure qu'ils se couchèrent. D'un commun accord, Lassa se trouvait au milieu, encadrée par Camille et Kelvin. Les deux amoureux étaient heureux de se trouver côte à côte et s'endormirent main dans la main.

Le lendemain matin, sans mettre le nez dehors plus que nécessaire, ils passèrent deux bonnes heures au chaud, burent du chocolat à même la bouteille et grignotèrent du pain en attendant que le soleil réchauffe l'atmosphère extérieure pleine de brume et de givre.

Ils rangèrent enfin leurs affaires et repartirent pour deux bonnes heures de route estimait Stilv avant d'atteindre le col qui les ferait passer sur l'autre versant. Il n'y avait plus de végétation et des tas épars de neige parsemaient le paysage.

Arrivés au col, leur espoir de voir la mer fut déçu. D'autres montagnes, largement plus grandes que celle qu'ils avaient grimpée s'étendaient à perte de vue. On comprenait mieux à cette hauteur pourquoi la route vers la mer n'avait jamais pu être tracée. Les sommets étaient couverts de neige et Lassa bénit les gens qu'ils devaient voir pour ne pas s'être installés plus profondément à l'intérieur de cette chaîne de montagnes.

La voie descendante était plus aisée. Ils marchaient d'un bon pas et recommencèrent à monter en début d'après-midi. Alors que le soir tombait, ils voyaient enfin la grande plate-forme. Lassa se demandait bien s'ils allaient être obligés de la sillonner de long en large avant de se taper le nez sur un mur, mais la suite la rassura. Quelques minutes après, alors qu'ils atteignaient la zone plate, un bâtiment imposant tout en pierres de taille, entouré par de hauts murs flanqués d'une porte massive en bois apparut.

Alors qu'ils approchaient, un homme sortit par la porte et regarda dans leur direction, attendant manifestement qu'ils arrivent. Il portait une longue robe brune en tissu épais cintrée par une large ceinture en cuir et des bottes qui complétaient l'ensemble. Il devait avoir dans la soixantaine mais portait bien son âge. Il semblait en pleine forme comme si l'air de la montagne l'avait conservé.

Lorsqu'ils furent à portée de voix, l'homme s'écria :

— Des visiteurs ! Venez mes amis. Je ne pense pas que vous ayez fait le voyage par hasard mais plutôt que vous venez nous voir. Je me trompe ?

— Non Monsieur, répondit Lassa. Nous étions bien à votre recherche. C'est une sacrée balade pour vous rendre visite.

— Vous l'avez dit. Nous nous sentons tranquille d'esprit à l'abri de la montagne. Nous y sommes comme qui dirait plus libres. Mais rentrons donc ! Le froid est rude par ici et le soir tombe.

Ils suivirent l'homme à l'intérieur des murs et il referma la porte derrière eux.

— Nous avons des bornes qui nous signalent l'arrivée de visiteurs dès le passage du col de ce côté. Vu que vous n'étiez que trois, j'ai pensé inutile de déclencher le plan de défense. Nos guetteurs ont pu également vous observer et ne vous ont trouvé que peu de ressemblances avec des soldats ou des prêtres de Ka. Sinon, nous n'aurions pas fait apparaître ce bâtiment et ils n'auraient trouvé que de la pierre, à moins de se cogner contre les murs, ce qui les aurait bien étonnés. Les siècles auraient passé avant qu'ils ne puissent espérer rentrer. De toute façon, nous avons tout ce qu'il nous faut ici et même un souterrain qui nous conduit plus bas.

— Je vois que vous nous parlez librement des mots d'Avoir. Donc, vous les connaissez et vous nous faites assez confiance pour en parler.

— Eh bien, nous aussi, nous savons compter. Cela fait exactement sept cent trente-deux ans depuis la dernière Enseignante et nous nous attendions à une année plutôt animée. Vous savez, vous êtes les premiers visiteurs depuis cent vingt ans alors vous comprendrez que la coïncidence me fait penser à un probable lien. Je me trompe ?

— Non Monsieur. Je suis la nouvelle Enseignante.

— Et voilà. Nous savions que tôt ou tard l'utilisation des mots d'Avoir vous conduirait ici. Soyez la bienvenue, Mère de l'humanité, vous et vos amis. Je m'appelle Rangar. Je suis le responsable de ce monastère.

— Je vous remercie de votre accueil. Mon nom est Lassa et mes deux amis s'appellent Camille et Kelvin. Ils sont frère et sœur. Vous savez, votre présence ici et les mots que vous utilisez me procurent une grande curiosité quant à votre histoire.

— À ça, nous en avons à vous raconter. Mais pour l'instant, je vais vous conduire à vos chambres où vous pourrez prendre un bain chaud puis nous mangerons. Mes frères et moi sommes très à cheval sur le respect des horaires.

Rangar et ses trois invités suivirent une allée de pierre qui, étonna Lassa, se finissait au milieu de la cour. Rangar s'arrêta au bout du chemin.

– Comme nous avons désactivé la couverture d'invisibilité des murs extérieurs, nous en avons activé une sur notre bâtiment de travail pour que mes frères puissent continuer à travailler. Il suffit de suivre le chemin.

Ils rentrèrent donc dans le bâtiment principal. C'était une grande pièce qui couvrait tout la longueur intérieure. Bien que sans murs de séparation, elle présentait une quinzaine de décors différents entre canapés assemblés auprès d'une cheminée, table de travail surmontée de livres, petit patio intérieur rempli de plantes, espace réservé à l'entretien du corps avec poids et tapis de sol, piscine chauffée ou s'ébattaient quelques frères. Ils étaient une trentaine tous occupés à des activités différentes mais tous psalmodiant des mots incompréhensibles.

— Nous allons attendre pour les présentations l'heure du dîner. Ils sont pour le moment en pleine séance de travail et c'est sûrement la dernière. Ne les dérangeons pas.

Ils montèrent l'escalier qui les conduisit à l'étage supérieur. De chaque côté d'un long couloir s'étendait des portes qui étaient les chambres des frères leur expliqua Rangar. Il les emmena devant une porte presque au bout du couloir et ils entrèrent sur une grande pièce faisant salon, meublée avec soin où trônait sur un pan une cheminée.

— Vous disposez de deux chambres et d'une salle d'eau. L'eau arrive du toit qui dispose de citernes et elle est chauffée par un mot d'Avoir. Les serviettes sont à votre disposition.

Pour nous rejoindre pour manger, il vous suffit de sortir du bâtiment par la porte au milieu du long mur. Un couloir couvert vous mènera à une petite annexe où nous avons la cuisine et le réfectoire. Je vous souhaite un agréable séjour.

— Est-ce que tous les frères disposent d'un aussi joli appartement ?

— Non, nos besoins sont plus modestes. Ces pièces sont destinées à la Mère de l'humanité. Nous sommes à votre service, Lassa.

Laissés seuls, ils visitèrent l'appartement.

— La chambre de gauche pour les filles, celle de droite pour les garçons, décréta Camille après avoir jeté un œil.

Lassa et Camille s'approprièrent donc leur chambre. Elle était vaste et arrangée avec soin comme le salon. Elle était décorée en nuances de feu avec un grand lit au centre de la pièce. Une autre cheminée permettait de garder une température confortable lors des longues nuits froides. Une armoire, un bureau et des tables de chevet complétaient l'ensemble. Celle de Kelvin était identique, mais en nuances de vert.

Lassa se laissa tenter par un bain et trouva la salle d'eau équipée d'un confort des plus modernes : eau qui coulait des robinets dont un d'eau chaude, baignoire profonde et lavabo assorti surmonté d'une glace.

Elle se fit couler un bain, se déshabilla et s'y plongea avec délice.

Lorsqu'ils furent tous prêts, ils descendirent l'escalier et sortirent du bâtiment par la porte du côté. Ils se retrouvèrent sur une terrasse couverte d'où partait une allée vers un autre bâtiment plus petit. Ils l'empruntèrent et poussèrent la porte pour entrer.

La salle était vaste et couverte de deux rangées de tables. Les frères occupaient les bancs et attendaient en silence que paraissent leurs invités. Lassa remonta l'allée principale vers une table qui barrait la pièce en travers où elle avait aperçu le frère Rangar qui les avait accueillis précédemment. Celui-ci se leva et les installa à sa table.

— Mes frères, notre longue quête arrive à sa fin. Nous recevons aujourd'hui Lassa, notre Mère de l'humanité.

La salle se remplit de cris de bienvenue, de sifflements et de hourras. Cela cadrait mal avec l'austérité attendue de frères appartenant à un monastère.

Lorsque le silence fut retombé, le frère Rangar reprit :

— Nous allons manger puis Lassa nous contera ses aventures. Nous lui ferons part ensuite du but de notre existence.

La nourriture était bonne. Chaque table avait le même plat : un rôti de bouquetin accompagné de légumes.

Après le repas, Rangar proposa à Lassa de leur faire un résumé de son séjour dans leur monde. Maintenant habituée à prendre la parole devant de nombreuses personnes, elle se leva sans hésiter. Le silence se fit dans la salle.

— Vous avez le bonjour du peuple de Gend'ria et des douze mondes associés. Je suis née à bord d'un vaisseau intergalactique, il y a de cela quatorze ans. Gend'ria avait pensé que grâce à mon âge, je m'intégrerais plus facilement et apprendrais votre vision de l'utilisation des mots d'Avoir avant d'apporter ma contribution. De plus, pour ne rien vous cacher, ils ont eu une bonne idée. Car vivre toute seule dans un grand vaisseau, je ne suis pas sure que je l'aurais supporté plus longtemps.

Quelques rires fusèrent. Lassa voulait se désacraliser au plus vite. Ces gens l'attendaient depuis tellement longtemps qu'ils s'étaient peut-être fait des idées de déesse descendant des cieux.

Leurs rires lui fit plaisir.

— Dès mon arrivée, j'ai appris que les événements n'avaient pas été aussi linéaires que prévus : la capture de la Première Enseignante, le pouvoir, accaparé grâce aux mots d'Avoir par les prêtres de Ka, la chasse à la connaissance jusqu'à extirper de votre monde tout apport et presque tout souvenir d'Eléa.

Heureusement, un petit village perdu dans la forêt avait conservé malgré tout cette connaissance et prospérait en attendant ma venue. Ils sont venus au rendez-vous et m'ont ramené chez eux. J'y ai vécu trois mois durant lesquels je leur ai donné le deuxième niveau des mots d'Avoir. Nous avons aussi organisé la résistance et formé des volontaires avec des mots plus offensifs pour combattre les prêtres et leur mainmise sur le pays.

Nous sommes ensuite allés à Cornois, un petit village au pied de vos montagnes. En fait, nous avions rencontré l'un des villageois qui avait besoin d'aide. Toute cette région en bas de vos montagnes était aux prises avec la famine et nous avons fourni des vivres à tout le monde ainsi que l'enseignement des mots.

Comme nous étions à l'écoute pour connaître les mots utilisés par les prêtres, nous avons entendu quelques communications qui n'émanaient pas d'eux dont la vôtre qui a piquée notre curiosité. Nous avons alors décidé de vous rendre visite. Et nous sommes là.

— Merci Lassa. Je tiens à te présenter nos excuses mais nous ne pouvions pas rentrer en contact avec toi le jour de ton arrivée. En effet, nous n'avions ni le jour ni le lieu et nous espérions franchement que d'autres pourraient le faire.

Nous sommes une communauté qui s'est regroupée à l'écart de tout depuis sept cents ans. Nous étudions les mots d'Avoir. Notre fondateur, le frère Barto, nous a conduit ici avec de grands buts comme reprendre le pouvoir aux prêtres mais nous ne les avons pas tous atteints. Il était à l'époque d'Eléa, l'un de ses fidèles, et il était friand d'étymologie. Elle lui avait donc appris l'alphabet que vous utilisez pour concevoir les mots d'Avoir.

Lors de la capture d'Eléa, il a pris sur lui, en accord avec le mari d'Eléa, de devenir un traître en intégrant le parti du roi Priméa, et en devenant un prêtre de Ka. Il était ainsi plus près d'Eléa et essayait de soulager ses tourments. Il a ainsi pu aider les fidèles à récupérer le fils d'Eléa mais n'a rien pu faire pour la sauver.

C'est à ce moment-là que le mari d'Eléa lui a confié le mot 'invisibilité' et l'espoir du retour d'une Mère de l'humanité dans sept cent trente-deux ans. Dès qu'il eut appris tous les mots d'Avoir que possédaient les prêtres, il s'est enfui. Il a regroupé autour de lui quelques hommes fidèles et ils sont partis s'installer dans les montagnes de l'Aigle.

Nous avons depuis essayé de comprendre le langage ancien. Nous savions qu'il contenait de très nombreux mots que vous aviez créés. Grâce à l'alphabet, nous avons passé notre temps à assembler des syllabes et à répéter des mots que nous inventions pour pouvoir reconstituer par tâtonnements un mot qui aurait déjà été utilisé. La méthode marche. Un peu lente peut-être…

Nous avons toujours été une trentaine. Nous étions recrutés à travers le pays par deux frères qui le sillonnait pour trouver des personnes volontaires pour s'isoler et psalmodier toute la journée à la recherche de mots d'Avoir.

A trente, chaque jour depuis sept cents ans, nous avons trouvé huit cent-douze mots d'Avoir, soit un peu plus d'un par an. Une sorte de force s'active en nous lorsque nous prononçons un bon mot et il ne nous reste plus ensuite qu'à en déterminer l'utilité ce qui nous prend un temps variable. Comme nous nous doutions que vous essaieriez de savoir quels mots les prêtres utilisent, nous avions également l'espoir que vous nous entendriez. Vous et ces mots sont le but de notre vie. Vous comprendrez donc la joie qui nous anime à vous voir présente au milieu de nous.

— Je vous comprends. Je ne pense pas que j'aurais été capable de passer ma vie à cette recherche. Mais je peux vous assurer d'une chose, c'est que votre quête s'achève aujourd'hui. Vous avez mis tant de détermination à trouver ces mots d'Avoir que vous avez depuis longtemps dépassé tous les stades d'apprentissage. Il ne vous reste plus qu'à connaître le dictionnaire complet. Vous en êtes dignes.

— Merci. Je pense toutefois que vous ne pourrez passer plusieurs années derrière ces murs pour nous enseigner toutes les subtilités du langage. Nous sommes donc prêts à vous suivre car tel est notre but ultime : vous aider à restaurer la paix.

— J'accepte avec plaisir votre offre et vous êtes les bienvenus parmi nous. Mais vous vous trompez sur un point : je vous assure que demain matin vous connaîtrez tous les mots qui vous manquent ainsi que tout ce que l'on peut savoir sur le pourquoi de leur création et leurs utilisations dérivées.

Je vais demander à mon vaisseau, lorsque vous serez couchés ce soir, de vous imprégner de toute notre connaissance à ce sujet. Cela ne prendra que quelques heures. Toute la nuit pour être honnête.

— Une nuit pour le savoir que nous recherchons depuis si longtemps, ce n'est pas cher payé.

— Eh bien ne retardons pas l'événement. Nous vous disons bonne nuit et nous allons aussi aller dormir. Je tombe de sommeil après cette petite marche.

Rangar sourit et applaudit le petit discours. Les frères se levèrent également et firent de même, puis ils commencèrent à se congratuler mutuellement.

Les trois amis regagnèrent leur appartement et las de ce voyage allèrent se coucher.

Le lendemain, le silence dans la grande salle et dans le réfectoire prouvait que les frères étaient toujours en cours d'imprégnation. Stilv confirma mais les rassura. Ils n'en avaient plus que pour vingt-sept minutes. Camille passa donc à la cuisine et prépara un petit-déjeuner qu'elle dupliqua pour tout le monde. Kelvin et Lassa avaient quant à eux disposé les bols, les assiettes et les couverts. Les prêtres arrivèrent tous ensemble et s'assirent, reconnaissants, à leur place habituelle. Ils étaient silencieux mais semblaient attendre quelque chose. Rangar, après les avoir rejoints, s'assit et ils mangèrent en silence.

Lorsqu'ils eurent fini, Rangar se leva.

— Nous avons appris des choses magnifiques cette nuit et nous vous en remercions. Mais nous pensons que nous pouvons y apporter notre contribution. Lorsque vos savants ont décrypté le mur du mot premier que vous avez traduit par 'magie', ils ont émis l'hypothèse que ce mur faisait partie d'une pièce et que d'autres mots pouvaient être inscrits sur chacun des autres murs. Nous connaissons un mot qui n'est pas référencé dans le dictionnaire et qui n'est pas un mot d'Avoir par lui-même. Il ne sert qu'à lier plusieurs mots entre eux pour pouvoir les utiliser en même temps.

Rangar se concentra et une boule de lumière apparut au milieu de la salle. Elle diffusait une douce chaleur qui estompait celle des feux allumés dans les deux cheminées de la pièce.

— J'ai créé à moi-seul un globe qui illumine et réchauffe. Je pourrais de même soigner une personne avec plusieurs actions simultanées.

— C'est une vraie révolution ! s'exclama Lassa. Nous espérions que ce mot existait mais nous ne l'avions jamais trouvé. Dans mon vaisseau, il y a des sondes qui doivent faire le retour au bout de trois années chargées des informations relatives à ce monde. Je vais en détacher une immédiatement. Gend'ria l'apprendra donc. Cela sera dans un peu plus de trois cents ans mais la gloire rejaillira sur votre communauté et les mondes chanteront votre nom. Vous pouvez m'apprendre ce mot primaire ?

Rangar le lui enseigna et Lassa, pour être sure de l'avoir bien compris recommença l'expérience de la boule de lumière et de chaleur. Ensuite, elle demanda à Stilv d'envoyer une sonde avec ces informations pour que Gend'ria la reçoive le plus vite possible. Stilv, tout à fait d'accord sur la valeur de cette communication chargea les données recueillies depuis l'arrivée de Lassa sur ce monde et lança une des sondes à travers l'espace.

— Voilà, c'est fait. L'information est partie. Que nous réussissions ou non la suite, Gend'ria et les autres mondes y gagneront beaucoup. À propos de suite des événements, vous m'avez proposé de m'accompagner. Il faut de prime abord que vous sachiez que nous ne pouvons pas vous laisser descendre sans porter une dent creusée avec du poison dedans. De plus, il faudra que nous soyons sûrs que vous l'utiliserez en cas de nécessité. Alors, tant que le pouvoir ne sera pas de nouveau entre les mains du peuple libre, ne descendront que les volontaires qui auront passé le test du mot de 'vérité'. Je voudrais donc vous demander qui sera volontaire pour m'aider et qui préfère rester ici. Réfléchissez-bien.

Les frères réfléchirent en silence puis un se leva, puis un autre. À la fin, ils étaient tous debout. Ils avaient depuis longtemps voué leur vie au combat, même retirés dans les profondeurs de la montagne, et ils voulaient continuer.

Le départ s'organisa. Les frères couraient en tous sens pour récupérer ce qu'ils voulaient emporter et bientôt tous furent prêts. Ils avaient dupliqué le sac à dos des jeunes et l'avait chacun remplis de leurs affaires. Ils n'avaient de toute façon pas grand-chose à emporter. Ils avaient bien quelques bêtes dans un pâturage plus bas mais les bêtes seraient tout aussi bien sans la visite de l'homme. Quelques poules en cage les suivraient jusqu'en bas où ils les libéreraient.

— Vous n'avez pas dû vous amuser pour grimper jusqu'à nous… affirma Rangar. Devant l'acquiescement des trois jeunes, il poursuivit : Nous avons un chemin d'accès beaucoup plus rapide. Nous avons creusé un souterrain qui nous amènera directement sur l'autre versant. Suivez-moi.

Un long boyau avait été creusé grâce aux mots d'Avoir et traversait la montagne pour atterrir plus bas dans la vallée. Il était conçu comme un sentier qui descendait en pente douce au travers de la roche. Les trois amis trouvèrent le chemin beaucoup plus facile qu'à l'aller et en fin d'après-midi, ils ressortirent à l'air libre au-dessus des pâturages où le jeune garçon les attendait.

Lorsqu'ils arrivèrent, celui-ci fut surpris par l'afflux de tant de gens mais heureux de revoir les trois amis sains et saufs. Ils décidèrent de rester ici pour la nuit et installèrent des tentes pour les frères, partagèrent leur repas et se couchèrent tôt. Les frères, quant à eux, profitèrent de leurs nouvelles connaissances pour les mettre en application. Chacun rendit sa jeunesse ou tout au moins sa vitalité à son voisin de tente qui se chargea ensuite de rendre la pareille à son collègue. Et c'est un Rangar rajeuni de vingt ans et plus en forme que jamais qui sortit de sa tente au matin.

Ils levèrent le camp et redescendirent le sentier qui devait les mener au fond de la vallée, les trois amis à cheval et les frères suivant à pied. Vers midi, ils y arrivèrent et se restaurèrent.

Le jeune garçon fut envoyé en éclaireur au village pour voir si ce fort groupe habillé de robes pouvait y entrer sans alerter un visiteur mal intentionné. Si ce n'était pas le cas, il devait demander à Géron de les contacter par l'intermédiaire de Stilv pour les mettre en garde. Alors qu'ils s'étaient remis doucement en route, Lassa reçut le message de Géron qui les informait que tout était tranquille au village et qu'ils pouvaient venir.

La procession avançait lentement, les frères étant à pied, mais deux heures après leur pause, ils atteignirent les abords du village. Tout le monde était maintenant au courant de leur arrivée et les villageois s'étaient regroupés côté vallée pour les accueillir. On aurait pu penser qu'un afflux soudain de trente personnes les aurait inquiétés mais c'était tout le contraire qui arrivait.

Il faut dire que les frères étaient célèbres malgré eux. Ils étaient connus comme des entités magiques qui vivaient dans les nuages au-dessus du village et lui servait de protecteurs. Les villageois avaient au cours des siècles écoulés entendu et colporté une autre légende que celle d'Eléa : celles d'hommes se portant au secours de voyageurs égarés, perdus dans les montagnes, condamnés à y mourir.

Ces hommes inconnus les avaient soignés de façon magique ou leur avait multiplié leurs provisions ou les avaient réchauffés par un feu qui sortait de leurs mains. Ces histoires faisaient partie de la vie des chaumières le soir au coin du feu.

Personne n'y croyait vraiment mais tout le monde y prêtait une grande attention. Et voici que la Mère de l'humanité ramenait des montagnes une trentaine d'hommes qui s'y étaient réfugiés depuis sept cents ans avait précisé le jeune garçon venu les prévenir... L'association était rapide...

Ils étaient donc venus en masse pour voir s'ils avaient bien une taille démesurée et une aura brillante autour du corps.

Les frères trouvèrent donc à leur arrivée un comité attentif et respectueux. Hamon en tête comme porte-parole, le village derrière lui, les habitants de Cornois les accueillaient comme de vieilles connaissances.

Lassa arrêta son groupe en vue de Hamon et descendit de cheval.

— Hamon, nous avons des visiteurs…

— Nous sommes au courant. Ils viennent de la montagne ?

— Ce sont des frères qui s'occupaient de rechercher les mots d'Avoir. Ils avaient un monastère caché dans les montagnes.

Hamon se tourna vers les frères et s'adressa à eux d'une voix forte pour qu'ils puissent tous entendre.

— Soyez les bienvenus dans le village de Cornois. Cela faisait longtemps que vous hantiez nos montagnes et vous y avez vécu en aidant les terriens de votre mieux. C'est aujourd'hui à nous de vous rendre la pareille.

Rangar se détacha du groupe et s'avança vers Hamon. Lorsqu'il répondit, il s'adressait aux villageois.

— Mes amis, je m'appelle Rangar. Je suis le chef de la communauté des frères qui comme vous disiez hantait vos montagnes depuis si longtemps. Vous savez, après sept cents ans d'attente, voir arriver chez nous la Mère de l'Humanité a été l'aboutissement d'une longue quête. Nous descendons maintenant à votre rencontre et nous vous apportons notre science pour vous aider. Puisse notre relation être fructueuse.

Les villageois acclamèrent ce petit discours et chacun fit un pas en avant pour aller dire bonjour aux arrivants. Hamon et Rangar se serrèrent la main. Lassa qui se trouvait à côté d'eux leur proposa de se rendre au village. Ils pourraient se réunir lorsque tout le monde se serait reposé pour débattre de la situation. Les deux hommes acquiescèrent et reprirent ensemble leur marche vers le village. Les villageois et les frères leur emboîtèrent le chemin.

La réunion leur avait permis de cibler les priorités. A savoir, d'un côté intégrer les nouveaux arrivants au sein du village de façon à ce qu'un œil extérieur ne les remarque pas et de l'autre côté mettre à profit cet afflux de connaissance pour le bien des villageois.

Il était important que les frères changent de vêtements. Ils ne pouvaient plus, pour le moment, porter leurs longues bures. Dès la fin de la réunion, les hommes du village allèrent donc se comparer aux nouveaux venus question taille et corpulence et dès qu'une correspondance était trouvée, ils emmenaient l'arrivant chez eux et lui dupliquait des vêtements. Les frères passèrent bientôt dans le paysage sans que personne en dehors du village ne puisse les différencier des villageois d'origine.

Tous se mirent ensuite à leur construire un logement décent. Rangar avait exprimé le souhait, au nom des frères, de continuer à habiter ensemble et c'est une grande bâtisse d'une seule pièce qui sortit de terre en deux jours.

De leur côté, les frères allèrent visiter toutes les personnes du village et mirent en œuvre leur connaissance des mots de guérison et de rajeunissement. Ils décidèrent également de faire la même chose aux villages environnants et des groupes de deux furent désignés pour aller les visiter.

Lassa contacta aussi le Docteur Kleine, Raven et le vieil instituteur de Aud'ria pour leur enseigner le mot de jonction qui leur permettrait d'utiliser plusieurs mots d'Avoir en même temps. Elle prit ainsi des nouvelles du village, qui loin de s'être endormi, avait aussi envoyé des émissaires dans les villages et les villes environnantes pour y gagner des volontaires. Les villageois étaient également en passe de maîtriser les deux cent cinquante-cinq mots du deuxième niveau. Les guetteurs, tout à leur travail, avaient intercepté cent seize mots d'Avoir différents en provenance des prêtres ainsi que trois nouveaux emplois du mot 'invisibilité' dans tout le pays.

ALLIÉS ET... À LIER

La route avait été longue pour les deux volontaires. Ils avaient bien traversé la moitié du pays à la recherche de ces pratiquants des mots d'Avoir mais là, ils touchaient au but. La route s'élevait doucement pour grimper sur une petite colline et la barrière qui avait bordé la route depuis bientôt cinq cents mètres laissait apercevoir une trouée. C'était l'entrée de la propriété qu'ils comptaient visiter. Les attentifs leur avaient révélés que plusieurs personnes sur le site utilisaient les mots d'Avoir et ils en avaient déduits que ce devait être une famille.

— Sally, il nous faudra être prudents. Ils ne doivent pas le chanter sur tous les toits, et les étrangers en ce cas ne seront sans doute pas les bienvenus.

— J'y ai pensé. Laisse-moi parler. Je suis plus diplomate que toi.

— Si tu le dis…

Les chevaux ne se firent pas prier pour emprunter l'entrée de la propriété. Ils devaient sentir que l'écurie n'était pas loin. Les deux amis remontèrent donc la longue allée qui menait aux bâtisses et comme s'y était attendu Percy, des guetteurs les signalèrent de loin et leur arrivée fut l'occasion d'un remue-ménage certain au sein de la maisonnée.

Un homme d'un âge avancé descendait l'escalier de la maison principale lorsqu'ils arrivèrent dans la cour.

— Que voulez-vous ? leur demanda-t-il d'un ton soupçonneux.

A priori, ils n'étaient pas les bienvenus.

Sally descendit de cheval et s'approcha de l'homme. Elle sortit son pendentif de sa tunique pour que l'homme puisse voir le signe de Ka puis devint invisible.

« Ah, c'est ça sa diplomatie... » pensa Percy et il reprit à voix forte pour que tout ce monde qui commençait à se regrouper autour d'eux les entendent.

— Ce que mon amie essaie de vous dire, c'est que nous ne sommes pas des prêtres de Ka et que nous connaissons le mot d'invisibilité. Nous savons que vous aussi. Nous sommes du même bord et nous venons faire connaissance.

Après un moment d'incertitude, le vieil homme leva la main pour calmer ses troupes qui devenaient menaçantes au vu du discours de Percy et prit la parole.

— C'est logique ce qu'il dit. Si les prêtres connaissaient le mot d'invisibilité, ce n'est pas deux voyageurs qu'ils nous auraient emmenés mais la troupe. Ce sont des amis. Laissez-les et retournez à vos occupations.

Sally redevint visible. Elle se trouvait derrière le vieil homme et tenait à la main son couteau de voyage. Elle fit son plus beau sourire à Percy puis rangea son arme.

— Vous m'excuserez de la précaution... dit-elle au vieil homme mais je tiens beaucoup à cet énergumène sur son cheval...

— Vous êtes pardonnée mademoiselle...

— Je m'appelle Sally... et voici Percy.

Percy profita de ces présentations pour descendre de cheval et s'approcher. Il tendit la main au vieil homme.

— Je m'appelle Géral, leur dit celui-ci en prenant la main de son visiteur. Venez avec moi. Nous allons boire une tisane. Vous avez sans doute beaucoup de choses à raconter et je suis un petit vieux particulièrement curieux...

— C'est vrai, monsieur, nous avons fait un bout de chemin pour vous raconter une belle histoire.

— Et pas pour vous couper la gorge... conclut Percy en faisant des gros yeux à Sally.

Assis dans de gros fauteuils, ils sirotaient tranquillement leur tisane. Le vieil homme attendait patiemment que ses deux invités prennent la parole.

— Voila monsieur… commença Sally

— Appelez-moi Géral… s'il vous plaît

— Bien Géral, d'abord ce que vous devez savoir c'est que la Mère de l'Humanité est de retour.

— Je le savais… s'exclama le vieil homme en posant sa tasse et en se levant précipitamment. Je le savais… Heureusement qu'elle n'attendait pas après nous pour aller l'accueillir. Nous avions un débat passionné sur la date de retour présumée de la Mère de l'Humanité.

Certains, dont je fais partie, la donnait pour cette année, d'autres prenaient en compte la date de sa mort et prévoyaient son retour pour dans cinq ans. C'était devenu de la divination. Chacun y allait de sa théorie…

— C'est notre village qui s'est chargé d'aller au rendez-vous. Et nous l'avons trouvée. Elle était plutôt paumée d'atterrir dans un monde habité, elle qui n'avait connu que l'espace et la solitude mais elle s'est très vite adaptée. Elle a quatorze ans, bientôt quinze maintenant : elle est arrivée, il y a plus de six mois.

— quinze ans, je trouve que c'est un peu jeune pour tout ce qu'elle doit faire…

— C'est sur, mais ils n'étaient pas au courant que la situation avait mal tourné… Elle est cependant très volontaire et a pris les choses en main. Elle veut renvoyer les prêtres de Ka et libérer les mots d'Avoir.

— Et comment pouvons-nous l'aider ?

— Elle a commencé à regrouper ses troupes dans le nord, toujours en secret, mais nous faisons la même chose dans tout le pays. Nous recrutons des volontaires pour se battre contre les prêtres.

— J'ai quelques têtes chaudes chez moi qui seraient prêts à assurer leur part de feu, je vous les présenterais plus tard.

— …et nous enseignons les mots d'Avoir au plus grand nombre. Ainsi, les prêtres de Ka seront vite débordés…

— Oui, mais c'est un risque pour le mot d'invisibilité. Plus les gens le connaîtront plus il risque de tomber entre les mains des prêtres.

— Entendez-bien, nous sommes devenus plus modernes que ça grâce à la nouvelle Enseignante. Nous pouvons mettre le mot dans un objet. Pour nous c'est le pendentif des prêtres de Ka. Un ami a initié la mode pour son village et nous avons tous copié. Nous trouvons cela… amusant. Un genre de pied de nez. Il suffit d'y penser pour qu'il s'active. Avec ça, pas besoin de diffuser le mot, juste le pendentif.

— Et vous n'avez ainsi plus besoin d'être deux ?

— Vous avez compris. Mais il y a mieux. Nous avons reçu un message lorsque nous voyagions : nous avons appris un mot de liaison qui nous permet d'utiliser en les combinant plusieurs mots d'Avoir.

— Je vois bien l'utilité de ce nouveau mot…

— Vous voyez, la bataille est déjà bien engagée

— Mais vous savez, nous aussi nous serions curieux de savoir comment vous connaissez les mots d'Avoir… reprit Percy.

— Eh bien, cela remonte à très loin. Lorsque le mari d'Eléa a fait sortir son fils des griffes des prêtres, mon ancêtre l'accompagnait. Ils étaient une petite vingtaine à s'enfuir ensemble. Mon aïeul – il s'appelait Roger – a voyagé avec eux quelque temps puis ils se sont arrêtés où nous sommes. Les gens du coin les ont accueillis pendant quelques jours et ce Roger a lié connaissance avec l'Héloïse des fermiers. Elle n'a pas voulu quitter ses parents car elle était leur seule enfant et lui est donc resté. Comme il connaissait le mot d'invisibilité, ils n'ont jamais été embêtés par les prêtres et nous devons notre fortune aux mots d'Avoir.

— C'est une belle histoire. Eh bien le mari d'Eléa a continué sa route et a créé Aud'ria le village d'où nous venons.

— Et vous êtes venus parce que nous utilisions les mots d'Avoir ?

— Oui, nous recherchons des alliés. Comme vous utilisez les mots depuis longtemps, vous aurez accès au deuxième niveau d'apprentissage et ceux qui voudront combattre recevront les mots de chasse.

— Et vous allez rester assez longtemps pour nous apprendre tout ça ?

— Non, vous allez choisir parmi vous une personne que nous allons enseigner grâce aux pouvoirs de la Mère de l'Humanité et elle vous apprendra tout ce qu'elle sait.

— J'ai celle qu'il vous faut. C'est ma petite fille, Julie. Elle est toujours en train de fourrer son nez dans les affaires de tout le monde, toujours à vouloir tout connaître et tout expliquer. Elle sera parfaite pour ce travail.

Julie faisait face aux visiteurs. Elle avait été appelée par son grand-père et c'était toujours intimidant de se trouver dans son bureau.

— Ma fille, connais-tu les mots d'Avoir ?

— Les trente-deux, Grand-père, plus le mot d'invisibilité… Je m'entraîne souvent pour ne pas les oublier.

— C'est très bien. Je voudrais te présenter Sally et Percy. Ils viennent d'un village où on utilise également les mots d'Avoir et ils ont récemment accueilli la Mère de l'Humanité.

— Oh Grand-père, c'est merveilleux… Je veux dire bonjour madame, bonjour monsieur. Quelle chance vous avez…

— Eh bien, Julie, on a également une belle proposition pour toi. Maintenant que la Mère de l'Humanité est arrivée, elle nous a enseigné les deux cent cinquante-cinq mots suivants et d'autres mots pour nous défendre. Nous n'avons pas le temps de vous les enseigner et nous recherchons quelqu'un pour les apprendre rapidement et devenir personne ressource pour les donner aux autres…

— Vous voulez dire que vous pensez à moi ?

— C'est ton grand-père qui t'a sélectionnée mais il faut que tu sois d'accord…

— C'est oui et encore oui… Les mots d'Avoir sont la plus belle chose que je connaisse et je veux les apprendre tous. Mais vous pensez que je les apprendrais plus vite que les autres ?

— En fait, c'est le vaisseau dans l'espace qui va te les enseigner. Il va rentrer en communication avec toi et les imprégner dans ton esprit. Tu les sauras comme si tu étais née avec… et plus moyen de les oublier.

— Oh, un… vaisseau. C'est… c'est d'accord bien sur.

— *Stilv ?*

— *Oui, Sally…*

— *Tu contactes la petite demoiselle ?*

— *Avec plaisir… Julie, tu m'entends ?*

— J'entends une voix…

— Étonnant. Réponds-lui… dans ta tête.

— *Oui, Monsieur, je vous entends*

— *C'est bien Julie… Bonjour, je m'appelle Stilv. Ce soir, lorsque tu seras couchée, je vais t'enseigner les mots d'Avoir.*

— *Et en attendant, vous serez toujours dans ma tête ?*

— *Disons que quand tu penseras à moi, je t'entendrais et je te répondrais…*

— *Mais c'est merveilleux… Vous êtes avec la Mère de l'Humanité ?*

— *Je suis son vaisseau… son chariot qui voyage dans l'espace. Et non, elle n'est pas avec moi en ce moment mais tu l'entendras bientôt. Elle parle toujours avec les personnes ressource.*

— J'attends ce soir avec impatience… Merci Stilv.

— Oui, c'est bon. Ce soir, il m'enseignera les mots d'Avoir. Je suis ravie…

— Cela nous fait plaisir que tu sois heureuse… Et nous notre mission est terminée. Vous auriez un petit coin pour que l'on se repose et demain nous repartons…

— Vous rentrez dans votre village ? demanda Géral

— Disons que nous en prenons le chemin. Nous avons encore un petit crochet à faire vers le sud pour rencontrer d'autres alliés potentiels, quoi que celui-là risque d'être un cas particulier.

— Comment cela ?

— Il ne devient pas invisible pour utiliser d'autres mots d'Avoir. Nous devons savoir à quoi il s'amuse alors…

Ils avaient suivi l'homme jusque dans la ruelle. Invisibles, ils ne risquaient pas d'être détectés et ils avaient préféré utiliser cette méthode plutôt que de demander à l'homme ce qu'il pouvait bien faire. Maintenant, ils s'en doutaient un peu mais il leur fallait être sur. L'homme vérifia qu'il était bien seul et sortit une corde avec un grappin de son sac. Il saisit le grappin et le lança en direction d'une fenêtre à l'arrière d'une maison. Elle n'était pas fermée vue la hauteur. L'homme se concentra et devint invisible puis la corde se mit à osciller.

— On a droit à un « monte-en-l'air » de la pire espèce… le genre invisible.

— Il n'a pas le droit d'utiliser les mots d'Avoir pour faire ça. C'est grave.

— Tu as raison…

— Stilv ?

— Oui Sally…

— *Notre client est un voleur… il utilise le mot d'invisibilité pour se cacher à la vue des gens et pratiquer ses larcins.*

— *J'en parle à Lassa…*

— *… Sally… C'est Lassa. Tu m'entends ?*

— *Oui Lassa… Bonjour*

— *Bonjour… Dans les mondes nouvellement visités par les Enseignantes, il arrive que l'on rencontre des cas comme ça. On a un mot d'Avoir pour son problème… Stilv va te l'enseigner et tu le penseras en touchant ton voleur. Cela devrait lui faire passer l'envie… Il ne connaîtra plus aucun mot d'Avoir et ne pourra plus les apprendre pendant cinq ans.*

— *C'est super comme punition… Je m'en occupe tout de suite…*

Stilv prit quelques secondes pour enseigner Sally, qui sans prendre le temps de parler de son plan à Percy, sauta sur la corde et se mit à grimper. Elle enjamba la fenêtre et se retrouva dans une pièce vide. Elle ne pouvait pas voir sa proie mais sa proie ne pouvait voir le chasseur non plus. Ils étaient à égalité quoique lui avait du boulot à faire…

Elle aperçut rapidement un chandelier d'argent qui faisait le voyage tout seul dans les airs. Il finit sur un tas sur le bureau au fond de la pièce. Lorsque l'on devenait invisible, tous les objets que l'on portait devenaient invisibles en même temps.

Après, il fallait se concentrer pour envelopper d'autres objets ou d'autres personnes et le voleur se croyait trop à l'abri pour s'embêter à rendre invisible tous les objets qu'il transportait. Sally calcula le chemin qu'emprunterait le voleur pour repartir et se mit en position, bloquant l'accès.

Bientôt quelque chose la frôla et elle tendit la main pour saisir ce qu'elle pouvait attraper. Lorsqu'elle toucha l'homme au bras, elle pensa à son mot d'Avoir et le voleur réapparut.

Il était effrayé de ce contact et fouillait la pièce des yeux. Sally regagna rapidement la fenêtre et se pendit à la corde.

Elle cria ensuite pour ameuter les propriétaires puis se laissa glisser.

Arrivée en bas, elle regarda le voleur passer précipitamment la fenêtre et descendre le plus rapidement possible.

En touchant le sol, il ne perdit pas de temps et courut pour sortir de la ruelle tandis qu'une personne passait la tête par la fenêtre et criait « Au voleur ».

— Voilà une bonne chose de faite…

VISITE A LA CAPITALE

Une nouvelle très inquiétante réveilla Lassa au milieu de la nuit. Stilv l'avertit qu'un des groupes de volontaires qui arpentaient les villes avait été démasqué. Ils avaient été repérés par un passant favorable aux prêtres qui les avaient aperçu disparaître pour utiliser les mots d'Avoir.

Lorsque les soldats les ont retrouvé dans la soirée grâce à leur signalement, le premier a réussi à s'échapper en se rendant invisible. Ils ont cependant attrapé l'autre et lui ont immédiatement fourré dans la bouche un bâton l'empêchant d'avoir recours au poison.

Son compagnon a bien essayé de le sauver en étourdissant les gardes mais ils étaient trop nombreux et ils se sont réfugiés à l'abri d'une porte close en attendant du renfort. Il a été obligé de le laisser et de s'enfuir.

La situation était grave. Elle mettait en cause la continuité de la résistance ainsi que le secret des mots d'Avoir. Il fallait agir. Lassa demanda à Stilv de réveiller Géron et Rangar pour qu'ils la rejoignent dès que possible. Elle se chargea de Camille et Kelvin. Lorsqu'ils furent tous réunis en conseil de guerre dans la petite cabane au fond du jardin, ils essayèrent de trouver une solution.

— J'ai appris que tu avais retiré la connaissance des mots d'Avoir à un voleur. Tu pourrais faire de même, proposa Géron.

— Ce sera une solution extrême à utiliser comme dernier recours. Il ne pourrait plus donner les mots mais il en souffrirait d'autant plus. Les prêtres ne le croiront pas et même s'ils le croient, ils le tortureront par dépit. De plus, il connaît notre organisation, les noms de nos chefs, les villages où l'on utilise les mots. Ce serait déclencher la guerre beaucoup trop tôt pour nous. Nous avons besoin de six mois encore. Non, il faut le sauver.

— Il a été pris dans la capitale. Il est sûrement enfermé dans la prison du château. Très difficile d'accès. D'abord les murs de la ville dont les portes sont surveillées jour et nuit par des sentinelles, puis le mur du château et enfin la prison par elle-même. Sans compter tous les soldats qui risquent de nous tomber dessus à tout moment.

— Pour ce qui est des murs, nous avons un petit cocktail de mots qui creuserait un coffre-fort. Nous nous en sommes servis pour notre souterrain. Il nous a permis de creuser dix sept kilomètres de galeries. Alors un ou deux petits murs…

— Stilv connaît la position exacte du prisonnier. Nous sommes également avantagés de ce côté-là. Il nous suffit d'une équipe pour étourdir les gardes et nous pourrions réussir. De plus, nous serions tous invisibles.

— C'est une solution mais nous sommes là et la capitale est à sept jours d'ici. Il aura craqué avant.

— Pour cela, pas de problème. Stilv nous descend une navette et nous y serons en trois minutes.

— OK. J'ai cinq hommes bien entraînés que j'emmènerais avec moi pour liquider les gardes.

— Moi et deux frères, et tous les murs seront des passoires.

— Nous y allons tous les trois ? demanda Lassa

— Bien sur, répondirent en chœur Kelvin et Camille.

— On fixe ça à quand ?

— Cette nuit même. Ils sont ivres de leur bonne fortune et ne s'attendent pas à ce que nous réagissions aussi vite. S'ils s'attendent à quelque chose !

— OK, je contacte mes hommes.

— Moi aussi.

— On se retrouve devant le village dans dix minutes.

— Stilv, as-tu entendu ?

— C'est OK Lassa. Je te lance une navette. Elle se posera d'ici sept minutes à l'entrée du village, trois minutes trente-deux pour atteindre Lysandia. Il sera alors environ 23 h 47 minutes.

Il vous restera pour agir un peu moins de cinq heures avant l'aube.

Ils enfilèrent une tenue plus adéquate : pantalon et pull et filèrent rejoindre les autres à l'entrée du village. La navette glissa sur l'horizon, silencieuse, visible seulement par deux points rouges à la sortie des tubulures d'échappement des réacteurs. Elle se posa souplement à côté d'eux et la porte s'ouvrit.

Lassa rentra dans la navette et encouragea les autres à faire de même. Ils montèrent, mettant leur appréhension de côté, et s'installèrent sur les sièges à l'intérieur de la cabine. Stilv referma la porte et s'élança dans le ciel. Il profita de ce moment pour imprégner à tous les membres de l'équipe de sauvetage le plan de la ville et du château, le chemin à parcourir depuis le lieu d'atterrissage, la position des gardes et l'endroit où était retenu le prisonnier.

À peine le temps de s'installer confortablement dans les fauteuils et ils étaient arrivés. Stilv posa l'appareil dans une plaine déserte à environ un kilomètre de la ville. On voyait les murailles qui l'entouraient se dresser plus sombres dans la nuit. Ils étaient motivés par cette première action d'éclat contre le pouvoir en place. Il leur fallait sauver leur compagnon.

Géron prit la tête du petit groupe et Camille s'inséra dans la ligne en essayant de garder ses distances pour ne pas heurter Lassa devant elle. Ils étaient tous invisibles et ce n'était pas très facile de repérer les autres. Stilv lui donnait bien les informations de position et de distance mais cela ne valait pas les yeux. Savoir que Lassa se trouvait à deux mètres devant elle, un peu sur sa droite l'aidait mais ce n'était pas le top.

Stilv ne pouvait pas non plus les voir mais il se guidait sur leurs ondes psychiques. Il était relié à tout le groupe et chaque membre était relié également à ses voisins. Cela leur permettrait de communiquer sans avoir à parler. À chaque pas qu'elle faisait, elle entendait crisser les herbes et rouler les petits cailloux et s'attendait à ce qu'un soldat sur la muraille sonne l'alarme.

Mais ils étaient trop loin et surtout la muraille était trop haute pour qu'ils puissent entendre des bruits aussi insignifiants. Camille essaya de se rassurer de ces constats et continuait sa progression guidée par Stilv. Elle aurait bien voulu faire part de ses angoisses à Lassa mais la communication aurait été perçue par tout le groupe et elle y aurait été toute seule plutôt que d'avouer sa peur à tout le monde.

— *Ça va Camille ?*

« *Stilv doit entendre mon cœur battre* » pensa Camille.

— *Ça va Stilv. Je tiendrais le coup.*

— *J'en suis sur*

Plus elle se rapprochait des murailles de la ville, plus elles lui semblaient hautes. C'était la première fois qu'elle venait à la capitale et la balade n'avait rien de touristique.

— C'est bon, leur dit Géron alors qu'ils n'étaient plus qu'à deux mètres des murs, étalez-vous sur la gauche et gardez vos distances. Je veux les frères en action. Montrez-nous votre valeur : creusez-moi ce mur…

— Sans problème, lui répondit Rangar. Cela ne nous prendra que quelques minutes. Stilv, il n'y a personne derrière ?

— Non, la rue est déserte. Vous pouvez y aller.

Rangar et les deux frères s'approchèrent du mur et combinèrent leurs mots d'Avoir. Une partie du mur sembla devenir brumeuse. Ils avaient utilisé les mots « Percer » et « liquéfier » et bientôt le mur commença littéralement à fondre. Le mur était épais mais rien ne résistait aux mots d'Avoir. Les parois du creusement s'enfonçaient dans le mur et le traversaient sur une longueur de deux mètres. Elles étaient maintenant lisses et les pierres s'étaient solidifiées entre elles. Cela faisait une jolie poterne pouvant sans problème laisser passer un homme. Les prêtres de Ka en feraient peut-être quelque chose après leur départ.

— OK, on traverse. Stevan, tu restes près de l'entrée de l'autre côté et tu m'étourdis tous les curieux qui pourraient s'approcher. Si c'est la troupe, tu fuis. On se creusera un autre passage pour sortir…

Camille attendit son tour et prit le passage. Stevan se trouvait à sa droite après la sortie et le groupe s'était avancé jusqu'à la rue. Elle n'était pas éclairée mais du peu qu'on en voyait, elle semblait faire le tour de la ville en longeant les murailles.

— En route, on remonte jusqu'au château…

L'imprégnation faisait qu'elle connaissait les rues à emprunter comme si elle était née dans la ville. Elle aurait pu se perdre facilement dans les ruelles et ce serait peut-être ce qu'elle devrait faire si les gardes les pourchassaient. Malgré toutes leurs précautions, leurs pas résonnaient sur le sol pavé. Un chien, couché en travers d'une entrée, leva la tête et les écouta passer sans pour autant manifester aucune velléité de s'en inquiéter. Camille pensa que c'était un bon signe. De toute façon, il valait mieux pour le chien s'il ne voulait pas faire un somme prolongé.

— Il y a une troupe qui remonte la rue devant vous… les informa Stilv

— Tout le monde sur les trottoirs. Laissez-leur le passage au cas où ils emprunteraient notre rue… On les laisse passer et on continue.

Le groupe qui marchait au milieu de la rue s'éparpilla sur les bords. Camille se colla même dans l'enfoncement d'une porte et se fit toute petite. On entendait les pas de la troupe résonner sur les pavés et se rapprocher. Comme un fait exprès, ils tournèrent dans un bel ensemble et empruntèrent leur rue. La troupe était disciplinée et la colonne avançait au pas, formant une jolie forme géométrique, une torche à chaque coin.

Camille regarda les soldats passer devant elle. Ils étaient armés et ils n'avaient pas l'air commode. Elle sentit un frisson de panique la traverser mais elle se força à l'immobilité. Les soldats descendirent la rue et tournèrent dans la suivante.

— *OK, on se regroupe au milieu de la rue et on repart. On s'en est bien sorti. Courage !* les réconforta Géron

Camille suivit les ordres et ils reprirent leur progression vers le château. Ce dernier se dressait au milieu de la ville sur une vaste colline basse. Les abords étaient dégagés pour leur permettre de repousser une quelconque attaque ou surveiller les alentours. Le groupe s'arrêta donc à l'abri des dernières maisons et Géron essaya de trouver l'endroit le plus approprié pour passer. Les murailles étaient surplombées à endroits réguliers de postes d'observation qui devaient sûrement être remplis de gardes. Il leur faudrait faire attention au bruit.

— *On n'y voit pas grand-chose. Je veux qu'on rejoigne le milieu de ce grand côté, entre les deux postes de garde. Vous faites attention à ne pas tomber, ce n'est pas le moment. On y va en silence…*

Camille reprit son tour dans la file qui montait vers les murailles du château. Ils étaient à environ cent mètres et la pente de la colline était douce. Elle fit attention à bien suivre les commentaires que faisaient ceux qui la précédaient sur les difficultés du chemin et soulagée, elle atteignit la muraille en quelques minutes stressantes. S'ils n'avaient pu se rendre invisibles, la tentative aurait été vouée à l'échec.

— *Bien. Rangar, vous nous refaites le même trou que plus tôt et tout le monde sera content…*
— *C'est parti…*

Les murailles du château étaient encore plus épaisses que celles de la ville et c'est un vrai tunnel que durent creuser les frères. Camille, lorsqu'elle l'emprunta, compta quatre bons pas avant d'atteindre l'autre côté. « *Par contre, nous sommes dans la place. Maintenant plus qu'à atteindre la prison, à libérer le volontaire, à retraverser toute la ville et le tour est joué. Rien que ça...* » pensa-t-elle

Les rues du château étaient quant à elles éclairées et là aussi, elle bénit le mot d'invisibilité.

Après une cour intérieure, ils dépassèrent un bâtiment qui semblait vide et s'engagèrent dans la rue qui remontait vers la prison. L'entrée se trouvait de plain-pied par rapport à la rue mais la cellule qui les intéressait était au deuxième sous-sol.

Deux sentinelles se tenaient debout, appuyées sur leur lance. La position était assez inconfortable pour qu'ils ne puissent s'endormir. Et en effet, les gardes étaient bien réveillés.

Le groupe s'avança silencieusement et à moins d'un mètre les étourdirent tout en les rattrapant pour éviter qu'ils ne fassent du bruit en tombant sur le sol.

La porte était fermée mais l'un des gardes possédait un trousseau à sa ceinture et il ne leur fallut qu'une minute pour trouver la bonne clé.

Ils traînèrent les gardes à l'intérieur et laissèrent à leur place un veilleur. Un couloir bordé de portes s'ouvrait devant eux et de la lumière et des voix leur parvenaient de la deuxième porte à droite. C'était sûrement le poste de garde qui était chargé de remplacer les sentinelles par roulement.

Ils s'approchèrent doucement et Géron compta les gardes. Ils étaient quatre attablés autour d'une bouteille de vin et jouant aux dés. Ils étaient armés d'épées et leurs lances se trouvaient contre le mur du fond.

— *trois hommes avec moi. On rentre discrètement et on les étourdit.*

— Moi, répondit l'un des hommes de Géron

— Moi, annonça Lassa

— Et moi, réagit aussitôt Kelvin

— OK, on entre

Ils se glissèrent par l'ouverture. Un feu dans la cheminée projetait une lumière douce et les hommes assis à jouer ne soupçonnèrent pas leur approche.

Un grrrrr enfla dans la pièce. Ils n'avaient pas remarqué le chien, un gros chien, qui s'il ne les voyait pas devait les sentir.

Les gardes s'arrêtèrent net et le chien se leva de son tapis. Il montrait des dents dans le vide et s'avançait menaçant.

Lorsque le chien tomba net assommé par le mot d'Avoir, les gardes se levèrent d'un bond, dégainant leurs épées. Une des chaises en tombant se trouva arrêtée par le genou de Kelvin et resta comme suspendu dans son mouvement.

— Ici, lança l'un des garde. Ils ne voyaient rien mais un coup dans le vide partit de l'un d'eux et frôla Kelvin.

— Mais réagissez, de Dieu, lança Géron à haute voix tout en bloquant un deuxième coup lancé dans sa direction.

Cette phrase sembla sortir les jeunes de leur inertie et trois hommes tombèrent en même temps. Le quatrième se réfugia près de la cheminée, effrayé. Il tenait son épée devant lui et battait l'air frénétiquement. Une seconde plus tard, il était aussi par terre.

— Bien, lança Géron en réapparaissant. On a eu de la chance. C'est notre première action donc je comprends un peu mais il faut apprendre à réagir vite face à une situation qui dégénère.

Lassa réapparut et Kelvin aussi.

— Tu n'as rien, lui demanda Lassa

— Non, son épée m'a frôlé mais c'était juste.

Lassa souffla de soulagement et Kelvin sourit avec malice.

— Oui, et bien garde ton sourire pour toi, lui lança-t-elle à moitié en colère.

Kelvin remballa la phrase ironique qu'il voulait également sortir et reprit un air des plus sérieux.

On n'en était plus aux exercices. La situation était réelle et pouvait se terminer dans le sang.

Après avoir soufflé quelques secondes, ils reprirent leur invisibilité et continuèrent leur progression. Il ne devait plus rester que le geôlier qui se trouvait dans les étages inférieurs.

Ils partirent donc à sa recherche. L'escalier qui descendait vers les entrailles de la prison était sombre et lugubre. il tournait sur lui-même. Des torches en éclairaient par endroit la progression et ils descendirent doucement jusqu'au premier niveau.

C'était un long couloir garni de portes de bois massif avec une petite fenêtre grillagée ; les cellules. Mais pas de gardien. Géron laissa un homme à ce niveau au cas où et ils descendirent encore d'un étage. Ils étaient arrivés. Sur le palier, une table où une lampe à huile était posée et éclairait faiblement. Une silhouette était endormie sur la table.

Sans le réveiller, Géron poussa le gardien dans un somme plus profond puis il prit la lampe et en augmenta la mèche. La lumière éclairât la pièce et le même assortiment de portes qu'à l'étage supérieur apparut.

Il fouilla ensuite le geôlier et trouva autour de son cou la clé qu'il cherchait. Redevenant visible, il s'avança vers la cellule de l'homme qu'ils étaient venus chercher et l'ouvrit. L'homme était recroquevillé sur un tas de paille. Il ne semblait pas avoir été maltraité. Géron le secoua et l'homme se réveilla, hagard.

— T'inquiètes pas bonhomme, on est venu te chercher. Tu peux marcher ?

— Oui. Merci

— Attends pour nous remercier. On n'est pas encore sorti de là !

Pendant ce temps-là, Lassa avait examiné les cellules en allumant une petite boule de lumière à l'intérieur et en regardant par la petite fenêtre. Trois étaient occupées. Elle ne pouvait laisser les choses en l'état et repartir. Elle savait qu'elle s'en voudrait de n'avoir pas essayé de les aider. Elle demanda donc la clé à Géron qui sans difficulté la lui donna et elle entra dans la première cellule. C'était une jeune fille, tassée dans un coin, qui sanglotait doucement. Elle s'approcha et s'accroupit à côté d'elle.

— Tout va bien. On va te sortir de là. Tu veux venir avec nous ?

La jeune fille la regarda incrédule, peut-être par le choix qui lui était laissé. Sortir ou rester dans cette misère. Elle se dressa péniblement tout en faisant oui de la tête et essaya de faire un pas. Elle était faible et tenait à peine sur ses jambes. Lassa la soutint et elles sortirent de la cellule. Camille pendant ce temps avait libéré un jeune homme qui aussitôt qu'il aperçut la fille au côté de Lassa se précipita pour la soutenir tout en lui murmurant des mots doux. Dans la troisième, un homme entre deux âges accepta également avec soulagement cette opportunité de sortir d'ici et les suivit.

Ils remontèrent au premier sous-sol et répétèrent l'opération ; un homme, trop mal en point, pour marcher fut porté par un balèze de l'équipe et deux autres femmes furent libérées des cellules. Le groupe rebroussa chemin et remonta à la surface. Ils dupliquèrent rapidement un pendentif et donnèrent à chacun un exemplaire en leur expliquant comment s'en servir.

Géron entrebâilla la porte de la prison et regarda. Le guetteur était là faisant semblant d'être un garde.

— Tout va bien, lança-t-il lorsqu'il vit Géron.

Ils sortirent donc tous et refermèrent la porte. Géron retrouva la clé et referma la prison.

Ils reprirent ensuite, en chemin inverse, la route de la liberté. Chacun des hommes s'occupait de guider l'un des nouveaux car ils n'étaient pas reliés mentalement. La chance fut de leur côté jusqu'à presque arriver au trou percé dans le mur. Mais au détour d'une ruelle, l'un des évadés se prit les pieds dans un pavé disjoint et s'étala en poussant un cri.

Immédiatement, on entendit un garde sur le mur leur crier : « Qui va là ? » et quelques secondes plus tard, n'ayant pas de réponse, pousser un cri d'alarme. L'animation se fit sur les murs. Les soldats couraient sur le chemin de ronde en tentant de voir ce qui se passait. Ils allumaient des torches et commençaient à descendre inspecter la cour.

— *C'est plus l'heure de faire dans la dentelle. On fonce jusqu'au mur,* lança Géron en ramassant l'homme tombé à terre et en se mettant à courir.

Tout le groupe le suivit. L'homme qu'ils avaient laissé en poste près du trou les encouragea mentalement en les prévenant de se presser. Les gardes n'avaient pas encore remarqué le trou dans la muraille mais cela ne saurait tarder. Ils traversèrent la cour en courant et s'engouffrèrent par le trou.

— *Rangar, tu peux me fermer ça ?*

— *Ça me prendrait trop de temps. Et ils n'auraient qu'à ouvrir la porte principale… Non, il nous faut fuir.*

— *Deux hommes en couverture… Vous m'arrosez tout ce qui passe la tête par le trou… Stilv ?*

— *Oui Géron…*

— *On est découvert… Peux-tu nous amener la navette ? On ne pourra pas traverser toute la ville…*

— *Tenez lc coup. J'arrive dans deux minutes…*

Aux cris d'alarme des soldats, ils surent que le trou dans le mur avait été découvert. Le temps était compté pour que les soldats traversent. En effet, deux d'entre eux sortirent, l'épée au clair, et fouillèrent l'obscurité. Les hommes sur le chemin de ronde lancèrent des murailles des torches allumées pour éclairer le paysage. Les deux hommes restés en arrière profitèrent de cet afflux de lumière pour étourdir les soldats qui étaient sortis et les autres se remirent à l'abri derrière le mur.

Camille se trouvait sur le terrain découvert à environ cinquante mètres des murs du château. Elle guidait l'une des femmes et tentait de rester avec le groupe.

— Arrêtez-vous… On attend Stilv, entendit-elle dans sa tête.

Elle retint la femme et lui dit doucement :

— On ne bouge plus. Il y a un chariot qui vole dans le ciel qui va venir nous chercher. N'ayez pas peur et montez dedans lorsqu'il va arriver.

Les soldats ne pouvaient voir les fugitifs mais ils les savaient présents quelque part. Quelques-uns commencèrent à lancer des flèches au hasard. Ils avaient peu de chance de toucher quelqu'un mais Camille se vit rentrer la tête dans les épaules pour se rapetisser. Une flèche atterrit à quelques mètres du groupe mais le tir suivant s'éloigna.

La navette arriva au-dessus des pentes de la colline déboisée et se posa rapidement à côté d'eux. Aussitôt les flèches se concentrèrent dans ce coin mais Stilv avait pris la précaution de s'interposer entre les fugitifs et le château. Ils montèrent rapidement à l'intérieur, les deux qui étourdissaient les soldats osant passer la tête par le trou sprintèrent en faisant un détour pour s'éloigner des flèches tirées en direction de la navette et montèrent également. Stilv décolla sous une volée de flèches.

Ce fut à ce moment que la tension s'évacua et que les hommes se congratulèrent pour leur exploit. Ils étaient heureux d'avoir réussi et d'avoir ramené plus de personnes que prévu. Le jeune couple laissa aussi éclater sa joie ainsi que les autres anciens prisonniers. S'ils s'inquiétaient de se retrouver dans les airs, ils ne le montrèrent pas, trop heureux d'échapper à leur triste condition pour faire la fine bouche.

Ils atterrirent bientôt dans la prairie derrière le village de Cornois et les frères, prévenus par Rangar vinrent prendre en charge les blessés qu'ils conduisirent à la maison qu'ils occupaient. Certains des anciens prisonniers étaient en mauvais état et l'un des volontaires avait pris une flèche dans le bras au cours de l'évacuation.

Lassa félicita Géron et ses hommes pour leur efficacité ainsi que les frères qui étaient venus avec eux et ils décidèrent tous d'aller de nouveau se reposer ; Il restait encore bien deux heures avant l'aube et s'ils étaient trop excités pour dormir, ils voulaient rentrer chez eux pour finir de se rasséréner et rassurer leur famille.

Les trois amis rentrèrent avec Géron. Romane était encore debout et les attendait. Elle leur prépara une tisane tout en écoutant son mari raconter leurs exploits et ils rirent de la déconfiture des prêtres.

— Là, ils vont comprendre qu'ils ont affaire à forte partie mais ils ne sauront pas où porter leurs coups. Par contre, ils verront le trou dans les murs et les gardes endormis. Ils ne peuvent pas en faire autant et ils vont avoir peur.

— Et je vous parle même pas du chariot volant dans le ciel… lança Camille en imitant un soldat relatant les événements de la nuit.

Lassa en avala sa tisane de travers.

— Bon, qui vote pour aller dormir, demanda Lassa lorsqu'elle eut retrouvé son souffle.

Camille et Kelvin se regardèrent et la petite sœur répondit pour les deux :

— Et bien, je crois qu'on est parti pour une nuit blanche. En fait, j'aimerais plutôt aller voir le volontaire pour savoir un peu ce qui lui est arrivé. Je suis trop énervée pour dormir.

Kelvin approuva et Lasse se laissa séduire par l'idée.

Ils sortirent donc. Le ciel commençait à se teinter de lumière. L'aube était proche. Le village était calme cependant malgré l'activité de la soirée. La maison de Miche n'était pas loin. Il avait participé au sauvetage du volontaire et avait été désigné par Géron pour l'accueillir.

De la lumière filtrait à travers des volets.

Lassa frappa et une voix lui proposa d'entrer.

Miche et le volontaire libéré étaient attablés devant un petit-déjeuner pantagruélique.

— Restez assis, lui dit Camille comme ils faisaient mine de se lever. Nous n'arrivions pas à dormir et nous voulions vous poser quelques questions.

— Et bien vous êtes les bienvenus à la maison. Vous voulez boire ou manger quelque chose ?

— On en vient, Miche. Mais ne vous gênez pas.

Les trois amis trouvèrent une place sur les bancs entourant la table et gardèrent le silence.

Le volontaire finit l'énorme bouchée qu'il venait de prendre, but un peu de café, et se racla la gorge.

— En fait, je pense que vous voulez savoir pourquoi je suis encore vivant.

— Ah non, lui répondit Lassa. Dis comme cela, on dirait que je vous le reprocherais. Non, mais oui, aussi. En fait, on veut un compte-rendu de ce qui s'est passé. Sans vous juger aucunement.

— Et bien, je ne sais pas vraiment. Ils me sont tombé dessus. Littéralement. Ils semblaient savoir que j'étais là . Ils m'ont sauté dessus depuis un toit. Je suis tombé et avant de réaliser quoi que ce soit, ils m'ont mis un bout de bois en travers de la bouche. Là, j'ai paniqué. Plus que de devoir avaler du poison. Je connais ces messieurs. Et me retrouver entre leurs mains avec quelque chose qu'ils veulent...

Après, ils m'ont conduit au château, m'ont mené à un chirurgien qui m'a arraché ma dent. Les salauds... ça fait mal, lança-t-il tout en avalant un morceau de pain.

Lassa sourit. La faim semblait plus forte que la douleur. Elle attendit qu'il reprenne son histoire.

— Ils m'ont présenté à leur grand prêtre. Il m'a posé des questions sur qui j'étais, d'où je venais, qui étaient mes complices, quels mots je connaissais mais je suis resté muet comme une carpe. Ils se sont lassés et m'ont jeté dans la cellule où vous m'avez trouvé. Ils m'avaient promis que le lendemain, je parlerais. Et franchement, vu leurs têtes, ils avaient pas l'air de rigoler.

Et mon compagnon ?

— Il va bien. Aux dernières nouvelles, il a quitté la ville et se débrouille pour rentrer chez lui à travers bois. Nous avons agi juste à temps, un peu plus et c'en était fini du secret. Merci et reposez-vous. Vous être grillé pour la balade en ville mais nous vous trouverons une autre occupation, si vous voulez continuer ?

— Je le veux !

— Tant mieux car nous allons avoir besoin de tout le monde. A plus tard !

La maison commune des frères abritait les blessés. Frère Anselme les fit rentrer et les rassura sur leur sort. L'homme le plus touché, celui qui avait reçu une flèche avait été soigné et il dormait ainsi que la jeune fille. Les deux femmes avaient été transférées dans une maison plus accueillante. L'homme entre deux âges et le jeune fiancé étaient en train de se restaurer.

Ils les rejoignirent et ceux-ci les reconnaissant les remercièrent chaleureusement.

L'homme était un agriculteur de la région qui n'avait pas pu payer tout ce que lui demandaient les collecteurs d'impôts et avait été arrêté et sa ferme saisie.

Sa femme et ses enfants s'étaient retrouvés hébergés chez leur sœur et tantine dans un village du nord. Il devait passer en jugement dans quelques jours et aurait été sûrement déporté dans une mine pour y travailler jusqu'à mourir d'épuisement.

Le jeune homme et sa fiancée avaient essayé d'échapper à l'intérêt que portait le prêtre de Ka du village à la jeune fille. Ils s'étaient enfuis mais avaient été rattrapés par les soldats et conduits à la capitale. Le juge, un prêtre de Ka, avait décidé que la jeune fille devait être renvoyée au village sous la garde du prêtre et lui exécuté pour résistance à l'autorité.

Lassa n'en croyait pas ses oreilles. Les prêtres de Ka s'autorisaient toutes les vilenies. Ils étaient vraiment malfaisants.

Après que Lassa leur eut fait un topo sur le mouvement de libération, les deux hommes demandèrent d'une seule voix à en faire partie. On sentait qu'ils en voulaient un tantinet aux prêtres de Ka.

Lassa refusa cependant. Elle voulait qu'ils prennent le temps d'y réfléchir.

Géron leur proposa d'en reparler dans une petite semaine et promit cependant à l'homme de l'envoyer immédiatement chercher sa femme et ses enfants.

Simone et Gertrude étaient ensemble lors de leur arrestation.

Elles étaient toutes les deux âgées. Elles avaient travaillé toute leur vie dans leur ferme respective et étaient du même village.

Elles s'étaient plaintes devant les prêtres de leur village de l'augmentation constante des taxes prélevées par leurs collecteurs d'impôts.

Elles avaient été condamnées à la mine pour sédition et devaient embarquer le lendemain. Elles racontèrent à Lassa qu'elles avaient une famille.

Celle-ci les rassura et déclara que le soir même, elle enverrait sa navette les chercher. Ils risquaient en effet de subir le contrecoup de l'évasion.

VOL AU-DESSUS…DES NIDS

C'était la deuxième fois dans la même journée que Lassa entendait parler des mines. Ce devait être un endroit terrible et en plus cela devait fournir beaucoup de ressources aux prêtres de Ka. Étant donné que la guerre était déclarée, comme ils n'avaient plus à cacher leur existence, elle décida que ce serait la deuxième action d'éclat de la résistance.

Toutes les actions qui pourraient être connues de la population les rendraient populaires et saperaient le pouvoir des prêtres. De plus, les gens se rallieraient plus facilement à leur cause. Géron était d'accord et Lassa demanda à Stilv d'obtenir toutes les informations possibles sur ces mines.

La journée était à peine entamée que la nouvelle de leur coup de force sur la capitale avait déjà fait le tour du village et tous vinrent les féliciter de cette action.

La plupart des volontaires auraient souhaité prendre part à cette évasion et tous demandèrent de participer activement à la prochaine. Lassa les rassura quant à la suite des opérations en les assurant que maintenant qu'ils avaient commencé, il y en aurait pour tout le monde et ils repartirent plein d'espoir. La liesse qu'avait suscité cette nouvelle donna une autre idée à Lassa, idée qu'elle pouvait exploiter sur le champ.

— Stilv, dis-moi combien de temps faudrait-il pour survoler tous les villages et les villes du pays en comptant rester environ trois minutes au-dessus, un peu plus dans les grandes villes et en ne volant que le jour.

La réponse fut instantanée.

— Étant donné les paramètres et sachant qu'il y a sept cent douze agglomérations dont sept villes plus importantes, nous serions de retour dans six jours en comptant l'après-midi d'aujourd'hui.
— Merci Stilv, je vais y réfléchir.

Lassa alla voir Rangar et lui demanda s'il avait dans son équipe un scribe. Celui-ci appela Marvin, un homme d'une trentaine d'année, qu'il lui recommanda comme ayant la plus belle écriture. C'était lui qui retranscrivait les mots qu'ils trouvaient dans leur registre.

Lassa l'embaucha et lui demanda de prendre des feuilles et de quoi écrire. Elle invita Rangar à la suivre également. Ils trouvèrent Géron dans la salle de réunion et s'attablèrent avec lui. Lassa prit la parole pour expliquer son idée.

— Puisque les prêtres sont au courant de notre existence, nous allons également en informer ouvertement la population du pays dans son entier. Nous allons écrire une lettre que nous dupliquerons et nous lancerons des milliers d'exemplaires au-dessus de toutes les villes et les villages. Tout le monde aura de quoi lire.

Nous attirerons également l'attention sur la navette pour qu'ils sachent que nous avons les moyens de nos ambitions.

Je compte que plus personne n'osera ainsi prendre parti pour les prêtres aussi ouvertement que celui qui a entraîné l'arrestation de notre volontaire. Nous allons donc nous pencher sur le contenu de cette lettre.

Deux heures plus tard et de nombreuses corrections effectuées, Marvin relut au groupe rassemblé :

MESSAGE AU PEUPLE D'ANDIMIE

Je m'appelle Lassa. Je suis la nouvelle Enseignante qui vient de Gend'ria, le monde d'Eléa, la Mère de l'humanité venue des étoiles il y a 732 ans. Elle devait vous transmettre les mots d'Avoir qu'ont accaparés les prêtres de Ka.

Ces mots vous auraient permis de vivre dans la prospérité, de ne plus vieillir, de vous soigner et bien d'autres choses encore.

Les prêtres les ont gardés pour eux et vous soumettent à leur tyrannie.

Je viens vous libérer avec mes compagnons qui ont reçu l'enseignement des mots d'Avoir. Nous avons déjà libéré tous vos compagnons qui étaient prisonniers du Château et destinés aux mines ou à l'exécution parce qu'ils ne pouvaient payer leurs impôts, n'acceptaient pas que leur fiancée leur soit prise par un prêtre dépravé, où se plaignaient de l'emprise des prêtres sur la société.

Mes amis, vous entendrez encore parler de nous. Si vous nous rencontrez dans vos rues, demandez à faire partie du mouvement de libération et vous serez reçus.

Bien à vous   Lassa

— Eh bien, ce n'est pas mal du tout, confirma Rangar. Je pense que nous allons faire des émules. Ce sera bien mieux que nos volontaires qui parlent sous le manteau.

— C'est certain. Géron, il me faudrait trois volontaires pour la distribution. Cela leur prendrait six jours. Ils démarreront à treize heures.

— Je vois ce que je peux faire.

A treize heures, la navette décolla avec à son bord trois volontaires enthousiastes pour la mission. Stilv pour faire une première expérience commença par survoler le village de

Cornois. Il se stabilisa en tenant compte du vent et proposa aux hommes de larguer leurs tracts. L'un des trois se chargea de la duplication et les deux suivants lâchèrent les feuilles qui s'envolèrent pour retomber en pluie sur le village. Ils pouvaient apercevoir les habitants qui couraient après les feuilles. Le largage était parfait.

Sans perdre de temps, Stilv se propulsa dans un saut de puce sur le village suivant et les volontaires reproduisirent la procédure sans discontinuer jusqu'à la fin de l'après-midi. Stilv avait bien l'intention d'être le plus visible possible et à chaque fois qu'ils passaient au-dessus d'un village, il employait lumières et avertisseurs sonores pour prévenir la population de lever la tête au ciel.

Le soir arrivant, ils arrêtèrent leurs largages. Mais leur mission ne s'arrêtait pas là : ils devaient aussi aller récupérer la famille des deux femmes.

Elles avaient été prévenues de leur arrivée et Stilv, par l'intermédiaire des femmes, leur avait trouvé un point de ramassage à l'extérieur du village.

La navette prit donc le chemin du village de ces deux familles et se positionna au-dessus du lieu de ramassage. Stilv compta vingt-deux personnes. Il descendit doucement pour ne pas les effrayer. Durant la journée, il avait fait en sorte de passer au-dessus de leur village pour leur donner un aperçu de la navette et pour qu'ils s'habituent un peu à l'idée d'une machine qui vole dans le ciel.

— Les gars, j'ai fait de mon mieux pour ne pas leur faire trop peur mais si vous voulez bien sortir et les rassurer… La voix sortait des haut-parleurs de la navette.

— Bien sur Stilv, répondit l'un des volontaires tout en descendant de la navette.

— Mes amis, nous sommes là pour vous aider, n'ayez pas peur. Ce n'est qu'un chariot mais il vole dans le ciel. Et je pense que vous risquez plus des soldats maintenant que vos femmes se sont échappées que de monter dans la navette.

— J'ai pas peur… lança un jeune garçon. Je veux voir mémé…

— Eh bien si tout le monde a le courage de ce garçon, on peut y aller. Montez tous par la porte. Nous serons près de ta mémé dans cinq minutes, bonhomme.

Prenant leur courage à deux mains, les deux familles montèrent dans la navette dans le calme. Le volontaire les rejoignit lorsque tous eurent embarqués et ils prirent la direction de Cornois.

La tournée reprit le lendemain matin et ils ne revinrent à chaque fois que le soir. La navette, quel que soit le point où ils se trouvaient dans le pays les ramenait en quelques minutes. Même si l'opération était plutôt répétitive, c'était une joie sans cesse renouvelée de voir les gens lever des têtes ébahis sur la machine volante et courir après les feuilles qui voltigeaient jusqu'à eux.

Les trois amis, Géron et Rangar avaient mis à profit ce temps pour mettre au point leur plan pour la libération de tous les prisonniers d'une mine d'argent au sud du pays.

Il y avait deux cent quatre-vingt douze personnes à sauver et vue la capacité maximale des navettes, ils avaient besoin que l'équipe de distribution revienne pour en avoir une de plus à leur disposition. Si les gens s'entassaient debout et en comptant l'équipe de sauvetage forte de trente personnes, les dix navettes restantes seraient mises à contribution. Y participeraient Lassa, Camille et Kelvin. Géron et seize de ses troupes ainsi que Rangar et neuf frères qui seraient chargés, un dans chaque navette de soutenir les plus atteints.

Il serait désastreux de perdre quelqu'un sur le chemin de la liberté.

Du côté de la surveillance du camp, il y avait trente gardes chiourmes, quelques-uns postés dehors pour surveiller les allées et venues des porteurs de minerai jusqu'au tas mais la plupart à l'intérieur de la mine à jouer du fouet. Il faudrait les débusquer un par un mais Stilv avait un plan de chaque galerie et pouvait différencier les ouvriers des soldats par le métal de leurs armes.

Ils avaient tous appris un mot d'Avoir qui leur servirait à trancher un maillon des chaînes de pied que les prisonniers portaient.

Tous prêts, ils n'attendaient plus pour décoller que les dernières heures de la nuit. Ils avaient enlevé les sièges de la navette grâce aux outils qu'elle avait en réserve. Stilv avait demandé quant à lui à ses androïdes de faire la même chose avec ceux des autres appareils.

Ils partirent donc vers deux heures du matin. Kelvin était fier de participer à sa deuxième mission contre les prêtres de Ka. Surtout qu'il était en compagnie de Lassa.

Douze minutes de trajet plus tard, Stilv les posa à l'abri d'une colline après avoir volé haut pendant tout le voyage par mesure de sécurité.

Ils étaient à pied d'œuvre. Les trente volontaires montèrent doucement la colline qui les séparait du campement de la mine. Lorsqu'ils arrivèrent, la lune leur permit de voir une large dépression qui s'étendait à la base de la colline avec une tache plus foncée au milieu, l'entrée de la mine. Plusieurs longs bâtiments servaient de dortoir aux prisonniers. Ils étaient encerclés d'un mur de tronc d'arbres ébranchés et coupés en pointe, hauts de plus de trois mètres. Les gardes avaient quant à eux un casernement à l'extérieur. Les prisonniers travaillaient vingt-quatre heures sur vingt-quatre, les conditions lumineuses ne jouant pas au fond de la mine. La moitié devait donc dormir pour prendre la relève de la première équipe après le lever du jour. Les gardes procédaient de la même façon et il devait y en avoir une moitié endormie dans leur casernement.

Les volontaires se rendirent invisibles et s'égayèrent autour de la mine à la recherche des gardes réveillés. Une autre équipe prit position devant la porte du baraquement qui leur servait de dortoir. Ils rentrèrent tous en silence, se positionnèrent tout le long du dortoir au milieu des deux rangées de lits et allumèrent une boule de lumière pour bien voir leurs cibles. Les gardes se réveillèrent en sursaut et n'eurent pas le temps de se demander ce que c'était que cette lumière. Lorsque l'un des volontaires regardait un garde, celui-ci tombait inanimé sur son lit.

Ils comptèrent douze gardes endormis et passèrent l'information : plus que dix-huit. Ceux dispersés autour de la mine en comptèrent six sur le terre-plein en train de surveiller les prisonniers qui ramenaient des cailloux de minerai dans de grands paniers et les déversaient sur un tas avant de repartir en chercher d'autres.

Kelvin regardait les soldats. Ils prenaient leur travail au sérieux et encourageaient à grands coups de bâton des prisonniers qui avançaient, trouvait-il, en y mettant du leur malgré leur état de fatigue. De loin, sans même se faire voir, ils passèrent à l'action et les six gardes s'écroulèrent.

Il y eu un moment de flottement de la part de la file de porteurs puis ils cessèrent de travailler, regardant sans réaction les gardes endormis. Lassa apparut et prit la parole :

— Vous tous, nous sommes venus vous libérer. Nous avons endormi les gardes qui vous surveillaient et ceux dans le dortoir. Six de nos hommes vont vous accompagner et vous ouvrir les portes de vos baraquements. Vous allez réveiller tout le monde et vous regrouper dehors. N'oubliez personne et si quelqu'un est trop mal au point, informez les volontaires qui vous accompagnent. Ils ont des civières pour les porter. Maintenant allez-y.

Les six hommes regroupèrent la trentaine de porteurs, hébétés et qui avaient encore du mal à croire à la réalité. Lorsque l'un des volontaires attrapa la chaîne du premier, le pépé se rebiffa.

— Hé mais c'est mon pied

— Et la chaîne que tu as au pied, tu la sens aussi ?

— Pour sur mon fils qu'elle me pèse. Et tu proposes de la couper ?

— Ben oui

— Avec ta barre de fer ?

— Mais non pépé, avec ma main.

Il attrapa la chaîne et le vieux lui tendit la jambe.

— Tu sais d'autres ont essayé avec des pelles, avec des pioches mais ils s'emportaient plutôt la cheville. Mais des fois c'est peut-être mieux d'en finir plus vite.

— Bientôt fini ce temps-là papy

L'homme se concentra et le vieux vit une traînée se creuser dans l'anneau qui lui enserrait le pied. Le métal comme précédemment le mur se liquéfiait.

D'un seul coup, il tira sur la chaîne et le collier tomba.

Le vieux pétillait de joie et une grand stupeur était sortie de la bouche du petit rassemblement.

— Vous êtes venus nous libérer ?

— Oui pépé. Tu peux le dire à tout le monde maintenant.

Le vieux éleva la voix et cria

— C'est vrai ils nous libèrent

Une deuxième secousse et l'autre chaîne tomba.

— Merci jeune homme

— Mais ce fut un plaisir.

Le vieux se mit à trottiner et tout de suite un, cinq, trente voulurent être libérés de leurs chaînes.

Ils n'eurent pas de problème pour pousser ceux libérés à se diriger vers les portes de leur casernement. Lorsqu'ils y furent, ils enlevèrent la barre de sécurité qui maintenait les portes fermées. Sur le côté des portes, deux gardes gisaient endormis. L'un des prisonniers s'avança et se mit à les bourrer de coups de pied. Un des volontaires intervint et le repoussa.

— Ça va mon gars. Je comprends. Mais on va filer d'ici et reprendre une vie normale. Laisse-les tranquille.

L'homme s'arrêta puis se rua par les portes pour aller réveiller les autres. Il y avait quatre bâtiments et les cris bientôt s'élevèrent dans chacun d'eux. Les hommes et les femmes voulaient sortir et courir jusqu'à épuisement sans doute pour mettre le plus de distance entre eux et le camp. Mais les volontaires avaient prévu le coup et avaient repoussé les portes. Ils stoppèrent le flot grandissant et le calmèrent.

— Vous ne pouvez pas partir d'ici à pied avec vos fers. Nous allons vous enlever les fers et vous vous regrouperez dehors. Quand vos collègues au fond de la mine seront remontés, nous partirons tous ensemble. Pour l'instant, avancez-vous devant l'un des gars pour qu'il vous retire vos fers et ensuite allez attendre dehors. Et ne faites pas de mal aux gardes. Ce n'est pas bon pour vous.

Les prisonniers, avides de liberté, avancèrent petit à petit et quatre hommes les libérèrent des fers.

Pendant ce temps, les deux autres patrouillaient dans les bâtiments à la recherche de personnes trop faibles pour se lever et ils en trouvèrent plusieurs. Ils réquisitionnèrent des hommes nouvellement libérés de leurs fers pour qu'ils portent les civières et placent les malades dedans. Lorsqu'ils eurent fait le tour complet des bâtiments, ils ressortirent et demandèrent encore autour d'eux s'il y avait quelqu'un autre part.

— Dans la fosse… leur répondit-on

Un homme les y conduisit et ils découvrirent une fosse dont le fond n'était que de la boue sur plus d'un mètre et des pauvres êtres fatigués qui se soutenaient les uns les autres et criaient pour attirer l'attention. Il y avait six hommes et deux femmes tous plus épuisés les uns que les autres. Ils ne pouvaient se coucher sous peine de se noyer et nul ne savait depuis combien de temps ils résistaient à cette torture.

— La fosse, c'est pour nous punir. En plus du fouet, de la privation de nourriture, des coups… Peu en remontent.

— Je vais vous lancer une corde, informa l'un des deux volontaires, et nous allons vous tirer de là.

— Il y a une échelle pour ceux qu'ils laissent sortir de là. Elle est bien en vue d'eux sur la barrière dans cette direction.

Les deux volontaires coururent dans la direction indiquée et ramenèrent l'échelle qu'ils descendirent pour qu'elle soit le plus à plat possible. Elle était faite pour cela mais les gardes jouaient aussi sur son positionnement. Si l'homme était trop faible pour remonter en position haute, il restait.

Les prisonniers montèrent doucement sur l'échelle et sortirent au fur et à mesure exténués mais heureux d'échapper à une mort atroce. Il ne restait plus qu'eux dans le camp et après leur avoir fait sauter les chaînes, ils les conduisirent avec les autres dehors. Tous attendaient la suite des événements et le retour de ceux qui étaient encore dans la mine.

Lassa et ses compagnons avaient laissé quatre hommes à l'entrée pour réceptionner les prisonniers et les libérer de leurs fers. Quant à eux, ils s'enfonçaient dans les profondeurs, guidés par Stilv, à la recherche des gardes. Ils avançaient par deux dont un s'occupait de la lumière et l'autre de la chasse aux gardes. Camille étant restée en haut, Lassa et Kelvin faisaient équipe, Lassa éclairant et laissant Kelvin étourdir les gardes.

« *Si on arrive au contact, ils seront avantagés car ils ont des épées...* » pensa-t-il en ramassant une pioche abandonnée par terre. Il avançait, tous les sens en alerte, le chemin éclairé par la boule de lumière que Lassa avait créée. Ils étaient encore invisibles mais la lumière signalait leur approche.

Stilv les prévint que derrière le coude d'un boyau se trouvait un garde à l'affût. Ils s'approchèrent doucement mais le garde apeuré s'élança tout en donnant plusieurs coups de sabre devant lui. Kelvin réagit d'instinct et en même temps qu'il étourdissait le garde, il parait avec sa pioche le coup de sabre qui aurait sinon atteint Lassa.

— Ouf. J'ai eu chaud. Tu m'as sauvé la vie mon héros, lui dit Lassa dès qu'elle eut retrouvé son aplomb et son humour.

— Tu sais, c'est normal pour un garde du corps...

Et ils poursuivirent dans le boyau devant eux. Ils rencontrèrent des prisonniers hagards qui se demandaient ce qu'ils devaient faire et leur enjoignirent de remonter à la surface.

Lorsqu'ils eurent atteint la fin du tunnel sans plus rencontrer personne, ils firent demi-tour et laissèrent Stilv les guider vers la sortie. Les prisonniers avaient été libérés de leurs chaînes et avaient retrouvés leurs compagnons de l'équipe du matin.

Lassa regarda les trois cents prisonniers. Ils étaient tous dans un état de grande fatigue et portaient des hardes comme vêtements. Il y avait des femmes et des hommes et même quelques jeunes. On sentait cependant en eux une volonté farouche de vivre.

— Voilà, nous vous avons libérés, leur dit-elle. Maintenant nous allons vous conduire dans un abri sur. N'ayez pas peur ! Des chariots volants dans le ciel vont atterrir devant nous. Nous allons tous monter dedans et quitter ces lieux malsains. Vous n'avez rien à craindre.

Lorsque tous eurent accepté le concept, Lassa demanda à Stilv de faire atterrir les navettes qui attendaient en survol stationnaire loin au-dessus de la mine.

Lassa avait pris place dans la navette des volontaires et elle écoutait les conversations de ses gars.

— Tu as vu leur état… c'est une misère.

— On aurait dû faire subir pareil à leurs tortionnaires…

— La prochaine fois, je ne serais pas aussi gentil avec les soldats…

— C'est surtout la faute des prêtres de Ka… C'est eux qui ont ordonné ça…

— Tu as vu la bonne volonté que mettaient les soldats à exécuter leurs ordres…

— Ils étaient sélectionnés… Ils ne sont pas tous pareils…

Elle se rendait compte qu'ils avaient raison. On ne pouvait pas laisser les soldats échapper à une juste punition sinon on finirait par décourager même les plus volontaires. Ils allaient devoir trouver une solution.

Ils atterrirent quelques minutes plus tard dans la vallée derrière le village de Cornois et tout le monde descendit. Les navettes reprirent leur envol vers le vaisseau pendant que les trois cents personnes regardaient, curieuses de savoir où elles étaient arrivées.

Les villageois les attendaient. Ils avaient dressé de grandes tentes et les femmes entraînèrent leurs collègues dessous celles qui leur étaient réservées tandis que les hommes faisaient la même chose avec leurs compagnons. Ils eurent tous droit à un bain chaud puis trouvèrent vêtements à leur taille. Les personnes minces du village avaient plus de travail que les autres pour dupliquer leurs vêtements, les anciens prisonniers étant plutôt du genre faméliques.

Ils réunirent ensuite tout le monde sous une immense tente garnie de tables sous laquelle ils prirent un petit déjeuner copieux. Ils purent ensuite prendre le chemin de leur lit tout en lisant le tract que leur remettaient les volontaires pour qu'ils se fassent une idée de la situation.

Le silence retomba bientôt sur le camp et les habitants du village rentrèrent chez eux. Le camp de toile avait été entouré de poteaux imprégnés d'invisibilité et il demeurait caché à la vue. Les fugitifs y seraient en sécurité.

PRISON... CHASSE

— Cette journée est pour moi ! décréta Kelvin

— Pour toi ? Tu veux que je m'occupe de toi ? S'enquit Lassa avec un petit sourire

— Je veux passer la journée avec toi, à m'occuper de toi et je veux que tu passes la journée avec moi, à t'occuper de moi.

— Ça me convient. As-tu déjà un programme en tête ?

Les deux amoureux se taquinaient gentiment. Cela faisait deux jours qu'ils étaient revenus de leur expédition à la mine et ils avaient à peine eu le temps de se dire bonjour le matin puis bonne nuit le soir.

Les anciens prisonniers requéraient toute leur attention. Ils avaient augmenté d'une fois et demi le nombre d'habitants du village et la logistique peinait à suivre d'autant plus que les nouveaux venus ne connaissaient encore aucun mot d'Avoir.

Ils étaient comme hébétés de ne plus devoir travailler sous les coups de fouets, courir pour obéir aux ordres et se plier aux caprices malfaisants de leurs tortionnaires.

Ils se laissaient guider sans vraiment réfléchir par eux-mêmes et ne cherchaient qu'à assouvir leurs besoins vitaux. Il leur faudrait encore du temps avant de retrouver une vie normale.

Alors Kelvin avait décidé de prendre une pause pour courtiser Lassa.

— D'abord Mademoiselle, nous allons aller nous baigner. On m'a renseigné sur l'existence d'un trou d'eau ensoleillé pas très loin d'ici. J'ai demandé à Camille de te préparer des affaires.

Le soleil brillait fort en ce début de journée et la température sans être caniculaire était à la hausse. Ils rejoignirent leurs montures que Kelvin avait déjà sellées et sautèrent en selle.

— En avant pour l'aventure… lança Lassa en talonnant son cheval pour être la première à démarrer.

Ils partirent donc au grand galop dans la plaine et firent la course pendant plusieurs minutes, s'abandonnant à la joie simple de la vitesse, le vent faisant voler la chevelure de Lassa. Ils se remirent ensuite au pas, Kelvin contestant au passage que Lassa et Ombreuse l'aient devancé de plusieurs foulées.

— Que le temps me parait loin de notre première rencontre. Lorsque nous nous sommes enfuis dans la forêt.

— C'est vrai. Nous avons vécu tant de choses depuis mon arrivée. On dirait maintenant que le temps d'avant n'existe pas, que j'ai toujours été là avec toi et Camille.

— C'est vrai que je suis le premier homme que tu aies rencontré. Un amoureux ne peut pas toujours en dire autant. Je crois même que je suis l'exception.

— Oui, le premier sur qui mes yeux se sont posés. Et je n'ai pas été déçue, vraiment exceptionnel…

— En parlant d'exception, le fait de pouvoir passer une journée avec toi en plein milieu d'une guerre et de l'invasion amicale de nos nouveaux voisins, ça l'est !

— Bah, si je suis là, on me cherche et on demande mon avis. Si je ne suis pas là, ils sont bien obligés de se débrouiller par eux-mêmes. Ils ont tendance à oublier que je n'ai que quatorze ans et que mes avis en valent d'autres.

— Non, je pense que tu te débrouilles très bien. Tu es inspirée et toutes tes décisions portent.

— Merci

— Je ne dis pas cela que pour te faire plaisir. Tu es un chef et tout le monde te suit car ils le sentent bien. Et en plus, tu es belle, ce qui ne gâche rien !

— Encore un peu maigrichonne mais mon corps sans fausse modestie s'est musclé depuis que j'ai quitté le vaisseau et que je vis à l'air libre. Je suis aussi plus bronzée.

Ils arrivèrent dans une partie boisée et mirent les chevaux l'un derrière l'autre pour continuer leur progression. Le sentier était bien tracé, preuve qu'ils étaient sur la bonne route. Ils débouchèrent sur la rivière qui s'étalait à cet endroit et formait une large et profonde baignoire. De plus ensoleillée comme l'avait promis Géron.

Ils descendirent de cheval et les attachèrent à des arbres avant de se rapprocher de la rivière. La rive descendait en pente douce remplie de galets jusqu'à une eau limpide qui coulait doucement.

— C'est parfait, annonça Kelvin

— Je vais me changer, lui répondit Lassa

Elle s'éloigna sous les arbres et trouva son bermuda et son tricot dans le sac. Elle enfila les deux et sortit du couvert pour rejoindre Kelvin qui attendait au bord de l'eau.

— Ah oui, on peut voir que tu as pris des formes comme tu disais tout à l'heure. Et aux bons endroits, lui lança Kelvin taquin

Elle posa ses mains sur son torse et le poussa en avançant jusqu'à ce qu'il perde l'équilibre et s'affale dans l'eau.

— Voila pour les bons endroits… lui répondit Lassa. Et elle sauta dans l'eau à côté de lui.

L'eau était fraîche et ils se hâtèrent d'effectuer de vigoureux mouvements pour se réchauffer puis profitèrent de leur baignade.

Kelvin sortit en premier au bout d'une bonne heure et s'éloigna pour aller chercher du bois. Lorsque Lassa sortit enfin, elle put se réchauffer auprès d'une bonne flambée et Kelvin préparait déjà le déjeuner. Il avait apporté un poulet qu'il enfila sur une broche et disposa des pieds en Y de chaque côté du feu. Lorsque les flammes eurent un peu diminuées, il posa le poulet embroché dessus ses supports.

— Raconte-moi ton enfance. Tu étais comment petit ?

— Les premiers souvenirs que j'ai me viennent de l'école. J'étais assez timide comme garçon et plutôt efficace. Je retenais bien les leçons et je faisais consciencieusement mes devoirs.Il faut dire que mes parents tenaient à ce que j'ai une éducation.

J'ai toujours été collé avec ma sœur. Nous avions cours le matin et l'après-midi, c'était quartier libre et nous partions faire les fous dans la forêt, ou à la rivière avec jamais plus d'un ou deux amis. Mes parents sont très amoureux l'un de l'autre et également toujours ensemble, pas déçus que nous soyons capables de nous amuser sans eux.

Nous avons toujours tout partagé ma sœur et moi jusqu'à aujourd'hui où nous partageons la même amie. Ça n'a pas du être la même chose pour toi !

— Moi, j'avais Stilv. Il est très affectueux dans son genre. Il prenait le pas sur les androïdes et pouvait ainsi me dorloter. Il était toujours avec moi. Me faisait visiter le vaisseau, m'emmenait nager dans le petit bassin de la salle de l'écosphère.

Nous nous promenions parmi les arbres et il me racontait pleins d'histoire sur les jolies princesses et les princes charmants. Il me disait que le monde vers lequel nous allions était rempli de merveilles et que tout serait à moi un jour…

Ce n'est que vers dix ans que je me suis un peu détachée de lui pour rêver de mes parents, de frères et sœurs imaginaires. Puis à quatorze, lorsque le moment est venu de quitter le vaisseau, je dois admettre que j'avais peur de le quitter. Tout avait toujours été sans à-coups, idyllique d'une certaine façon. Je ne regrette pas cependant d'avoir atterri. La vie est plus trépidante et tellement plus belle. Et tous ces gens que l'on côtoie. Et le crapaud qui deviendra peut-être un prince charmant…

— C'est moi le crapaud ?

— Tu ne connais pas l'histoire du crapaud qui se transforme en prince charmant grâce à un baiser de la princesse ?

— Alors, tu comptes me transformer ou tu vas me laisser être un crapaud toute ma vie ?

Et Lassa se pencha et l'embrassa doucement sur les lèvres.

— Voila mon beau prince

— Merci ma princesse. Si tu trouves que le résultat ne convient pas. Tu peux toujours recommencer…

Le poulet semblait cuit à point et Kelvin découpa les deux cuisses. Ils les mangèrent avec du pain frais et Lassa se régala. Quel bonheur de laisser de côté les responsabilités et de se comporter comme des jeunes gens qu'ils étaient.

À la fin du repas, Kelvin emmena Lassa se laver les mains avec du savon qu'il avait apporté.

— C'est pour mon cadeau, expliqua-t-il.

Et il sortit de son sac un paquet mou enveloppé dans du tissu rouge assorti d'un petit nœud de ficelle dorée. Il le lui tendit et Lassa toute heureuse le secoua, le tripota dans tous les sens avant de finalement l'ouvrir.

— C'est mon premier cadeau, dit-elle en découvrant une jolie robe à bretelles, légère et toute en coton blanc.

— C'est une femme du village qui a bien voulu me la tailler et la coudre à tes mesures…

— Elle est magnifique. Je file l'essayer.

Lassa repartit sous le couvert des arbres pour enfiler sa robe. Elle revint bientôt. La petite cordelette en guise de ceinture lui ceignait la taille et la robe flottait sur ses chevilles. Elle mettait en valeur ses cheveux noirs et le hâle de sa peau et Kelvin en fut ébloui.

— Superbe, dit-il

— Oui, je crois qu'elle me va bien mais jamais je n'oserais monter à cheval avec ça. Je la salirais immédiatement… Merci de m'avoir fait ce cadeau !

— Merci d'avoir pu t'admirer dedans.

Lassa retourna se changer et réapparut en pantalon et chemise, tenue plus adéquate pour l'équitation. Ils rangèrent leurs affaires et reprirent au pas le chemin du village.

Camille les attendait à l'entrée du village.

— Alors les amoureux. Enfin de retour ? Elle t'a plu ta robe ? demanda-t-elle à Lassa

— Beaucoup. Je la passerai ce soir pour te montrer. On n'aura qu'à aller dîner avec Géron et Romane.

— Je le leur propose dès que je les vois. En attendant, tout est sous contrôle. Tu pourras t'absenter plus souvent.

Camille jouait son rôle d'assistante à la perfection. Tenant son agenda, prenant ses rendez-vous et les lui rappelant, s'occupant de mille choses, et déchargeant Lassa d'autant. Si les gens qui cherchaient Lassa ne la trouvaient pas, ils savaient pouvoir compter sur Camille.

— Tant mieux. Ce fut une excellente journée.

Après avoir soigné les chevaux, les amis se dirigèrent vers les tentes du nouveau village. Les frères s'étaient mobilisés pour soigner les corps fatigués des ex-prisonniers et ceux-ci avaient retrouvé la forme physiquement sinon psychiquement. Ils avaient de fait plongé une dizaine de personnes dans un sommeil profond les trouvant trop fragiles.

La vie s'était organisée doucement entre heures des repas et heures de dormir et depuis deux jours ils n'avaient rien d'autre à faire qu'à récupérer.

Les frères les avaient rassemblés par douzaine et étaient chacun occupé de la gestion de l'un de ces petits groupes. L'organisation en était meilleure et chaque personne savait à qui s'adresser en cas de demande particulière.

Ils avaient raconté aux nouveaux toute l'histoire, d'Eléa à Lassa en passant par leur isolement dans les montagnes de l'Aigle. Ils avaient décidé de leur enseigner les trente-deux premiers mots d'Avoir pour les occuper et de leur donner un pendentif pour le cas où ils s'éloigneraient du camp.

Nombre d'entre eux avaient tout perdu et ils se portèrent volontaires pour détruire la toute puissance des prêtres de Ka. Il avait été décidé de mettre en suspens leur engagement quelques semaines en attendant qu'ils retrouvent leurs marques et décident en pleine conscience et non sous le coup de l'émotion et de la vengeance.

Lassa faisait en sorte qu'ils reprennent contact avec leurs proches à qui on les avait arrachés. Ils n'avaient souvent qu'une ancienne adresse et des fois cela ne suffisait pas, leur ferme ayant été saisie où le logement abandonné par manque de moyens.

Cet après-midi, elle avait cependant eu de la réussite. Elle s'occupait d'un homme qui avait été envoyé dans les mines six années plus tôt. Ils avaient d'abord essayé de contacter sa femme à son ancienne adresse mais la maison était maintenant occupée par un couple avec des enfants ce qui ne correspondait pas à la description.

L'homme les avait ensuite orientés vers ses parents. Ils habitaient encore chez eux et la communication avait pu être établie. Le bonheur de les retrouver avait été amplifié lorsqu'il avait appris qu'ils avaient recueilli sa femme et ses deux enfants et attendaient ensemble son hypothétique retour des mines. Sa femme travaillait pour le moment et ne rentrerait que le soir. Stilv laissa la communication ouverte pour qu'ils puissent le contacter dès son retour.

Quelques couples s'étaient formés durant cette pénible période de captivité et des tentes plus petites, copie de celle de Lassa, avaient été montées pour leur permettre de se retrouver.

Le soir, comme promis par Camille, ils reçurent une invitation à dîner chez Géron et Romane. Ils se trouvaient au fond du jardin mais avaient pris l'habitude de se préparer à manger par eux-mêmes pour ne pas être toujours sur leur dos.

Ce soir, les deux filles se préparèrent comme si elles allaient à la fête et c'est parée de sa nouvelle robe que Lassa se présenta chez eux. Ils la complimentèrent sur sa tenue et la félicitèrent d'avoir un petit ami si attentionné et avec un si bon goût.

Kelvin était aux anges bien que rougissant et fut heureux lorsqu'ils changèrent de sujet.

Depuis les lettres lancées de la navette, la population était en ébullition. On ne parlait que de cela et les prêtres n'arrivaient pas à l'interdire. Les premiers volontaires avaient commencé à se manifester par des paroles plus hautes et les équipes de recrutement les embauchaient à tour de bras. D'ici quelques mois s'ils continuaient à garder ce rythme, ils auraient plus de mille volontaires aptes à combattre les soldats.

De leur côté, Charn et les volontaires de Trémond faisaient aussi recette. Charn et Géron avaient découpé le pays en deux pour ne pas empiéter sur les efforts de l'autre, Charn prenant le côté ouest et Géron gardant l'est, la capitale étant commune. Ils arrivaient au dernier recensement à un peu plus de deux cents hommes et comptaient également arriver à un millier dans le même temps.

— Avec tous ces hommes, l'armée des prêtres ne fera pas un pli. On a vu l'efficacité de notre méthode lors des deux attaques. Cela a été radical.

— Et que pouvons nous faire pour leur infliger des revers pour le moment ? demanda Camille

— J'y ai pensé, répondit Kelvin. Nous pourrions attaquer tous les soldats que nous croisons dans le pays et au lieu de les laisser sur place endormis pendant vingt-quatre heures, nous les emmènerions dans un camp de prisonniers.

— Ce serait bien, en convint Lassa. J'ai remarqué que nos troupes étaient frustrées de ne pouvoir leur infliger de punition.

— En plus, pour leurs collègues, ils disparaîtraient purement et simplement de la circulation et les soldats deviendraient inquiets. Il se pourrait que l'on assiste à des désertions en masse, confirma Géron

— C'est une bonne idée. Et je pense que tu as également réfléchi à la méthode.

— Simple en utilisant les moyens modernes mis à notre disposition. Stilv nous signale tout soldat qui se trouve sur la route. Nous avons une équipe d'intervention prête dans une navette et nous décollons immédiatement. Il nous fait atterrir et nous étourdissons à distance le ou les soldats. Nous les chargeons dans la navette et nous les débarquons dans le camp de prisonniers.

— Et pour le camp de prisonniers, j'ai une idée, déclara Camille. Je pense qu'un gros trou creusé dans de la roche ferait l'affaire. Vu la facilité avec laquelle les frères ont percé le mur du Château, cela ne leur prendra que peu de temps. On leur adjoindrait une grosse équipe de volontaires qui auraient appris les mots pour creuser.

— C'est génial, reprit Kelvin. Aucun moyen de s'évader. Et avec des gardes chargés de leur dupliquer de la nourriture d'en haut du trou, l'affaire est jouée.

— Je crois que ce sera parfait pour achever de détruire le moral des troupes adverses et rehausser le nôtre. De plus, cela fera un entraînement réel pour nos volontaires.

Ils finirent de dîner en se promettant de mettre leur plan en action dès le lendemain.

Stilv leur trouva une zone pierreuse ayant les proportions qu'ils souhaitaient dans la minute où ils le lui demandèrent. Elle se trouvait hors de toute activité humaine et personne ne viendrait les y déranger. Les frères avaient adapté les mots pour creuser à la verticale en remplaçant 'liquéfier' par 'dématérialiser' et ils les avaient enseignés aux trente volontaires qui allaient les accompagner.

Deux navettes décollèrent donc deux jours plus tard et les déposèrent sur le site choisi. C'était un grand plateau rocailleux situé tout au sud du pays. Ils commencèrent à creuser. Ils s'étaient positionnés sur deux lignes de trente personnes face à face, chacun collant son voisin. Comme ils avaient laissé une cinquantaine de mètres entre les deux lignes, le trou serait conséquent.

Des filins avaient été placés à intervalles réguliers pour qu'ils puissent suivre une ligne droite. Ils creusèrent donc devant eux sur une profondeur de trente cm et rentrant dans le petit trou avancèrent au pas jusqu'à se rencontrer. Ils recommencèrent en s'enfonçant un peu plus à chaque passage. Ils passèrent le reste de l'après-midi à creuser et des échelles de corde furent bientôt nécessaires pour descendre et remonter du trou.

Les parois étaient lisses comme un miroir. Cela éviterait aux personnes qui s'y trouveraient invitées de tenter de leur fausser compagnie par un brin de grimpette. Ils avaient estimé que six cents personnes pouvaient y tenir allongées.

Le lendemain, ils atteignirent à midi la profondeur souhaitée de neuf mètres. Cela faisait vraiment profond même avec des échelles. Ils installèrent ensuite les commodités pour que les prisonniers se sentent comme chez eux : des latrines furent creusées à plusieurs endroits et fixées du même mot « dématérialiser » qui leur avait servi pour creuser.

Une grande citerne d'eau fut amenée du village. Elle leur servirait indifféremment pour boire ou se baigner. Plusieurs robinets y furent installés à différentes hauteurs, ceux du bas pour qu'ils puissent boire avec leurs mains en coupe et ceux du haut pour la baignade. L'eau n'était pas inépuisable mais il suffisait que les gardes sur les hauteurs la dupliquent avant qu'il n'y en ait plus pour assurer un renouvellement constant.

À intervalles réguliers à travers le camp furent insérés dans le sol, assez profond pour que personne ne puisse les déloger des poteaux en bois qui sortaient sur une hauteur de dix centimètres. Ils avaient été fixés des mots de « lumière » et de « chaleur » et elles permettraient aux prisonniers de se réchauffer comme autour de feux de camps, le soir s'ils avaient froid.

Ce n'était pas un palace mais c'était mieux que ce que ces mêmes soldats proposaient de leur côté. Deux gardes se tiendraient compagnie et seraient chargés de faire descendre une part de leur repas enveloppé dans un papier épais puis de la dupliquer par le nombre de prisonniers grâce à une finale pour multiplier.

Ceux-ci n'auraient le droit ni à des couverts ni aux vêtements. Ils seraient nus pour éviter toute tentative d'évasion en attachant des vêtements pour en faire des cordes. Les lumières les réchaufferaient si nécessaire. Et puis quand on est nu, on est moins enclin à se battre. Il ne restait maintenant plus qu'à alimenter le trou.

Une équipe de vingt volontaires avaient été sélectionnée comme unité volante. Ils étaient depuis cantonnés près d'une navette qui avait conservé la configuration sans sièges qui était la plus utilitaire. Ils mangeaient sur place, dormaient également dans une tente à côté, toujours en alerte pour pouvoir intervenir dans la minute.

— *Couran…*

— *Oui Stilv*

— *C'est notre jour. J'ai une proie qui vient de quitter une petite ville à l'ouest… Tu embarques tes hommes ?*

— *On est prêt.*

Couran était le chef de l'équipe volante. Chasseur émérite, il avait toujours réussi à nourrir sa famille. Il s'y connaissait pour trouver une piste et piéger l'animal. Avec les mots d'Avoir, il trouvait maintenant l'activité trop facile et avait tenu à s'employer dans les volontaires pour leur faire profiter de ses capacités. Il avait quarante ans et maniait ses hommes d'une main de maître.

— Allez les gars… dit-il tout haut en se levant de son lit sous la grande tente aménagée en dortoir. C'est l'heure d'aller danser avec quelques soldats. On embarque le plus rapidement possible.

Le brouhaha sous la tente répondit aux paroles de Couran. Chacun voulait être prêt le premier tout en échangeant ses impressions avec son voisin. Après quelques bousculades et des chemises mises à l'envers, les vingt volontaires se retrouvèrent bientôt devant la navette qui les embarqua.

— Stilv ?

— Oui Couran…

— Tu pourrais me faire un topo de la situation ?

— Bien sur. Nous avons droit à dix cavaliers. Ils sont sur la route principale et se dirigent vers le nord. J'ai trouvé un endroit sympathique pour les intercepter : ils doivent traverser un petit sous-bois qui borde la route. Vous pourrez vous y cacher. Nous y serons dix-sept minutes avant eux.

— Dix-sept minutes mais c'est le grand luxe…

Quatre minutes suffirent à la navette pour gagner sa destination et elle les déposa sur un terrain plat, à la lisière des bois puis redécolla immédiatement pour se cacher dans les nuages.

— Bon les gars, on a un peu de temps mais ce n'est pas pour ça qu'on va traîner. On se trouve une cachette dans les bois qui bordent la route. On a dix cavaliers qui approchent. L'équipe A à droite et B à gauche. Action.

Les équipes prirent position, se cachant dans les bois tout en faisant attention à avoir une vue dégagée sur la route. Ils n'avaient plus qu'à attendre l'arrivée de la proie. Couran était confiant. Il n'y aurait que dix soldats contre ses vingt volontaires. Ils allaient recevoir des étourdissements à ne plus savoir qu'en faire.

Ce fut d'abord le bruit des sabots qui l'alerta sur la proximité du groupe de cavaliers.

— Tenez-vous prêt. Ils arrivent. Je ne veux pas qu'un seul puisse s'échapper. Ils doivent disparaître sans laisser de trace. Je compte sur vous, leur dit-il par sa liaison mentale.

Les soldats chevauchaient par deux au petit galop sans manifester la moindre inquiétude. Ils portaient tous l'uniforme réglementaire, une tunique verte sur un pantalon brun avec un gros ceinturon qui leur servait pour pendre leur épée. Ils avaient de plus une lance courte attachée dans le dos. Un officier les guidait, reconnaissable à la chaîne de commandement qu'il portait au cou.

Les volontaires s'étaient répartis les cibles de façon à ce que deux personnes visent le même soldat. Sur un coup de sifflet de leur chef, ils pensèrent 'étourdir' en visant leur cible et les dix soldats s'affalèrent sur l'encolure de leurs chevaux, puis glissèrent de leur selle et tombèrent par terre.

Les chevaux effrayés par l'étrange comportement de leur cavalier continuèrent à galoper quelques mètres puis ne recevant plus de sollicitation s'arrêtèrent en ordre disparate. L'opération était un succès. Les soldats n'avaient rien vu venir et n'avaient même pas esquissé un mouvement de défense.

— Stilv, c'est bon ?

— Oui, ils sont tous étourdis et je ne détecte aucun mouvement à plusieurs kilomètres à la ronde.

— Tant mieux. Je me verrais mal aux prises avec des soldats pendant que nous nous occupons de ceux-là.

Les volontaires, sur un signe de Couran, sortirent du couvert et s'approchèrent prudemment. Stilv, pendant ce temps, fit redescendre la navette pour la poser près des corps. L'opération avait été menée avec une facilité déconcertante mais cela ne gênait pas Couran, au contraire.

Il redemandait la même simplicité pour les prochaines missions. Cette fois encore les mots d'Avoir changeaient leur façon d'agir mais il décida de s'y adapter. Les règles ordinaires du combat étaient beaucoup trop sanglantes.

Ils dévêtirent les soldats en posant en tas leurs armes et leurs vêtements qu'ils firent disparaître. Voilà autant que les prêtres n'auront plus pour armer d'autres soldats. Quoi que la disparition pure et simple de dix soldats n'encouragerait personne à se porter volontaire pour les remplacer.

Ils appliquèrent à chaque corps le mot d'Avoir de 'réversion' qui leur faisait perdre tous les mots d'Avoir qu'ils auraient pu connaître. Ils avaient mis en place cette procédure pour éviter toute surprise.

— Vous me chargez les corps dans la navette.

— Et les chevaux ?

— On ne pourra pas les ramener. Vous les libérez de leur harnais et de leur selle et vous les relâchez. Ils seront tout aussi bien en liberté.

Les volontaires s'y prirent à deux, l'un aux épaules et l'autre aux jambes et montèrent les corps dans la navette. Lorsque tout fut nettoyé sur le site et ne laissait plus rien apparaître pour expliquer la disparition des soldats, ils redécollèrent pour descendre au sud, en passant haut dans le ciel pour ne pas attirer l'attention.

Ils se posèrent dans la fosse et y déchargèrent les corps. Cette fois ci, comme il n'y avait encore personne dans la fosse, ils avaient pu s'y poser. Les fois suivantes, ils seraient obligés de rester dans les airs et de descendre les corps avec des cordes. Ils ne pouvaient se permettre d'être pris dans une émeute de prisonniers.

Ils déposèrent ensuite les deux volontaires qui avaient accepté d'être les gardiens pendant une semaine. Ils avaient de la nourriture et une petite cabane leur avait été construite sur le surplomb. L'unité volante décolla de nouveau pour se retrouver bientôt près du village entre les poteaux d'invisibilité qui avaient été installés pour la navette. C'était la fin de leur mission dont la réussite allait en augurer plusieurs autres.

FEU DE JOIE

L'officier montait l'escalier en bois qui le menait au bureau de son commandant. Vu les nouvelles qu'il avait à lui apporter, il aurait volontiers délégué cette tâche à un autre mais il ne le pouvait pas. Il était responsable des recherches. Et toujours rien. Il n'avait pourtant pas lésiné sur les moyens. Trois escouades complètes avaient sillonné la route et ses abords dans tous les sens durant ces trois jours. Il frappa et en recevant l'ordre entra.

— Alors lieutenant, des nouvelles ?

— Non, mon Commandant. Toujours rien. Nous avons fouillé la route et ses abords à plusieurs reprises. Aucun signe de lutte. Ils ont simplement disparu. Il n'y a aucun témoin. Nous avons retrouvé trois chevaux en liberté et ça nous a mis la puce à l'oreille. Ce sont des chevaux marqués de l'armée mais du contingent, rien. Les hommes, volatilisés.

— Et vous en concluez ?

— C'est un coup des rebelles. Ceux qui ont envoyé des messages au-dessus du village. Ils se sont servis de leur machine volante pour les emmener. Ils doivent avoir des pouvoirs magiques comme les prêtres.

— Ridicule. Comment voulez-vous arrêter dix hommes entraînés et armés ? J'en ai parlé aux prêtres du village. Ils n'ont dans leur arsenal rien de tel. Vous allez me créer des chimères de rebelles invincibles avec vos histoires. Vous allez les garder pour vous, vos théories scabreuses.

Non, c'est justement ce qu'ils veulent nous faire croire : qu'ils ont des pouvoirs. Ils veulent que nous tremblions mais je ne marche pas. Ils viennent de la région. Ils devaient être une centaine et ils les ont pris par surprise. Ensuite, ils ont nettoyé les lieux pour ne pas qu'on les retrouve. C'est cela la vérité.

Le lieutenant n'étant pas payé pour contredire son commandant le laissa débiter ses âneries tout en souhaitant que cela ne lui retombe pas dessus.

— Lassa...

— Oui Stilv.

— Nous avons un problème. Tu sais, dans le coin où nous avons lancé notre attaque contre les soldats, ils ont réagi. Ils ont pris des otages. Les volontaires viennent de me prévenir. Ils veulent que l'on se rende sinon ils les exécutent. Il y en a trente. Des femmes et des enfants...

— On ne pouvait pas attendre autre chose de cette engeance. Merci Stilv. Je réunis les autres et on trouve une solution.

— Je vais peut-être vous paraître insensible mais ce n'est pas moi l'inhumaine, c'est ceux qui ont choisi cette méthode de s'en prendre à des femmes et des enfants et qui comptent sur notre bon cœur et notre sens de l'honneur pour nous livrer.

Je n'ai, pour aucune raison, le droit d'échanger les connaissances de Gend'ria ou même votre vie contre la vie de trente personnes. Et je ne m'abaisserais pas à vous faire croire que j'envisage cette solution. Par contre, nous avons un problème sérieux et nous devons trouver une parade sinon nous serons pieds et poings liés.

— Une façon inhumaine de répondre à cela serait de continuer les enlèvements de soldats sans nous en préoccuper. Mais aux yeux de la population comme aux nôtres, nous deviendrions responsables de la mort de tous les otages suivants.

— Nous pourrions prendre en otage leur grand prêtre ?

— Non, pour l'instant, nous ne pouvons pas nous permettre de nous attaquer au pouvoir central. Il est gardé par plus de deux mille soldats, nous serions submergés par le nombre.

— Alors rasons la caserne ! Les volontaires nous ont dit que cette ville comprenait une caserne assez importante où les otages étaient retenus. Cette idée mauvaise vient de leur commandant. Nous les anéantissons avant que cette façon de faire ne fasse des émules. Ils seront sans doute moins tentés de suivre son exemple si tout leur fortin est détruit et tous les hommes disparus.

— Oui, soutint Rangar. La force contre la force. Il faut les faire plier et ressentir de la peur. Pour le moment, ce ne sont que dix soldats disparus. Ce sont les risques du métier mais toute une garnison, cela les fera réfléchir quant à notre force.

— Il y a plus de deux cents soldats. Cela risque d'être difficile. Nous aurons des pertes.

— Nous ne pouvons pas toujours nous contenter de petites escarmouches parce que nous sommes surs de les gagner. Il nous faudra bien un jour affronter l'armée entière.

— OK, confirma Lassa. De toute façon, nous devons agir et les punir pour cette action. Nous avons dix jours.

Géron contacta immédiatement Charn pour lui faire part de la décision qu'avait prise le conseil. Celui-ci l'approuva. Cette mission nécessiterait l'appui de ses volontaires et il se chargeait de les sélectionner. Il fut décidé que les forces seraient égales, cent hommes de Géron et cent de Charn. Les volontaires aux alentours de Yrend, la ville où était détenus les otages étaient au nombre de vingt-quatre et ils participeraient également à l'assaut.

Le plan était simple. Une navette se poserait à l'intérieur du fortin et les hommes qui en descendraient seraient chargés d'ouvrir les portes. Pas d'élément de surprise mais un coup de force. Invisibles, ils passeraient plus facilement au travers de la volée de flèches qui ne manquerait de leur parvenir du haut des murs et des soldats qui se trouveraient dans la cour.

Ces derniers, en voyant la porte de la navette s'ouvrir, ne manqueront pas de penser que quelque chose en sort. Ils devraient atteindre les portes, étourdir les gardes qui la protégeaient puis les ouvrir. C'était la partie la plus risquée de l'opération, presque suicidaire.

Lorsque les portes seraient ouvertes, les volontaires s'engouffreraient alors et réduiraient la garnison au silence. Le combat serait à peu près égal, deux cents hommes d'un côté comme de l'autre, le professionnalisme des soldats contre les mots d'Avoir des volontaires.

Stilv qui était toujours à l'écoute leur proposa une alternative qui ferait peut-être pencher plus favorablement la balance de leur côté. Dans l'équipement du bord, il y avait des lunettes de soudure. Elles s'adaptaient à la luminosité permettant à leur porteur de voir normalement dans une ambiance naturelle mais se fonçant pour résister à l'impact d'une forte lumière de soudure. Pourquoi lorsque la navette atterrirait dans la cour ne pas en même temps éclairer la scène avec une lumière insoutenable pour des yeux non protégés. Les volontaires équipés des lunettes pourraient évoluer normalement alors que les gardes seraient aveuglés.

La proposition fut adoptée à l'unanimité et les remerciements pour cette adaptation du plan fusèrent mentalement vers Stilv.

Rangar admit sans peine qu'en ajoutant une finale et en multipliant par cent le mot, les frères pourraient fabriquer une boule de lumière qui obtiendrait un très puissant rayonnement.

Au souvenir de Kelvin lui sauvant la vie avec une pioche, Lassa rajouta l'équipement de tous les volontaires une barre de fer longue comme une épée dont ils pourraient se servir pour parer un coup porté avant qu'ils n'aient pu étourdir le soldat.

N'étant pas formés, ils ne pourraient se battre à l'épée contre des soldats surentraînés mais bloquer un unique coup, cela restait faisable.

Lassa et Camille voulaient également participer à l'action. Si les femmes volontaires n'étaient pas aussi nombreuses que les hommes, il y en avait tout de même beaucoup et elles étaient appréciées à leur juste valeur. Les frères quant à eux ne s'occuperaient pas de combattre mais invisibles, ils se déplaceraient sur le champ de bataille et seraient chargés d'assister immédiatement les blessés.

— On embarque… déclara l'androïde aux deux cents volontaires qui se trouvaient réunis. Géron et Charn répercutèrent l'ordre à leur groupe et tout le monde monta dans les navettes. Lassa, Camille et Kelvin attendirent le dernier moment puis montèrent également dans l'une d'elles.

Ils décollèrent et Stilv les fit atterrir dans un espace dégagé, une plaine près de la petite ville d'Yrend. Ils y furent accueillis par les volontaires de la région qui les conduisirent au fort où étaient détenus les otages.

La discrétion n'était pas de mise. Il fallait que le maximum de gardes soit dehors au moment décisif. Ils s'arrêtèrent donc hors de portée de flèches mais en montrant bruyamment leur présence et leur détermination à entrer et attendirent le déroulement de la seconde partie du plan.

— Regarde-moi ça… lança Andrew, soldat de première classe qui avait été désigné – plus souvent qu'à son tour pensait-il – pour monter la garde dans ce foutu fort.

— Il y en a bien deux cents qui arrivent. Ce doit être les villageois de la région. À leur place, je ne serais pas content non plus.

— Et qu'est-ce que tu veux qu'ils fassent ? On va les cribler de flèches s'ils approchent.

— Et ils n'ont pas d'ailes pour passer les murs… Sonne quand même l'alarme.

Andrew emboucha son cor et sonna trois fois dedans. Les soldats étaient bien entraînes et ce n'était pas la première fois qu'ils devaient répondre en pleine nuit à une alarme, le plus souvent pour s'entraîner.

Aujourd'hui, comme d'habitude, ils réagirent rapidement. Alors que ceux qui étaient de veille quittaient le réfectoire où ils étaient attablés, les endormis sautèrent de leur lit et enfilèrent leur tunique.

Prenant leurs armes, ils sortirent tous dans la cour intérieure et montèrent sur le chemin de ronde tout autour des murs. Des hommes et des femmes étaient regroupés à un peu plus que la portée maximale de leurs flèches et criaient.

— Ils peuvent toujours s'égosiller…

— Prépare ton arc. Ils sont assez fous pour courir vers les murs quand ils en auront terminé.

— Je me demande bien ce qu'ils veulent…

— Nous tenir réveillés. Si j'en attrape un, il va le regretter.

Au-dessus de leur tête, une ombre plus sombre que la nuit les dépassa et se positionna au milieu de la cour, toujours en hauteur.

— Qu'est-ce que c'est que ça ?

— Les rebelles… et leur chariot de l'espace… tire donc.

Les flèches se mirent à voler et ricochèrent contre la paroi de la navette. Alors que la navette descendait pour se poser dans la cour sous les nuées de flèches, Rangar à l'intérieur, se concentra et matérialisa une boule de lumière à l'extérieur.

La boule de lumière était plus grande que la navette et éclairait comme le soleil. Sauf que le soleil n'était pas à 10 mètres normalement. *« Ils devaient tous être en train de nous regarder alors ils sont tous aveugles… pour un bon bout de temps. »* pensa-t-il

La navette termina son atterrissage et les portes s'ouvrirent. La lumière agressive de la boule rayonnait toujours dans la cour illuminant chaque recoin.

La pluie de flèches avait cessé et les volontaires sortirent sans être inquiétés. Les soldats se cachaient les yeux de leurs mains, aveugles. Ils titubaient sur le chemin de ronde et plus d'un au lieu de se fixer sur place fit un pas de trop et descendit du mur en chute libre.

— Les portes… lança Géron

Ils devaient ouvrir les portes pour laisser entrer le gros de la troupe. Ils se précipitèrent, invisibles et portant les lunettes spéciales, et étourdirent les gardes qui se trouvaient sur leur chemin. Aucun ne leur opposa de résistance.

La grosse barre qui fermaient les deux battants des portes fut soulevée et jetée dans la cour et les volontaires ouvrirent les portes. Les deux cents avaient profité de l'arrivée de la navette pour se précipiter et ils attendaient impatiemment derrière. Ils rentrèrent tous en masse dans le fortin.

— Vous me liquidez tous ces soldats… lança Géron aux nouveaux arrivants. C'est du tir au pigeon, ils ne voient plus rien.

Contrairement aux soldats, les volontaires qui portaient les lunettes étaient avantagés par la lumière et ils étourdirent rapidement tout ce qui était debout ou qui bougeait encore. Certains montèrent sur le chemin de ronde pour s'assurer que les soldats étaient bien endormis. La cour avait été nettoyée en même pas cinq minutes et les corps des soldats s'étalaient partout.

— Bien, allez me débusquer ceux qui ont eu le temps de se cacher dans les bâtiments. Vous y allez par deux et faites attention aux coups de sabres dans l'air…

Les volontaires investirent tous les bâtiments du fortin à la recherche des derniers soldats.

Lassa rameuta Camille et Kelvin et monta l'escalier d'un petit bâtiment à un étage qu'elle supposait être la demeure du commandant. La porte était fermée à clé et Lassa fit fondre la serrure et poussa la porte d'un grand coup de pied.

Un coup d'épée faucha le passage lorsque la porte s'ouvrit. Le commandant avait décidé de résister. Kelvin en réponse envoya une boule de lumière éblouissante qui s'épanouit dans la pièce et ils entendirent un bruit de meubles renversés suivi de celui d'une chute.

Ils rentrèrent nullement gênés par cette lumière et virent un corps ramper, aveugle essayant de trouver un trou où se réfugier. Ils le désarmèrent, puis le forçant à se lever l'entraînèrent vers une chaise où ils l'attachèrent. Ils firent ensuite disparaître la lumière.

Le chef de la garnison mit plusieurs longues secondes avant de retrouver la vision. Il regardait hébété les trois jeunes.

— Vous vouliez que je vienne à vous. Je suis venue, l'informa Lassa

— Vous, une fillette ?

— Fillette peut-être mais qui a mis en déroute vos troupes. Où sont les otages ?

Le commandant se mura dans le silence mais Lassa reprit :

— C'était une question pour la forme. Je suis sûr que nous les trouverons sans mal.

— Sale petite… mais il ne put finir, Kelvin l'ayant étourdi.

— Non mais en plus, il n'est pas poli… dit-il pour s'excuser de son impulsivité.

— Tu as eu raison. Je voulais juste lui faire prendre conscience de sa défaite. Mais il aura tout le temps de la ressasser dans son trou. Allons chercher les otages.

Géron les informa alors qu'ils descendaient les escaliers qu'ils les avaient trouvés dans les cellules de la caserne. Ils étaient en bonne santé bien qu'affamés n'ayant reçus aucune nourriture de ces trois jours passés enfermés. De leur côté, ils n'avaient perdu aucun homme bien que sept aient été blessés sérieusement mais l'intervention immédiate des frères les avaient sauvés.

Pendant que Lassa discutait « aimablement » avec le commandant, les volontaires n'avaient pas perdu leur temps et avaient regroupés les corps des soldats dans la cour. Ils étaient en train de les dévêtir. Dès qu'ils en avaient fini avec un, ils lui appliquaient le mot de 'réversion' et le chargeaient dans la navette pour expédition au trou.

— C'est bon les gars… La navette est pleine. Deux volontaires à l'intérieur pour le déchargement et elle s'envole.

Deux des porteurs désireux de se reposer quelques minutes décidèrent de monter dans la navette et elle décolla pour se rendre jusqu'à la prison dans le sud.

Les gardes de la fosse avaient été prévenus de leur arrivée et avaient étourdis les dix prisonniers pour leur permettre de débarquer sans problèmes. La première navette atterrit donc au fond de la prison et les deux volontaires embarqués se chargèrent de décharger leur nouvelle cargaison de prisonniers. A peine avaient-ils fini qu'une deuxième navette se posa.

Lorsque le dernier voyage fut effectué et que la caserne entière eut été fouillée par acquit de conscience, ils sortirent tous et Lassa déposa au centre de la cour un rondin. Elle sortit par la porte de la caserne et le dupliqua avec une finale de multiplication par dix mille. La cour fut remplie de bois et elle alluma le feu.

Des flammes gigantesques s'élevèrent rapidement de ce bûcher et la chaleur fissura bientôt les murs de tous les bâtiments qui s'effondrèrent au fur et à mesure. Les murailles connurent le même sort. La ville réveillée par l'incendie regardait brûler la caserne. Lassa avait choisi cette solution car le fortin se trouvait à distance raisonnable des habitations et le feu ne risquait pas de se propager.

— Allons voir les otages… décida Lassa.

Les trois amis rejoignirent le petit groupe de villageois qui avait été emprisonné, une vingtaine de femmes et dix enfants.

— Mes amis… dit Lassa aux otages réunis, Je pense que vous avez eu le temps durant ces trois jours d'apprécier l'accueil des soldats. Nous les combattons car ils se croient tout permis et qu'ils s'en prennent aux femmes et aux enfants.

Nous sommes désolés que vous ayez eu à subir leurs exactions et nous avons fait de notre mieux pour vous libérer. Maintenant vous allez tous être rapatriés dans vos villages et j'espère que l'affaire en restera là. Sachez que s'ils recommencent, nous recommencerons.

Lassa demanda aux otages à quels villages ils appartenaient et les regroupa suivant leurs réponses. Ils venaient de quatre villages différents des alentours et chaque groupe fut embarqué dans une navette qui les raccompagna.

Lorsqu'elles revinrent ils embarquèrent tous et prirent la direction du nord pour rentrer chez eux.

Lorsque la nouvelle de la destruction complète de la caserne parviendrait à la capitale, ils verraient quelle serait la réaction des prêtres mais une chose était sure, eux n'avaient pas réagi comme le commandant de la caserne l'attendait.

Les deux cents volontaires furent débarqués à Cornois mais aucun ne chercha son chariot ou son cheval pour rentrer. Ils ne voulaient pas se quitter comme ça et Géron et Charn décidèrent d'organiser une fête pour leur victoire. Pendant que les volontaires se délassaient, les villageois, en ce matin se mirent à la cuisine.

Rapidement, de grandes tables furent dressées sous des tentes sur le modèle de celles installées pour les rescapés de la mine et un grand buffet y fut déposé. Chacun dans le village avait voulu honorer les combattants et les tables croulaient sous les préparations culinaires plus savoureuses les unes que les autres. Des assistantes étaient là pour vérifier le contenu des plats et les dupliquer dès qu'ils arrivaient au seuil critique.

Les sept blessés participaient aux festivités depuis leur lit qui avait été porté au plus près du buffet et de la fête. Les mots d'Avoir les avaient sauvés mais ils restaient faibles et avaient besoin de repos. Les villageois comme les volontaires s'occupèrent d'eux comme de héros.

Un chapiteau spécial avait été réservé aux danseurs et Kelvin s'était fait un devoir d'inviter Lassa à chaque danse. Ils tournaient ensemble au milieu des autres danseurs et s'arrêtaient essoufflés après chaque morceau. L'orchestre leur laissait une pause pour se rafraîchir ou goûter au buffet puis repartait de plus belle sur une nouvelle musique.

Stilv était aussi de la partie. Il avait fait descendre un androïde du vaisseau et s'amusait comme un petit fou avec les enfants qui découvraient un jouet tout en métal de la taille d'un adulte. Camille pour ne pas être en reste avait le choix entre une profusion de cavaliers qui tenaient tous à faire danser la valeureuse combattante.

Pendant un moment de pause, ils se regroupèrent autour d'une table.

— Alors les amoureux. On apprécie le goût de la victoire ?

— Vraiment, lui répondit Lassa. Sans oublier que c'est la première fête de ma longue existence. Heureusement que la machine d'imprégnation m'a appris vos danses. Et comme j'ai un excellent cavalier…

Kelvin s'abstint de tout commentaire, heureux que Lassa soit son unique cavalière. Elle portait la robe qu'il lui avait offerte et elle resplendissait. Les autres filles n'existaient pas à ses yeux et il savourait son bonheur.

Géron avec à son bras une Romane épanouie arriva et ils s'assirent avec eux.

— Mes félicitations pour cette victoire, Mon général, dit Géron

— Je crois que l'idée était de vous, Mon colonel, répondit Lassa toute enjouée.

— Et une ovation pour notre expert tactique. Son idée de lunettes nous a sans aucun doute apporté la victoire.

L'androïde, mené par Stilv se rapprocha.

— Je suis enchanté que mon idée ait marché. Mais j'en ai encore une à votre disposition qui pourrait fonctionner. C'est pour cela que j'ai amené l'androïde. Je suis en train de tester ses réactions et je pense sérieusement qu'il pourrait être un plus dans certaines situations dangereuses.

— Tu veux dire, envoyer au combat tes androïdes ? En faire des machines de guerre indestructibles ? Tu pourrais en diriger combien ?

— Autant qu'il y en a et tous en même temps. Tout en continuant à rester en communication avec vous et à diriger le vaisseau ainsi que toutes les navettes et je serais encore loin d'avoir atteint mes pleines capacités, répondit Stilv – avec une pointe de fierté dans la voix était tentée de dire Lassa.

Nous en comptons vingt-sept sur le vaisseau et je n'ai impérativement besoin de n'en conserver que deux. Je n'ai pas été conçu pour frapper un humain mais rien ne m'empêche de l'entraver. À part ça, ils peuvent remplir beaucoup de missions et je pense qu'il faudrait quelques bons coups d'épées avant de les abattre et ils devraient résister aux flèches sans aucun problème. Ils se transformeront en hérissons mais leurs circuits de contrôle sont bien protégés et difficiles à atteindre.

— Ils ne possèdent pas les mots d'Avoir non plus mais on trouvera bien à les utiliser.

— Profitons de notre semaine de repos. Le grand prêtre et la capitale ne connaîtra la nouvelle que d'ici cinq à six jours. Nous devons nous attendre à une réaction forte de leur part. Heureusement, ils ne peuvent nous localiser sinon nous verrions l'armée entière nous assaillir.

— Oui, c'était une opération audacieuse mais là, ça veut dire que la hache de guerre est vraiment déterrée. Il faut nous attendre à quelque chose. Ceci dit, je ne vois pas ce qu'ils pourraient tenter.

SECRETS MACABRES

Le grand Prêtre écouta le rapport des prêtres d'Yrend avec attention. Ils lui racontèrent en détail la boule de lumière aveuglante, la prise de la caserne, le ballet incessant de ces chariots volants et le feu qui avait tout détruit.

Plus de deux cents soldats anéantis pour quelques otages. Il reconnaissait bien là l'esprit qui, d'après les dires avaient animé la Première Enseignante. Il congédia ensuite les prêtres. Il devait réfléchir.

C'est un choix qui le déchirait car c'était un des piliers de son pouvoir mais la situation était par trop délicate ; il n'avait que cette solution.

Le grand Prêtre n'avait pas seulement une fonction honorifique. Il possédait deux arguments qui lui permettaient de se jouer de tout rival durant la totalité de son règne. Ces secrets n'étaient livrés au successeur que sur le lit de mort du précédent.

Eléa les avait dupés sur la valeur des mots d'Avoir qu'elle leur avait transmis, cela ils s'en étaient rendu compte il y a déjà bien longtemps. Mais elle avait accédé, sous la contrainte, à deux demandes particulières qui étaient bien utiles au grand Prêtre.

Le roi de l'époque avait fait attacher le fils d'Eléa et avait promis d'utiliser contre lui les mots d'Avoir les plus horribles. Eléa, pour sa part, devait lui fournir comme protection un objet qui empêcherait ces mots d'agir. Après maintes tergiversations et plusieurs essais du mot 'brûler', elle avait cédé et fabriqué à son fils un pendentif en spirale qui était fixé d'un mot qui empêchait les mots d'Avoir d'agir sur la personne qui le portait. Ce pendentif était devenu l'emblème des prêtres de Ka.

Elle leur avait aussi fourni le mot ultime qui permettait de créer tout mot d'Avoir à leur convenance.

Malheureusement, alors qu'ils croyaient ainsi détenir la source du pouvoir, ils s'étaient vite aperçus que tous les mots qui les intéressaient avaient déjà été créés et qu'ils ne pouvaient en créer d'identiques. Le seul qu'ils avaient réussi à créer avait également été gardé à l'entière disposition du grand Prêtre et l'avait servi fidèlement, un mot que ce peuple étrange n'avait jamais pensé à créer : le mot 'mort'.

CE QUE LES HOMMES NE PEUVENT FAIRE…

— *Lassa, il se passe quelque chose chez les prêtres et je crois que cela ne présage rien de bon.*

— *Vas-y, Jehor, nous sommes prêts à t'entendre.*

Stilv fit passer la communication aux autres membres du Comité qui écoutèrent Jehor avec attention.

— *Voilà, les attentifs ont capté depuis ce matin un trafic important au niveau des prêtres de Ka de la capitale. Ils dupliquent. Cela a commencé avec une duplication, puis un deuxième prêtre s'y est mis, puis quatre et ainsi de suite. Ils sont environ soixante à dupliquer actuellement et ils continuent sans arrêt.*

On est arrivé à la conclusion que d'un objet unique, ils veulent en créer des quantités énormes. Comme ils ne possèdent pas la finale pour multiplier, ils y vont un par un mais ils ne lésinent pas sur la tâche. On essaie de tenir le compte pour vous dire quand ils arrêteront combien ils en auront dupliqué.

— *Ça, c'est sûrement une réponse à notre action de l'autre soir.*

— *Et ce n'est pas fini. Ils apprennent aux soldats un mot d'Avoir. Ils sont tous en train d'essayer un mot que nous ne connaissons pas et qu'ils n'avaient jamais utilisé.*

Jehor prononça le mot et Lassa fut très étonnée, Rangar aussi. Il ne faisait pas partie du référencement des mots d'Avoir qu'ils connaissaient. C'était un mot inventé. Donc ils savaient créer des mots.

Rangar conseilla de ne surtout pas tester ce mot. Il devait être manipulé avec précaution. Tels qu'il les connaissait, ce n'était sûrement pas un mot pour faire pousser les fleurs.

Au monastère, ils avaient pris l'habitude d'une procédure pour découvrir l'utilité des mots. Rangar affirma qu'il s'en chargerait.

— *Ils utilisent ce mot par série de vingt. Comme s'ils se tenaient en ligne et le testaient sur quelque chose.*
— *Merci Jehor pour toutes ces informations. Nous y réfléchissons et nous vous tenons au courant.*

— Ils ont mis les soldats dans la partie en leur donnant un mot d'Avoir, qui de plus est inconnu et sûrement très dangereux.
— Et ce qu'ils dupliquent, je pense que c'est pour le donner à tout le monde, prêtres et soldats. Reste à savoir quelle est l'utilité de cet objet.
— Je vais demander aux volontaires de la capitale d'aller aux informations, annonça Géron. Les soldats ne savent rien garder secret. Qu'on leur offrent à boire et on peut les écouter caqueter comme des poules sur tous les sujets. Ils finiront bien par cracher le morceau.
— Bonne idée. On se lance tout de suite.

Dans la soirée, Rangar arriva avec l'information concernant le nouveau mot d'Avoir. Il l'avait testé avec les frères.
— Ce n'était pas difficile à trouver. Le plus long a été de déterminer sa portée et les parades possibles. Il fonctionne à vue comme le mot « étourdir » et tous les mots de parade ont échoué. Les lapins en savent quelque chose. Un seul mot fonctionne : 'l'invisibilité'. Encore et toujours ce mot pour

sauver la partie. Si on ne voit pas sa cible, on ne peut lui donner la 'mort'.

— Le mot interdit… Jamais le peuple de Gend'ria ne l'a utilisé. C'est bien pour cela qu'ils ont pu le faire. Quels êtres malfaisants. Cela leur ressemble bien.

Géron suivit plus tard dans la soirée.

— Les soldats affirment ne plus craindre les rebelles et pouvoir les écraser d'un seul mot. Ils ont tous reçu un pendentif de protection contre les mots d'Avoir dont nous nous servons.

— Je m'y attendais. Un bouclier et une arme mortelle. Nous nous attendions à une réponse mais là c'est désastreux. Il faut impérativement que nous cessions toute attaque contre les soldats jusqu'à avoir trouvé une parade.

— Eh bien, dans l'absolu, la parade est toute trouvée. On utilise l'invisibilité et on les décime avec leur propre mot.

— Dans l'absolu, comme tu dis. Je refuse de m'abaisser à utiliser ce mot de meurtre. Il faudra trouver autre chose. Mais pour l'instant, j'ai besoin de l'un de ces pendentifs.

Les deux hommes sortirent de la taverne où le patron fatigué les avait mis dehors. Il était l'heure de fermer. Titubants sur la chaussée, se tenant l'un à l'autre, ils étaient bons pour rejoindre leur lit ou s'écrouler dans une allée en attendant d'avoir dessoûlé.

— Viens, je connais une taverne encore ouverte. On va prendre un dernier verre…

— vive toi…

Et l'un guidant l'autre et les deux se soutenant ils prirent à travers les petites rues parallèles et s'enfoncèrent dans les dédales de la capitale.

Alors qu'ils s'engageaient dans une rue sombre, deux hommes sortirent derrière eux des encoignures des portes et s'avancèrent sans bruit. Un coup de matraque et l'un d'eux s'écroula, inconscient.

Le second, comme par miracle retrouva son équilibre et sembla d'un coup avoir perdu toute trace d'ivresse. Il se pencha, ouvrit l'uniforme de son compagnon de boisson et trouva, autour du cou un pendentif des adeptes de Ka. Il le détacha et les trois hommes, après avoir utilisé le mot de 'réversion' s'enfoncèrent dans la nuit chacun de leur côté.

Voilà un soldat qui avait perdu et son arme et son bouclier. Le réveil serait difficile et expliquer sa nuit à ses supérieurs encore pire. L'homme portant le pendentif sortit de la ville et s'enfonça dans la prairie avoisinante. Après une petite demi-heure de marche, une ombre descendit du ciel et une grosse masse se posa près de lui. Terminées pour lui les missions à la Capitale, il s'était montré au grand jour et son rôle de volontaire, recruteur, espion, homme de main prenait fin. Il monta dans la navette qui reprit son vol en douceur.

Lassa et le Comité écoutaient Rangar qui leur faisait un récapitulatif des observations que les frères avaient pu découvrir de ce pendentif.

— L'auteur de l'imprégnation était Eléa elle-même. Elle n'a pas utilisé comme d'habitude une finale d'atténuation, preuve qu'elle destinait ce pendentif pour un vrai usage. Le mot 'repousser' qu'il utilise bloque tous nos mots d'Avoir de chasse. Il ne peut rien cependant contre le mot 'mort'. Mais ce qui est bizarre, c'est qu'il laisse passer tous les mots ayant un effet bénéfique. J'y vois encore une stratégie de la Première Enseignante. Bon, vous me direz qu'utiliser les mots de guérison contre son adversaire ce n'est pas très fructueux mais…

— Oui, je vois ce que tu veux dire, ils ne sont pas totalement imperméables. Il faudra creuser dans ce sens-là pour voir ce que nous pouvons faire de cette information. En attendant, on suspend toutes nos opérations contre les soldats et on se fait oublier. Je ne vois pas d'autres solutions.

— Moi, j'en vois une, lui dit Kelvin. Une équipe mixte.

Et ils l'écoutèrent dévoiler son plan.

Les vingt hommes étaient volontaires pour cette mission. Au courant des nouvelles capacités des soldats, ils savaient qu'ils ne pouvaient pas utiliser leurs mots d'Avoir et qu'ils devaient rester invisibles. Ils comptaient sur leurs partenaires pour les aider.

Ils embarquèrent dans la navette sur l'indication de Stilv qu'une petite troupe de soldats se déplaçait sur la route et allaient arriver à un endroit propice pour une embuscade.

Ils décollèrent, survolèrent à vive allure le pays et atterrirent sur un défilé qui surplombait la route. Les parois rocheuses des deux côtés du défilé empêchaient les voyageurs de quitter la route sur une distance d'environ deux cents mètres. Lorsqu'ils s'engageraient dedans, les soldats n'auraient que deux solutions, le traverser ou faire marche arrière. Les volontaires se positionnèrent donc à l'abri des rochers sur les hauteurs et portèrent leur attention sur la route. On voyait déjà un nuage de poussière qui approchait. Ils l'attendaient.

Les soldats, sans ralentir leur allure, s'engagèrent dans le défilé. Lorsque tous furent à l'intérieur, six silhouettes brillant sous les rayons du soleil d'un reflet d'acier bloquèrent la route à l'endroit où le défilé finissait. Les soldats arrêtèrent leurs montures. Derrière eux, la même scène, des hommes tout recouverts de métal leur bloquaient la voie. La bataille paraissait inévitable.

Les soldats tirèrent leurs épées ou épaulèrent leurs arbalètes et se préparèrent au combat. Des éboulis de chaque côté de la route sortirent des hommes de fer qui coururent vers eux.

— Chacun son homme. Utilisez le mot, ordonna le capitaine.

Ils se concentrèrent mais rien ne se passa. Aucun ne tomba et ils arrivaient au contact. Le capitaine, d'un coup d'épée trancha l'avant bras de son adversaire, qui sans marquer le coup, sauta et le renversa de son cheval. Les arbalètes sifflaient tandis que les deux combattants roulaient à terre.

L'homme était d'une force surhumaine et le capitaine ne put se soustraire à son emprise. Il remarqua que le sang ne coulait pas de sa blessure avant de voir son adversaire lui enserrer le cou avec sa main valide.

Il se crut perdu mais ce dernier lui déchira sa tunique et s'empara du pendentif qu'il lui arracha du cou. Ensuite, il se releva. Le capitaine tenta de faire de même mais il s'écroula, étourdi.

— C'est pas des hommes… constata aigrement le soldat Tibère avant qu'un des androïdes, criblé de flèches ne lui saute dessus et ne lui arrache son pendentif. Tous les hommes subirent le même sort.

Dès que les androïdes leur retiraient leur pendentif, ils devenaient vulnérables et les volontaires se hâtaient de les étourdir.

Les membres du Comité écoutaient l'androïde de Stilv qui se trouvait avec eux leur décrire la bataille et ils poussèrent des cris de joie lorsque le dernier soldat tomba. C'était une réussite.

— Je suis désolé de vous contredire, annonça Stilv, mais les pertes sont trop lourdes. Un bras coupé et une tête envolée sans compter les multiples flèches d'arbalète. Les soldats sont plus efficaces que je n'avais prévu et il n'y en avait que huit. Je pense pouvoir les rafistoler mais à ce rythme-là, nous n'aurons plus d'androïdes valides d'ici une dizaine d'affrontements.

— OK, dit Kelvin. Autant pour mon idée… Quoi que… Comme ils sont en fer, nous n'avons pas pensé à quelque chose de simple. Pourquoi ne pas les revêtir d'une armure ?

Après avoir retourné cette idée dans tous les sens, ils décidèrent que le mieux était de s'en remettre au forgeron de Aud'ria qui s'il ne devait pas construire tous les jours une armure était sûrement capable de le faire.

Lassa, Camille et Kelvin, heureux de revenir au village sautèrent sur l'occasion et à peine le temps de préparer leurs affaires qu'ils embarquaient sur la navette avec l'androïde de Stilv qui servirait de modèle au forgeron.

Stilv les fit atterrir sur la plaine qui jouxtait le village et bien que celui-ci soit invisible Kelvin et Camille le connaissaient trop pour ne pas savoir se diriger. Ils conduisirent Lassa et Stilv et pénétrèrent sous le dôme d'invisibilité à l'endroit exact de la grande rue qui traversait le village de part en part. Ils décidèrent d'aller immédiatement dire bonjour à leurs parents et tous suivirent le mouvement. Rien n'avait changé dans le village. Les gens qu'ils rencontrèrent les regardèrent cependant avec étonnement. Et le grand bonhomme en fer qui les suivait leur faisait invariablement un grand signe de la main.

Lorsqu'ils rentrèrent dans la maison, Camille s'élança vers le salon en appelant « Maman, Papa ». Deux têtes passèrent la porte de la cuisine et Jehor et Marcia reconnaissant leurs visiteurs s'élancèrent et enlacèrent leurs enfants.

Ils étaient tous heureux de ces retrouvailles et parlaient en même temps. Lassa et Stilv attendirent que les effusions prennent un tour plus calme pour leur dire bonjour. Les parents leur souhaitèrent la bienvenue, louchant sur l'androïde tout en fer qui parlait.

— C'est une représentation idéale pour un bio-ordinateur, leur lança Stilv sur le ton de la plaisanterie.

— Oui, vous feriez fureur au salon de la métallerie, lui répondit Jehor. Je suis heureux de vous rencontrer en « chair et en os » Stilv.

— Merci Jehor. Nous avons une mission à remplir qui nécessite que j'amène un androïde.

— Installez-vous tous. Et surtout racontez-nous tout, leur dit Marcia. J'apporte la tisane.

Et Kelvin et Camille leur firent un récit détaillé de leurs aventures depuis qu'ils avaient quitté Aud'ria sans oublier l'incident de la mine où Kelvin avait bloqué un coup d'épée grâce à une pioche ni l'attaque de la garnison de Yrend. Ils les avaient tenus au courant par l'intermédiaire de Stilv mais entendre le récit de leur bouche était mille fois mieux.

Les parents écoutaient en silence, heureux de la maturité acquise par leurs enfants durant ces six mois où ils ne les avaient pas vus.

Lorsque tout fut dit, Jehor se proposa d'aller avertir Ankthor de leur arrivée pour qu'il organise une réunion du village pour le soir même. Pendant ce temps, ils n'auraient qu'à aller voir le forgeron pour savoir si l'idée des armures tenait la route.

Les trois amis, accompagnés de Stilv se rendirent donc chez le forgeron du village. Celui-ci était en train de marteler grâce à un gros marteau une barre de fer rougie par le feu. Il arrêta son martelage, trempa la barre dans une barrique d'eau et accueillit ses visiteurs.

— Lorsque j'étais jeune, j'ai fait le tour du pays en compagnonnage. Je m'arrêtai chez les forgerons les plus réputés et j'apprenais le métier avec eux. Je peux vous dire que j'en ai forgé des armures et pour des grands militaires. Ils ne s'en servent quasiment jamais mais prestige oblige, ils tiennent à en avoir une.

— Alors cela ne posera pas de problème ?

— C'est pour vous ? demanda-t-il à Stilv

— Et pour vingt-cinq de mes semblables. Tous identiques. Il suffira d'en forger une et de dupliquer les autres.

— Et êtes-vous fort ?

Stilv s'approcha du tonneau rempli d'eau pour refroidir les pièces chauffées à blanc et l'arracha du sol.

— Assez oui.

— Parce que l'épaisseur du métal est calculée de façon à ce qu'un homme arrive à porter l'armure qu'il a sur le dos. Dans votre cas, nous pourrons l'augmenter considérablement et vous deviendrez indestructible.

— Faites. Mes androïdes sont précieux.

— J'aurais besoin de prendre quelques mesures…

— Le plus simple, c'est que je reste avec vous comme cela vous aurez le modèle sous la main.

— Mais j'en ai pour trois jours.

— Je ne mange pas. Je ne dors pas. Je pourrais vous aider et je serai avec Lassa dans tous ses déplacements.

— Dans ce cas, dit le forgeron vaincu. Revenez me voir dans trois jours reprit-il pour Lassa. Je pense bien que j'aurais fini.

L'après-midi était déjà bien entamée lorsqu'ils quittèrent le forgeron et ils préférèrent rentrer à la maison pour manger un peu.

Jehor les accueillit avec une nouvelle. Ankthor avait tout de suite annoncé la nouvelle au village et ils étaient attendus à la salle commune ce soir à la tombée du jour.

Ils profitèrent de ce temps libre pour manger, se laver et se préparer pour la réunion. Lassa portait sa robe blanche à bretelles et assurait ne plus vouloir la quitter. Elle l'avait déjà dupliquée trois fois pour garder le modèle original aussi neuf qu'au premier jour.

Lorsqu'ils furent prêts, ils sortirent et flânèrent dans les rues jusqu'à l'heure de la réunion. Ils voyaient les gens converger vers la salle et lorsqu'ils arrivèrent, ils y retrouvèrent devant l'entrée Stilv qui avait abandonné le forgeron le temps de la réunion.

Ils entrèrent et comme la première fois remontèrent l'allée centrale au milieu de tous les villageois qui les regardaient.

Ankthor les accueillit comme des héros et Lassa lui présenta Stilv. Ils s'installèrent derrière la longue table et Ankthor prit la parole.

— Lassa, Camille, Kelvin nous avons suivi vos aventures par l'intermédiaire de notre ami Géron de Cornois qui nous faisait un compte rendu exhaustif de toutes vos actions et vous avez fait plus en six mois que nous tous en sept cents ans. Je tenais à vous en féliciter. Si vous avez des informations de dernière minute à nous communiquer, je vous laisse la parole.

Lassa se leva.

— Comme vos attentifs nous en ont informé, les prêtres de Ka ont sorti de leurs réserves deux armes : un pendentif qui les protège de l'action des mots d'Avoir et un mot qu'ils ont créé : le mot 'mort' qui fonctionne à vue comme le mot 'étourdir'. Ils en sont devenus plus dangereux encore.

Dernièrement, Kelvin a émis l'idée que nos attaques contre les petits groupes de soldats soient menées conjointement par nos volontaires et par les androïdes dirigés par Stilv.

Les villageois avaient tous regardé l'androïde lorsqu'il les accueillait à la porte de la salle commune. Certains l'avaient même touché et ils se doutaient que l'avoir contre eux ne devait pas être une mince affaire.

— Les volontaires restent tapis pendant que les androïdes se portent au-devant des soldats, les immobilisent et leur arrachent leur pendentif. Il ne reste alors plus aux volontaires qu'à les étourdir.

Nous avons lancé une attaque ce matin et elle s'est réalisé comme nous l'avions prévu à ceci près que les soldats ont infligés des blessures sérieuses à deux androïdes.

Stilv pense qu'ils sont réparables mais il trouvait les dégâts très conséquents. En mesure de quoi, Kelvin encore, a proposé d'équiper les androïdes d'armures de combat. C'est pourquoi nous sommes là. Nous avons demandé à Soron de nous en fabriquer une que nous dupliquerons pour les vingt-quatre autres androïdes. Dès qu'ils seront équipés, nous retenterons l'expérience.

— Comme je le disais, reprit Ankthor pour la communauté, la guerre est vraiment déclarée et ces jeunes y ont un rôle actif.

— Oui, nous y participons activement. Pour en revenir au pendentif, ce n'est pas tout à fait exact qu'il bloque tous les mots d'Avoir. Il laisse passer les mots qui ont un sens bénéfique comme les mots de guérison par exemple.

Mais vous savez, excès de bonne chose peut nuire également. Alors je vous demande de réfléchir à l'utilisation de mots bénéfiques pour léser l'adversaire. Ça parait bizarre mais je pense que c'est pour cela qu'Eléa avait fabriqué un tel pendentif, en laissant une ouverture pour le contrer.

— J'en ai un qui me vient tout de suite à l'esprit, dit le Docteur Kleine en se levant. Le mot 'oxygénation' enrichit le sang en lui apportant une dose d'oxygène supplémentaire. Mais à forte dose, la personne tomberait dans les pommes. Je pense qu'il suffit d'utiliser ce mot avec une finale de multiplication par dix pour agir dans l'instant. Cet apport d'oxygène au cerveau ferait immédiatement l'effet d'un voile noir sur la conscience d'une personne. Et ce ne serait pas pour autant dangereux pour la personne. Elle resterait évanouie une dizaine de minutes. Mais ce mot n'a pas la portée du mot 'étourdir'. Il faudra être à moins de deux mètres du sujet pour l'utiliser.

— Merci Docteur Kleine. Une arme de courte portée vaut mieux que pas d'armes du tout. Je demanderai aux frères qui sont les spécialistes de l'utilisation des mots et de leurs vertus de le tester. Nous réfléchissons tous à des mots utiles et nous vous tiendrons informés de ce que nous trouverons.

— Moi, j'aurais un mot ! dit un homme dans la cinquantaine en se levant. Je m'appelle Raznor, je suis le berger du village. Depuis que vous nous avez appris les deux cents cinquante-cinq mots suivants, je les teste pour trouver ceux qui peuvent me servir directement avec mon troupeau.

J'ai découvert que lorsqu'un petit s'éloigne trop et que lui courir après lui fait prendre encore plus la fuite, il suffit d'utiliser le mot 'étreindre' pour qu'il s'arrête immédiatement. Il est comme tenu dans des bras et ne bouge plus jusqu'à ce que je vienne le récupérer.

— Moi aussi, j'en aurais un, dit le boucher dont Lassa avait aidé à alléger le travail. Lorsque mes mains sont trop sèches et fermes à force de tenir mon couteau, j'utilise le mot 'adoucir'. Une fois, j'ai essayé d'utiliser une finale pour accentuer l'effet et mon couteau glissait tout seul de ma main. Je ne pouvais plus le tenir.

— Mes amis, vous venez de nous donner autant d'armes pour vaincre nos adversaires. Nous les testerons toutes.

Sur ces paroles, Ankthor clôtura la réunion et les villageois heureux d'avoir des nouvelles fraîches se réunirent par petits groupes pour en discuter.

Stilv regagna immédiatement l'atelier du forgeron, au cas où celui-ci aurait besoin de lui. Lorsqu'il descendit l'allée centrale, tous les regards se portèrent sur cette machine qui allait combattre pour eux les soldats. Impressionnés par sa démarche, ils en étaient presque à souhaiter bonne chance aux malheureux soldats.

Les trois amis rentrèrent directement à la maison et intégrèrent la chambre de Lassa, devenu quartier général.

— Tu étais magnifique ce soir. Et quel discours, ils ont bu tes paroles comme du chocolat chaud.

— C'est vrai, renchérit Camille. Je les connais tous mais je ne pourrais pas m'adresser à eux avec autant d'aisance.

— Ça vient avec le temps. Je commence à avoir l'habitude maintenant.

— En parlant du temps qui passe… Kelvin sortit de son sac un petit paquet entouré d'un ruban. Camille suivit le mouvement et sortit du sien un gros paquet.

— Moi d'abord, lui dit Camille et elle lui tendit le paquet.

— C'est en quel honneur ? demanda Lassa toute heureuse.

— C'est ton anniversaire ma vieille. Ou plutôt, c'est demain ton anniversaire mais nous ne pouvions plus attendre. Cela fait des semaines que nous préparons ça.

— C'est vrai. J'avais oublié. C'est Stilv qui t'a donné l'information ?

— Depuis quelques semaines, Stilv me rencarde volontiers sur tout ce que je veux savoir de toi.

— Je le gronderai…

Lassa défit le papier et contempla l'ensemble que Camille lui avait offert.

— C'est ta tenue de combat, lui dit Camille. Un pantalon solide, bouffant pour les mouvements et retenus sur les mollets pour ne pas gêner les bottes, que tu trouveras derrière l'armoire de ta chambre. Avec une tunique large et épaisse pour te protéger au cas où tu te jetterais à terre ou autre exploit non encore accompli. Avec pour finir, une large ceinture de cuir pour tenir ta tunique serrée à la taille.

Lassa déplia la tunique et la posa sur le lit puis fit de même avec le pantalon. Elle plaça ensuite la ceinture à la bonne hauteur et admira l'ensemble. Le pantalon était noir, resserré à la taille et s'évasant aux hanches pour se resserrer de nouveaux vers le bas. La chemise couleur feuilles d'automne était en coton épais. La ceinture, du même brun plus foncé était épaisse et large de quatre centimètres. Elle était pleine de trous cerclés de métal.

Lassa courut derrière l'armoire et y trouva une paire de bottes hautes en cuir mou qui lui arrivaient presque aux genoux. Elles étaient marron clair et s'harmonisaient bien avec la tunique. Lassa leur demanda d'attendre dans le couloir et enfila sa tenue et ses bottes. Elle était à l'aise à l'intérieur et l'habit faisant le moine se sentait une guerrière accomplie.

Elle se regarda dans la glace et opina du chef. C'était la tenue qu'il lui fallait. Elle semblait en la portant plus mature et ferait un effet certain sur les volontaires. Elle dirigeait déjà mais maintenant elle en avait l'aura et la silhouette.

Elle ouvrit la porte et les deux amis la regardèrent d'un air appréciateur avant de la couvrir d'éloges. Elle fit quelques pas pour apprécier la douceur toute en fermeté de ses bottes et remercia Camille pour le cadeau.

Kelvin s'avança à son tour et lui tendit son paquet. C'était un mouchoir blanc brodé de leurs deux noms. Lassa, sentant toute l'attention qu'il avait voulu mettre dans son cadeau en fut ravie et le remercia par un baiser léger sur ses lèvres. Il en fut tout ému et ne put s'empêcher de les toucher.

— Je crois que je vais dormir toute habillée ce soir. Même les bottes.

— Imagine la réaction de maman si tu dormais avec les bottes dans le lit et je suis sûr que tu les enlèveras.

Plus tard, lorsque ses amis se furent retirés pour aller dormir, elle contacta Rangar et lui demanda de tester les trois mots bénéfiques et de les apprendre aux volontaires s'ils s'avéraient utiles. Elle l'informa également qu'ils seraient de retour dans deux jours et que l'armure semblait bien avancer.

CŒUR DE LOUP

Lorsque l'armure fut prête, Stilv – comme Lassa lors de ses séances d'habillage – fit attendre tout le monde dehors et laissa le forgeron lui fixer sa carapace. L'avantage d'habiller un androïde d'une armure, c'est qu'il n'a pas besoin qu'on la lui retire à la fin de la journée. C'était une action à long terme et pour cela le forgeron avait remplacé toutes les attaches de cuir par des rivets qui, une fois en place, ne se détendraient pas faisant ainsi jouer l'armure.

De même, il n'avait pas été besoin de la rembourrer de cuirs, la peau des androïdes étant bien plus résistante que celle des humains. À part cela elle était identique et l'individu qui sortit de la forge semblait prêt à concourir avec succès dans quelque tournoi que ce soit.

L'armure était noire et incrustée de motifs dorés et le heaume, entièrement fermé, figurait une gueule de loup. Il était impressionnant à faire peur, même sans épée au côté. Pas une once de métal brillant de l'androïde n'apparaissait. Même les mains étaient couvertes de gants de maille.

— Tu peux bouger facilement ? demanda le forgeron

Stilv s'étira et enchaîna les mouvements sans qu'il n'y eut de frottement.

— C'est comme une deuxième peau, lui confirma Stilv. Et légère en plus !

— Légère, c'est à voir. J'y ai mis tout l'acier de mon atelier. Par contre, je demanderai à mes clients de faire comme lui, dit-il à Lassa et à ses amis venus admirer l'œuvre. Il faudra rester les trois jours avec moi. Comme cela, je pourrais ajuster les pièces au millimètre. Je suis très fier de mon travail.

— Elle est magnifique, confirma Lassa

Stilv avait tout de même perdu sa capacité à se déplacer en silence. Il faisait un bruit… d'armure.

Kelvin ouvrit le sac qu'il avait transporté jusque-là et en sortit avec difficulté un bloc de métal. Il le tendit au forgeron qui le prit dans ses mains sans paraître forcer.

— C'est un cadeau, lui dit Stilv. C'est le métal avec lequel sont fabriquées nos navettes. Il est léger, malléable à haute température – Il faudra utiliser une finale pour activer votre feu – et résistant à la torsion. Il sera mieux que le fer pour bien des usages. Il n'a pas la dureté de l'acier mais vous ne faites pas principalement des armures.

— Merci Stilv, il y a plein de pièces qui nécessitent ce genre de qualités et où le fer ne convient que très moyennement.

Ils récupérèrent les pièces détachées d'une armure que le forgeron avait pris soin de dupliquer avant d'habiller Stilv et les fourrèrent dans un grand sac. Le sac étant trop lourd à porter et ne voulant pas que Stilv s'encombre avec pour sa présentation aux villageois, Kelvin emprunta une brouette et y mit le sac.

Après des adieux émouvants entre Stilv et le forgeron, ils redescendirent vers la rue principale pour que Stilv puisse se pavaner devant les personnes présentes.

L'effet fut celui escompté. Il fut applaudi et encouragé tout du long du chemin qui les ramenaient chez Jehor et Marcia. Ils devaient y récupérer le petit comité qui les accompagnerait jusqu'à la navette.

Le conseil du village était là et félicita Stilv pour sa mise. Ils l'assurèrent qu'ils n'avaient aucune envie de lui chercher noise. Ils complimentèrent aussi Lassa pour sa tenue ce qui arracha un sourire à Camille et ils se dirigèrent vers la sortie du village.

La navette les attendait et n'avait pas bougé de là sauf pour un saut de puce jusqu'au vaisseau pour en rapporter le morceau de métal que les deux seuls androïdes de Stilv encore présent à bord avaient récupéré et chargé.

Kelvin et Camille embrassèrent leurs parents et ils montèrent tous dans la navette, l'homme de métal portant sans difficulté le gros sac qui les avait suivis dans la brouette.

Sur un dernier salut la navette décolla. Elle s'orienta dans les airs et s'envola vers les nuages.

— C'était bien, dit Camille

— Une visite intéressante, renchérit Stilv

Ils atterrirent quelques minutes plus tard dans le champ derrière le village de Cornois sur l'aire d'invisibilité prévue à cet effet.

Les vingt-quatre androïdes les attendaient, Stilv souhaitant les habiller de leurs armures pour faire une entrée encore plus fracassante. Lassa, Camille et Kelvin se chargèrent de les dupliquer et les androïdes se les posèrent l'un à l'autre.

S'ils n'avaient pas de fonction de combat intégrée dans leur mémoire, ils étaient par contre des mécaniciens accomplis et les rivets furent installés sans même nécessiter l'aide d'outils, leurs doigts puissants faisant effet de presse.

— La meute… La meute, commença à scander un villageois devant ces faciès de loups et leur allure sauvage, terme reprit bientôt par tous.

— Voilà un nom qui me plaît et qui restera, décréta Stilv.

— Impressionnante unité de combat, leur dit Géron lorsqu'après avoir défilé, ils retournèrent à la tente de commandement.

— Oui et nous sommes prêts à faire le test grandeur nature. Il y a une troupe adverse forte de vingt hommes qui est justement à notre portée.

— Les volontaires sont prêts à partir. Ils n'attendaient que vos hommes. C'est quand vous voulez.

Ils sortirent donc de la tente et regardèrent la meute s'installer dans une navette tandis que les volontaires en empruntaient une autre.

— Ce n'est pas grave si un ou deux s'échappent, dit Lassa. Cela mettra du piment dans nos relations avec les prêtres et la population sera vite au courant pour la meute.

Stilv, tout en retournant avec Lassa sous la tente de commandement profita du temps de vol pour imprégner les volontaires des particularités du terrain et de la force qu'ils auraient à combattre.

Les volontaires accompagnés chacun d'un androïde se plaquèrent sur le sol au plus près de la route dans les herbes du chemin, pensèrent à leur pendentif pour être invisibles et cachèrent leur collègue en acier en étendant le champ d'utilisation de leur mot d'Avoir.

La route était dégagée et des prés la bordaient de chaque côté. Ce n'était sûrement pas un endroit à embuscade et les soldats arrivèrent confiants. Ils avançaient au pas tout en discutant librement. Les deux hommes de queue avaient profité de leur position pour laisser quelques mètres entre eux et leurs collègues de devant et discutaient d'un sujet tabou qui leur tenait cependant fortement à cœur.

— Tu sais qu'il y a eu une nouvelle disparition de soldats ?

— Malgré le mot de 'mort' et nos pendentifs ?

— Ça ne les a pas gênés on dirait bien. Une petite troupe de huit. Je connaissais l'un deux, ce n'était pas un manchot. De plus, comme tu disais, ils pouvaient utiliser leur mot d'Avoir.

— Cela ne me plaît vraiment pas.

— Moi non plus. Et si tu veux mon avis, il ne faudrait pas beaucoup pour que je fasse long feu et que je disparaisse à mon tour.

— L'Andimie est grande. Tu aurais toutes tes chances.

Avant que le soldat ne puisse répondre à son collègue, il put voir du bord de la route des formes noires apparaître et dans un bond fantastique sauter sur les soldats devant lui.

Lorsque les soldats arrivèrent à leur portée, la meute s'élança en poussant un cri de guerre. Le fait de s'éloigner de leurs collègues humains les rendaient visibles mais cela ne nuirait pas, loin de là, à l'effet de peur escompté. Quelques soldats, entraînés à réagir, eurent le temps de sortir leur arme et quelques coups rebondirent sur les armures. D'autres essayèrent le mot d'Avoir mais ils n'eurent pas plus de réussite.

L'opération se répétât comme un ballet bien construit. L'androïde sautait sur le cavalier, lui enlevait son pendentif protecteur et le volontaire l'étourdissait. Stilv avait demandé à ses androïdes de ne pas attaquer les deux derniers de la file et ceux-ci voyant la situation devenir désespérée tournèrent bride et s'enfuirent au galop.

— Nom d'un chien, vite, on dégage…

Le soldat fit volter sa monture en tirant fermement sur les rênes et en lui assénant dans les flancs ses talons à coups redoublés. Son collègue fit de même et ils se retrouvèrent à galoper à brides abattues pour s'éloigner du coin dangereux.

Ils laissèrent leurs chevaux les porter loin du massacre pendant de longues minutes tout en regardant derrière leur épaule pour s'assurer que ces scarabées géants ne les suivaient pas. Pris par la panique, le soldat entendait son cerveau cogiter à toute allure et sa décision fut vite prise. Lorsqu'il se sentit en sécurité, il fit signe à son collègue de s'arrêter et tira lui aussi sur sa bride. Les chevaux, harassés, repassèrent au pas sans se faire prier.

— Tu as vu ces bêtes monstrueuses ?

— C'était des gars en armure… noire qu'elle était.

— Des gars en armure ? Tu sais que j'ai essayé le mot sur l'un d'eux avant de fuir et rien… alors ton assurance me laisse pantois…

— Moi aussi, j'ai essayé le mot…

— Et rien à faire, hein ? Moi, j'abandonne là. Plus question de risquer ma peau contre des créatures qui viennent de l'espace comme cette Lassa et qu'on ne peut pas abattre… Tu viens avec moi ?

— Toi c'est facile… Moi, j'ai une femme et un enfant. Je ne peux pas les laisser. Vas-y… Je dirais que tu fais partie des disparus.

— C'est vrai que c'est un bon plan pour moi… là, je suis sur qu'ils ne me chercheront pas.

Et le soldat, après avoir fait ses adieux à son collègue, prit la voie qui lui parut la plus sure, tout plutôt que de rester soldat.

Stilv racontait au Comité la situation en direct sans omettre de mentionner le cri de guerre, destiné selon lui à glacer d'effroi les soldats.

Il leur fit enfin un compte rendu des pertes, nulles et de la fuite de deux soldats qui allaient se charger de raconter partout leur mésaventure. Mésaventure qui de bouche en oreille serait reprise et amplifiée pour finir par une débâcle sanglante de l'armée des prêtres face à une meute d'hommes-loups.

Les volontaires se chargèrent ensuite de nettoyer le terrain, déshabillant les corps, leur faisant subir la 'réversion' puis les chargeant dans une navette à destination du trou.

C'était un franc succès et le comité félicita Stilv pour ses loups et Kelvin pour son idée lumineuse quant à leur utilisation.

Profitant de cette réunion, Rangar leur fit un bref compte-rendu de ses travaux d'où il découla que le mot 'oxygénation' avec une finale provoquait un évanouissement immédiat des frères qui avaient tenté l'expérience, malgré le pendentif protecteur des prêtres qu'ils portaient alors autour du cou. Le seul point faible étant la distance de frappe qui était réduite.

Pour les deux autres mots, même succès. Les pendentifs les laissaient agir et l'un avec une forte finale emprisonnait la cible dans un étau et l'autre l'empêchait de tenir quelque objet que ce soit. Ces deux mots n'avaient quant à eux qu'une portée de quelques mètres. Les volontaires étaient déjà en train de les apprendre.

Alors que la réunion touchait à sa fin, Stilv coupa la parole à Géron pour annoncer :

— Nous avons un problème. Jehor veut vous parler d'urgence.

Et tous les participants entendirent Jehor mentalement.

> — *Lassa, nous avons un gros souci.*
> — *Nous t'écoutons Jehor. Tu peux parler.*
> — *Un des villageois de Trémond a utilisé un mot d'Avoir sans se couvrir de son pendentif. Nous venons de le capter et les prêtres de même sans aucun doute. Nous savions que ce risque existait, maintenant c'est effectif. Il va vous falloir trouver quelque chose.*
> — *Merci Jehor pour l'information. Nous allons chercher une solution.*

Lassa fit un tour de table en regardant tout le monde. Ils étaient tous accablés.

— Nous savions que cette situation pouvait arriver un jour. Plus le nombre de personnes utilisant les mots augmente plus cela devenait inévitable qu'un accident arrive un jour. Maintenant, c'est fait et plutôt que de nous lamenter, trouvons une parade.

— Tu as raison Lassa. Il y a sûrement quelque chose à faire. Réfléchissons.

Quelques jours plus tard, le contingent fort de deux cents soldats dont le cheminement avait été surveillé par Stilv tout au long de la route arriva au village de Trémond.

Les villageois, occupés à leurs tâches, laissèrent là leurs occupations pour se regrouper autour de l'armée qui venait de débarquer chez eux. Les couples se tenaient enlacés dans la crainte de ce débarquement d'hommes en armes dans leur village. Charn se détacha et vint au-devant du commandant du régiment.

— Bonjour mon Colonel. Que pouvons-nous faire pour vous ?

— Vous êtes le chef du village ?

— Je m'appelle Charn et je suis le responsable de cette communauté, oui.

— Les prêtres nous ont informé que de la magie avait été faite dans ce village. Je veux savoir qui l'a pratiquée et où se cachent ses complices.

— Mon Colonel, c'est un homme qui est passé la semaine dernière. Il nous a dit qu'il était en mission. Il cherchait à recruter des hommes pour le suivre et combattre les prêtres. Il nous a montré son pouvoir mais nous l'avons chassé. Nous ne voulons pas de ça chez nous.

Les femmes du village se rapprochèrent des soldats pour leur dire que c'était la vérité, qu'ils voulaient vivre en paix. Les hommes pour les retenir se rapprochèrent également.

— Vous me prenez pour un imbécile. Un homme rompu à la dissimulation qui se serait laissé avoir en se dévoilant ? Vous mentez. Je pense que c'est plutôt un homme de votre village qui n'a pas bien suivi les consignes d'utilisation pour se cacher à nos yeux.

— Soldats, fouillez le village et embarquez-moi tout le monde. Les mines ont besoin de main-d'œuvre.

Les femmes s'accrochèrent en pleurant aux jambes des soldats, leur disant que ce n'était pas vrai, qu'ils n'étaient pas responsables. Les hommes se rapprochèrent pour les retenir et tout d'un coup, sur l'ordre de Stilv, ils disparurent tous et les soldats tombèrent comme des mouches de leurs montures. Quelques-uns n'avaient pas été atteints et dégainèrent leurs armes mais une meute de loups se jeta sur eux.

L'affaire fut réglée en deux minutes. Tous les soldats étaient à terre. Les volontaires réapparurent et s'occupèrent de rassembler les corps. Ils avaient tous pris la place des villageois et avaient joué leur rôle à la perfection pour pouvoir s'approcher au plus près des soldats et les 'oxygéner' un bon coup. Ils leur retirèrent leurs pendentifs et les étourdirent pour ne pas qu'ils ne se réveillent trop tôt.

Habitués maintenant, ils préparèrent leurs prisonniers et les portèrent jusqu'aux navettes qui les attendaient, invisibles, derrière le village. Les deux cents chevaux furent déharnachés puis emmenés dans un grand enclos créé pour la circonstance. Ils seraient ensuite distribués aux villages alentours. Ils étaient tous marqués mais ils les considéraient comme des prises de guerre.

Ce coup de force n'avait été rendu possible que par la proximité des cibles et l'effet de surprise. Ils auraient eu beaucoup plus de mal à se rendre maître d'un tel contingent en rase campagne dans une bataille rangée. Mais cela les prêtres ne le savaient pas.

Vu le désastre qu'ils avaient subi, ils n'avaient que deux solutions : envoyer toute l'armée, soit deux mille hommes – Ils étaient plus près des mille cinq cents à présent vu le nombre des prisonniers – pour tenter de réduire à néant cette force qui avait liquidé leurs hommes mais ainsi dégarnir la capitale ou laisser faire.

Lassa et le comité avaient parié sur la seconde option. Stilv les avertirait si d'ici une semaine, le temps nécessaire pour qu'ils s'aperçoivent qu'il y avait eu un problème, l'armée se mettait en marche.

En attendant, comptant bien ne plus avoir de visite, ils permettraient aux villageois de rentrer chez eux.

L'homme responsable de tout ce remue-ménage s'était immédiatement aperçu de son oubli et avait été en avertir Charn. Au vu de la conscience qu'il avait de sa faute, il lui fut demandé de faire plus attention la prochaine fois et le message fut également envoyé aux personnes ressources pour qu'elles en fassent part à tout le monde.

Trois semaines plus tard, aucun mouvement n'ayant été signalé autour de la capitale, il fut décidé que leur action avait été positive car elle avait instillé la peur aux prêtres de Ka qui pensaient, à tort, à l'inutilité de leurs manœuvres, les pendentifs ne protégeant pas les soldats et leur mot d'Avoir ne leur apportant pas non plus la victoire.

Le comité décida de creuser leur avantage en intensifiant les embuscades surprises au bord des routes. Le système était rôdé et serait juste adapté en fonction des circonstances. Plusieurs groupes de volontaires furent donc mis sur le pied de guerre et ils décollaient à chaque alerte. Suivant le nombre de soldats qu'ils devaient attaquer, Stilv leur attribuait le même nombre de loups. Si l'un ou l'autre s'échappait, ce n'était pas bien grave : il contribuerait à la panique.

Les soldats ne purent bientôt plus circuler sur les routes du pays sans y être attaqués. Les rares, à encore pouvoir le faire, au vu de leur nombre – ils étaient plus de cinquante à se déplacer, toutes lames dehors – ne faisaient la liaison qu'entre la capitale et les grandes villes du pays pour acheminer les nouvelles, toutes mauvaises, entre les prêtres. Sept villes à cinquante cavaliers, leur action avait permis de mobiliser en permanence trois cent cinquante soldats qui se trouvaient quelque part sur la route plutôt qu'à défendre la capitale où les villes. Quoique le moment n'était pas venu pour s'attaquer à un si gros morceau. Ni aux grandes villes du pays qui étaient elles aussi bien défendues.

Mais le nettoyage avançait bien quand même puisqu'il fallut creuser un deuxième trou à côté du premier, sa capacité d'accueil ayant été atteinte.

NETTOYAGE A SEC

Cela faisait maintenant plus d'un an que Lassa était arrivée sur ce monde, un an qu'elle connaissait Kelvin et Camille, ses deux amis et elle ne savait pas comment elle avait pu vivre sans eux.

Dans le village de Cornois, ils avaient déménagé dans une maison qui avait été mise à leur disposition et partageaient leur temps entre le comité et les décisions importantes concernant cette guerre de libération et les moments de loisirs qu'ils s'accordaient.

Ils dînaient ensemble, chaque jour revenant à l'un d'eux le soin de régaler les autres.

Lassa était follement amoureuse et Kelvin le lui rendait bien. Ils passaient leurs soirées à se câliner dans le canapé au coin du feu en se racontant de petites histoires insignifiantes que seuls peuvent apprécier les couples unis qui discutent ensemble comme s'ils pensaient pour eux-mêmes.

Camille de son côté, assiégeait le gros fauteuil où elle se plongeait dans la lecture de ses romans favoris. Elle pouvait lire des heures sans se lasser et il lui fallait constamment renouveler son stock, tâche dont Stilv et ses navettes, aidé par les volontaires de la capitale se chargeait avec plaisir. Lorsqu'elle se décidait à aller se coucher, chacun se levait et regagnait sa chambre, Kelvin et Lassa en se promettant de rêver à l'autre. Le temps s'écoulait doucement et la vie était belle.

Pour tous les habitants, quelle que soit la région, l'année finissait bien. Les soldats avaient disparu des campagnes, ne traînaient plus sur les routes à extorquer de l'argent aux voyageurs et surtout les collecteurs d'impôts n'avaient pas pointé leur nez. Les mots d'Avoir que les volontaires leur avaient appris leur permettaient d'alléger considérablement leur travail et ce vent de liberté et de prospérité n'était pas pour leur déplaire.

Au conseil, ce matin, Lassa proposa, maintenant que les routes étaient en leur pouvoir, de libérer les villages où étaient encore cantonnés quelques soldats et les prêtres de Ka. Ils s'accordèrent tous sur cette idée. Les volontaires s'ennuyaient un peu et un regain d'activité serait accueilli avec enthousiasme. Par contre, il ne faudrait agir que lorsque les volontaires des villages concernés auraient trouvé un plan imparable pour en prendre le contrôle.

Un homme avançait sur la petite route qui longeait la résidence des prêtres de Ka. Il était vêtu d'une tunique et d'un pantalon sombre que la poussière de la route recouvrait d'une teinte ocre et poussait en ahanant une charrette à bras dont le contenu était recouvert d'un grand tissu pour le protéger. Il s'arrêta à la porte des fournisseurs et le soldat qui la gardait le toisa d'un air supérieur sans rien lui demander. Il sonna et attendit que la petite trappe s'ouvre et laisse entrevoir un visage avant de déclamer son discours.

— Mon bon prêtre, lui dit-il, je suis un pèlerin qui pour échapper à ses péchés a fait vœu de visiter les monastères de toute la région, à pied en poussant ma charrette et de vous apporter à tous les présents que je récolte dans ce but auprès de la population qui me soutient et estime vos saintetés. Regardez, je vous apporte des jambons, quelques pièces d'or et du blé.

Et l'homme, dans un geste théâtral enleva le drap qui recouvrait ses trésors.

Les prêtres de faible importance n'avaient recours qu'aux mots d'Avoir attachés à leur fonction et un mot aussi riche que 'dupliquer' n'était pas à leur portée. Comme partout dans le pays, les dirigeants voyaient dans la pauvreté un moyen de pression et d'oppression et leurs subalternes, comme les autres, n'y échappaient pas. Comment être certain de l'obéissance de gens qui pouvaient se passer de vos largesses ?

Le prêtre contempla avec avidité le contenu de la charrette et sans un mot referma la trappe. Quelques secondes après cependant, la grande porte, qui pouvait laisser passer un chariot, s'ouvrit et le prêtre fit signe à l'homme de rentrer.

Il acquiesça, remit le drap sur les victuailles, et reprit place derrière les bras de sa charrette. Il la poussa pour entrer mais celle-ci n'étant pas vraiment dans l'axe de l'ouverture, la roue de droite heurta le montant de la porte et la charrette s'immobilisa. Il recula d'un mètre en essayant de lui faire reprendre le chemin mais le décalage fut trop faible et il buta encore contre le montant. Il reprit son manège encore une fois sous le regard méprisant du garde pour le même résultat. Le prêtre irrité lui fit signe de reculer plus et suivant son conseil, il recula de six bons mètres pour remettre la charrette dans l'axe puis passa triomphalement la porte. Elle se referma derrière lui et il se retrouva dans une cour intérieure que jouxtaient des bâtiments à deux étages.

— Vos saintetés, entonna-t-il à voix forte, j'ai des cadeaux pour vous. Venez récupérer ce que je vous apporte. Des pièces d'or, des jambons, des tissus.

Les prêtres sortirent la tête par les fenêtres et écoutèrent le pèlerin faire le récit de ses vœux. Lorsqu'il sortit de sa bourse une pièce d'or et qu'il la donna à un prêtre qui s'était approché en le remerciant d'accepter son obole, ils se précipitèrent pour ne pas manquer de recevoir leur du. La cour se remplit et l'homme aussi peu avare de paroles que de pièces continua à pérorer tout en distribuant au passage une pièce ou un jambon par-ci par-là.

— Et sa sainteté le prêtre dirigeant de votre communauté, il n'est pas avec vous ?

On lui répondit en lui désignant une fenêtre dans un bâtiment qu'il était dans son bureau et qu'il ne souhaitait pas être dérangé.

Son remue-ménage attira également l'un des trois gardes qui se partageaient la surveillance de la résidence et le pèlerin se hâta de lui donner une pièce en louant sa fidélité et son ardeur au travail. Ce dernier rameuta aussitôt ses deux collègues pour qu'ils reçoivent aussi une part du festin.

— Mes amis, et maintenant la surprise… et il disparut à leur vue.

D'un même ensemble les prêtres et les soldats s'écroulèrent sur le sol et quelques secondes plus tard, la fenêtre du prêtre dirigeant s'ouvrit et une voix lança :

— On a fait le tour. Tout le monde est hors service.

Et les volontaires, redevenus visibles, commencèrent à sortir des bâtiments portant quelquefois le corps avachi d'un prêtre n'ayant pas quitté son service pour la joyeuse réunion dans la cour. Ils étaient tous rentrés en même temps que la charrette du pèlerin, profitant de la grande porte ouverte et de sa maladresse.

Lorsqu'ils quittèrent la résidence, vingt prêtres et quatre soldats les suivirent trop étourdis pour exprimer leur désaccord.

Lorsque tous leurs invités furent chargés dans la navette, ils firent le tour du village en annonçant à chacun qu'ils étaient maintenant libérés de l'emprise des prêtres, que c'était Lassa qui les avaient envoyés et que bientôt même la capitale se passerait de cette engeance.

Les loups, leurs armures débarrassées de tous les chiffons qui leur avaient permis de ne pas crisser au mauvais moment firent grande impression et la population servit des rafraîchissements et des en-cas aux volontaires. Ils pouvaient bien faire ça dirent-ils maintenant qu'ils n'avaient plus à nourrir, entretenir et surtout obéir à leurs nuisibles concitoyens.

Les communications entre les villages étant réduites à néant, leur vaste opération de nettoyage passa inaperçue même si le grand prêtre n'aurait pas pu y faire grand-chose.

La même surprise des prêtres les attendait à chaque fois. Ils n'étaient pas habitués à la moindre contestation. Le plus souvent, il n'y en avait que trois par village qui étaient rapidement pris mais quelquefois la moisson était plus importante. Les volontaires des villages étudiaient leurs proies et lorsqu'ils avaient trouvé un moyen de les prendre, ils en faisaient part à Stilv et un groupe de volontaires, accompagné pour plus de sécurité par quelques loups débarquait. Ils en eurent bien pour six mois et Lassa fêta son seizième anniversaire en même temps que la libération de tous les villages ainsi que du deux millième volontaire incorporé.

JE LE VEUX, JE LE PRENDS

La fête fut grandiose car contrairement à l'année précédente, l'information avait circulé et tout le monde voulait lui apporter ses vœux ainsi que des cadeaux. De grands chapiteaux avaient été montés dans la plaine et les tables croulaient sous les plats.

Même les habitants des villages alentour avaient fait le déplacement. Il y avait plus de mille personnes dans la plaine et la musique joyeuse résonnait haut. Lassa, en reine de la fête recevait toutes les attentions, et Kelvin, prince consort reconnu était à ses côtés.

Camille s'amusait bien elle-aussi, entourée de soupirants plus serviables les uns que les autres. Elle avait aussi seize ans et plus rien de la petite fille ne restait en elle. Elle était radieuse et toute en grâce. Ce fut ce soir-là que ses pas la firent buter contre un garçon qui lui tournait le dos. Il se retourna immédiatement et s'excusa platement.

— C'est moi qui vous ai bousculé, lança Camille. C'est à moi de m'excuser.

— Alors, lui dit le jeune homme en rougissant légèrement, accordez-moi une danse et je vous pardonne.

Il était grand et devait avoir dix-huit ans. Ses cheveux noirs en bataille étaient sûrement réfractaires à tout pli que pourrait leur donner un peigne pensa Camille mais il n'en était que plus séduisant. Des grands yeux bleus et doux paraient son visage bronzé par la vie en plein air et il portait une chemise blanche bouffante qui laissait entrevoir une carrure déjà imposante.

— Ce sera avec plaisir. Je m'appelle Camille.

— La Camille, combattante de la première heure, amie de la Mère de l'humanité ?

Ravie de s'entendre encenser mais modeste, elle répondit :

— Camille tout court, ça suffira. Et si tu donnes à Lassa ce titre, je suis sur qu'elle t'arrache les tripes.

— Je m'en souviendrai. Je m'appelle Julien. Je viens d'un village pas très loin et je suis volontaire. Je suis également très heureux de faire votre connaissance.

— Si tu me donnes encore du vous, je fais comme Lassa…

— Bien, tu es une légende Camille. Ma petite sœur est folle de toi. Elle veut te ressembler. Quand je lui dirai que je t'ai rencontré…

— Et elle a quel âge ?

— Dix ans. Elle est restée à la maison avec ma mère. Seul mon père est venu et je l'ai accompagné. Mais je ne voudrais pas te retenir, tu as sûrement plein de choses à faire…

— Oui comme danser avec un garçon que j'ai bousculé. Si j'arrive à le retrouver…

— Tu veux vraiment ?

— Puisque je le dis. Allons-y !

Et ils se dirigèrent vers la piste de danse, vaste chapiteau avec un parquet. Julien la prit dans ses bras et la fit tourner longtemps, tous deux comblés par la présence toute proche de l'autre. Lorsque la première danse se termina, ils entamèrent une seconde puis une troisième. Après, Camille assoiffée lui prit la main et le conduisit au buffet pour qu'ils se rafraîchissent.

— Tu danses bien, lui dit-elle

— C'est ma mère qui m'a appris. Elle tenait à ce que son fils ne martyrise pas les pieds de la première fille intéressante qu'il rencontrerait.

— Et c'est moi, cette fille intéressante ?

— Tu es plus qu'intéressante. Tu es éblouissante.

— Merci. Mais pour l'éblouissement je vais te montrer autre chose. Viens.

Et elle l'entraîna au-dehors des lumières de la fête. Ils marchèrent côte à côte en silence sur la plaine et là où un instant plus tôt il n'y avait rien, ils se retrouvèrent tout à coup devant une navette, masse imposante de métal éclairée par la lune.

— Elle est magnifique. J'en avais entendu parler mais de la voir…

— Et ce n'est pas fini, dit Camille tout en se rapprochant de la navette tandis que la porte s'abaissait. On va visiter. Allez viens.

— On ne va pas me le reprocher ?

— Tu es avec moi et en plus j'ai demandé à Stilv de nous faire faire une balade sous la lune.

— Et quand ça tu lui as demandé ?

— Tout de suite. Je parle dans ma tête et Stilv me répond de même.

— Oh, lui répondit Julien en s'approchant plus près.

— Allez monte. Elle ne va pas te manger.

Et il suivit Camille à l'intérieur. C'était la navette que Lassa empruntait et les sièges avaient retrouvé leur place d'origine.

Camille s'installa sur un siège et proposa celui près du hublot à Julien. Il s'assit. Elle lui sourit et regarda ses émotions transparaître sur son visage tandis que la navette prenait son essor. S'agrippant aux accoudoirs, il regardait avec malaise le sol s'éloigner d'eux et les lumières du village devenir des petits points en dessous d'eux.

— Ça m'a fait la même chose quand j'en ai emprunté une la première fois. Je te promets, on s'y habitue très bien.

Un instant ils surplombaient le village et l'instant d'après il avait disparu et ce qu'il voyait de la terre défilait à toute vitesse.

— incroyable…

Trois minutes plus tard, ils atterrissaient dans une clairière.

— Viens, je vais te montrer mon village.

— Où ça ? demanda Julien qui ne voyait ni lumières ni constructions. Camille lui prit la main et l'entraîna d'un bon pas. Au moment où ils traversèrent le rideau d'invisibilité, la rue principale apparut devant eux éclairée d'une douce lumière grâce aux appliques murales. Julien contempla cette rue qui s'étendait au loin bordée par de belles maisons en briques ocre et testa le revêtement dur de la route.

— C'est beau… c'est grand… c'est propre.

— C'est Aud'ria notre village. Il est caché dans la forêt depuis le temps d'Eléa. Je vivais là jusqu'à ce que Lassa arrive.

Ils remontèrent doucement la rue, marchant sur les trottoirs. Il n'était pas encore tard et de nombreuses personnes étaient dehors, flânant tranquillement. Tous ceux qu'ils croisèrent les saluèrent gentiment, sans s'étonner de la présence de Julien ce qui le rassura.

Camille tourna sur sa droite en entraînant Julien et ils parvinrent devant sa maison. Elle poussa la porte et entra le tirant toujours par la main.

— Maman, Papa, je suis là !

— On est dans le salon, répondit une voix d'homme

Julien avançait timidement en suivant Camille et ils rentrèrent dans le salon. Un homme et une femme encore jeunes se tenaient côte à côte sur le canapé. Camille les embrassa.

— Je vous amène de la visite.

— Entrez jeune homme, lui dit l'homme tout en se levant.

— Je vous présente Julien. On s'est rencontré ce soir à l'anniversaire de Lassa. Je lui fais faire une petite balade.

— Bonjour Julien, je m'appelle Jehor et je te présente ma femme, Marcia.

Ils échangèrent des poignées de main et Marcia leur proposa une tisane tout en les asseyant sur les fauteuils en face d'eux.

Elle revint bientôt avec deux tasses et s'assit pour écouter la conversation qui était engagée entre les deux hommes.

— …Oui, je fais partie des attentifs. Nous espionnons tout le pays à la recherche des utilisateurs de mots d'Avoir. Ça nous a bien servi au début pour connaître ceux qu'utilisaient les prêtres et pour découvrir les communautés qui se cachaient comme nous.

— C'est eux qui ont découvert l'existence des frères dans la montagne. Nous sommes ensuite montés les rencontrer.

— Moi, je n'ai pas eu une vie passionnante. Je travaillais avec mon père aux champs mais j'étudiais pour devenir instituteur de mon village. Des hommes sont arrivés qui nous ont expliqué que la Mère de l'humanité était revenue des étoiles et ils nous ont fait partager les mots d'Avoir. Le travail de la terre est devenu facile et j'ai décidé de m'engager comme volontaire. Je voulais lutter pour délivrer notre pays des prêtres de Ka et surtout voir la Mère de l'humanité.

Je n'ai jamais combattu encore mais comme mon père a été invité par Charn à la fête de ce soir, je me faisais un plaisir d'apercevoir même de loin celle sur qui repose toute l'action de la résistance.

Et j'ai rencontré Camille. On s'est bousculé et on a parlé. Elle aussi, je voulais la voir. Votre fille est un symbole pour les volontaires. Elle est la première combattante du pays à avoir rallié la cause.

— Oui, elle est tout ça, renchérit Marcia fièrement

— Il ne faut quand même pas exagérer, contredit Camille. C'est Lassa l'héroïne.

— Oui, mais comme il dit, tu es à ses côtés depuis le début, tu es allée partout avec elle, cela compte, rétablit Jehor, et on est fiers de toi.

Ils discutèrent aimablement pendant quelques minutes en échangeant des avis sur la guerre, les mots d'Avoir et Lassa puis Camille dit :

— Et si on allait dire bonsoir à ta petite sœur avant qu'elle n'aille au lit ?

— Eh bien, chez moi ce n'est pas comme chez toi mais si tu veux, cela lui ferait très plaisir de te rencontrer.

Ils dirent au revoir aux parents de Camille et suivirent le chemin inverse pour ressortir du village. La navette les attendait.

— C'est de quel village que tu viens ?

— de Valmont. Il est…

— Stilv connaît. Ne t'inquiète pas. Il connaît tout de toute façon…

La navette redécolla. Julien commençait à se faire à la sensation de voler dans les airs et il regarda Camille gentiment.

— Comment se fait-il que le premier garçon que tu bouscules se retrouve dans les airs avec toi pour aller visiter ta famille ?

— Peut-être parce que je le trouve… intéressant ?

Julien s'enfonça dans son siège en souriant et laissa Stilv les conduire jusqu'à son village.

La navette se posa et cette fois, c'est Julien qui prenant les devants et la main de Camille la mena jusqu'à sa maison. Elle était de plein-pied et était recouverte de chaume. Elle ressemblait à la maison qu'occupait Camille dans le village de Cornois et elle le lui dit pour le rassurer.

Ils entrèrent et se retrouvèrent dans la pièce à vivre où une grande table servait aux repas. Sur un fauteuil à bascule, une femme câlinait une petite jeune fille qui pleurait doucement.

— Pourquoi pleures-tu ma belle ? lui demanda Julien

— Julien, tu es déjà de retour ? Et où est ton père ? demanda la femme.

— Je ne fais qu'un aller-retour pour vous présenter mon amie qui voulait te voir Clara.

— Ah bon, dit la petite fille en étouffant ses larmes sous sa petite main. Si tu veux le savoir, je pleure parce que je n'ai pas pu aller avec vous.

Elle descendit des genoux de sa mère qui se leva aussi pour dire bonjour à la demoiselle qui leur rendait visite.

— Et vous avez fait tout ce chemin depuis Cornois pour nous dire bonsoir ?

— On a pris une navette et volé dans les airs. Je vous présente Camille.

— Bonsoir Camille. Je m'appelle Julia et c'est ma fille Clara. Dis bonjour Clara.

— Tu es Camille, la vraie ?

— Oui, la vraie. Je voulais te dire bonsoir alors nous sommes venus.

Clara s'élança et vint enserrer la taille de Camille de ses bras tout en posant la tête sur son ventre.

— Maman, c'est Camille, la combattante, ma championne.

— Je n'avais pas fait le rapprochement. Je suis ravie de vous rencontrer Mademoiselle. Clara ne parle que de vos exploits.

— C'est sûrement exagéré, Madame.

— Peut-être, mais appelez-moi Julia et je vous appellerai Camille. Vous prendrez bien une tisane avec nous.

— Entendu Clara. Et merci pour la tisane.

Ils s'assirent à la grande table, Clara toujours aux côtés de Camille. Elle souriait béatement.

— C'est grâce à ton frère que nous sommes là. Il m'a dit que tu voulais me rencontrer.

— Il est gentil. Je connais toute ton histoire. Comment tu as été chercher les frères dans la montagne, comment tu as libéré les prisonniers dans les mines, que tu es l'amie de la Mère de l'humanité… Tu es amoureuse de mon frère ?

— Clara, ce n'est pas une question à poser… la reprit sa mère

— Ce soir, à l'anniversaire de Lassa, j'ai bousculé un beau jeune homme et pour m'excuser j'ai dansé avec lui. Comme il était gentil et qu'il dansait bien, on est parti se balader dans la navette et comme il m'a parlé de toi, je suis ici.

— C'est le plus gentil frère de la terre et toi aussi tu es gentille. Et tu es belle…

— Merci Clara. Tu es très belle aussi.

— Et j'aurais aussi un amoureux à moi plus tard…

— Si vous le permettez Julia, je pourrais emmener Clara voir la fête et la ramener d'ici une heure ou deux ? Elle voyagerait dans la navette et nous la surveillerions bien.

— Oh, dis oui maman.

— C'est d'accord ma chérie. Si Camille t'invite, tu peux y aller. Va te préparer. Mais tu seras de retour à une heure convenable…

— Oui maman. Dès que Camille dira que c'est l'heure, je rentrerai sans pleurer. C'est promis.

Et la petite Clara fila dans sa chambre pour se préparer. Quelques minutes plus tard, elle ressortit portant une jolie robe et des sandalettes.

— Je suis prête Camille.

— Alors, va avec ton frère m'attendre près de la navette. J'arrive tout de suite.

Julien, intrigué par ce programme prit sa sœur par la main et sortit de la maison.

— Vous voyez, reprit Camille après leur départ, les mots d'Avoir nous permettent de redonner vigueur et une certaine jeunesse aux gens. Les frères s'y emploient mais ils ont beaucoup de travail et avant que cela n'arrive chez vous, il se passera peut-être plusieurs mois. Je vous propose donc de vous en faire bénéficier à l'avance et si je trouve votre mari à la fête, il vous fera la même surprise en rentrant.

— Vous me proposez de rajeunir en quelques minutes et vous doutez de ma réponse ?

— Bien alors restez assise. Ça ne fait pas mal.

Et Camille prit la main de Julia et prononça plusieurs mots d'Avoir grâce au mot de jonction. Elle balaya ensuite son corps de la tête aux pieds comme elle l'avait fait avec Lassa pour le vieil instituteur. Julia sentait juste un petit picotement descendre le long d'elle au fur et à mesure que Camille travaillait.

Lorsqu'elle eut terminé, elle lâcha la main de Julia et laissa celle-ci se remettre à l'écoute de son corps. Elle voyait sur son visage le reflux des ans et était contente d'elle. Julia avait bien gagné dix ans de rajeunissement. C'était bien car elle était encore jeune. Le rajeunissement était plus flagrant lorsque la personne était âgée et n'avait subi aucune revitalisation.

— Bien, je vous laisse. Vous aurez tout le temps de réapprendre à vous connaître. Je vous renvoie votre fille et votre mari d'ici deux heures. Peut-être que je garderai Julien un peu plus longtemps s'il le veut bien.

— C'est un bon garçon. Je crois que vous faites une affaire, répondit Julia en souriant.

Camille sortit et rejoignit ses nouveaux amis. Ils montèrent dans la navette, Clara s'extasiant et courant d'un siège à l'autre.

Ils décolèrent sous les rires de la fillette qui nullement impressionnée profitait du spectacle visible par le hublot.

Ils atterrirent à l'emplacement initial et sortirent de la navette. Clara n'en croyait pas ses yeux, toutes ces grandes tentes et ces lumières, c'était la plus belle fête de sa vie.

— Voilà ce que je te propose, tu pars à la recherche de ton père et nous nous retrouvons sous la tente de commandement. J'y emmène ta sœur.

— Il m'avait dit qu'il serait sous le chapiteau ouest. Il y a des amis. Je vous rejoins au plus vite.

Et Julien partit d'un pas pressé tandis que Camille prenait Clara par la main et lui faisait faire le tour du campement. Elles passèrent devant la piste de danse où Lassa évoluait en compagnie de Kelvin. Elle leur fit un petit signe et ils la rejoignirent à la fin de la musique.

— Je vous présente Clara, ma nouvelle amie. Clara, c'est Lassa et Kelvin, mon frère.

— Bonsoir, leur dit Clara toute intimidée.

— Bonsoir, leur répondirent-ils. Tu t'amuses bien ?

— Je viens d'arriver avec Camille. Elle est venue me chercher chez moi pour que je vienne à la fête. Mais je compte bien m'amuser.

Lassa lança à Camille un petit regard interrogateur et celle-ci lui répondit avec un sourire.

— Il faut que je vous présente quelqu'un d'autre. Vous avez cinq minutes, on va sous la tente de commandement. Clara, tu viens avec nous jusqu'à ce que ton père arrive et qu'il te voit et après je te donne quartier libre. Tu pourras visiter les lieux.

Ils rejoignirent la tente et Camille entreprit de raconter sa rencontre avec Julien et leur balade. Elle y mit tellement d'enthousiasme que Lassa et Kelvin éclatèrent de rire à plusieurs reprises.

Elle venait à peine de terminer son récit lorsqu'une tête passa le rabat de la tente.

— Excusez-moi.

— Entre Julien. Je viens de raconter à Lassa notre rencontre.

Julien entra suivi d'un homme âgé d'une quarantaine d'années, grand et massif mais qui portait sur ses traits l'usure prématurée du travail intensif.

— Camille nous a tellement parlé de toi et avec tant d'enthousiasme que j'ai l'impression de te connaître. Bonjour Julien, je m'appelle Lassa.

— Bonjour, Mère… je veux dire Lassa. Je vous présente mon père Rejan.

— Enchanté Rejan. J'espère que vous vous amusez bien.

— Moi de même Mademoiselle. La fête est plaisante mais ma maison me manque. Je compte bientôt y aller. Toutes mes félicitations pour votre anniversaire.

— Merci, je vous présente Kelvin, mon fiancé.

— Tiens, c'est nouveau ça. Ça date de quand ? demanda Camille avec humour

— De ce soir, lui répondit Kelvin en serrant la main de Rejan et de Julien.

— Papa, je te présente Camille, mon amie dont je t'ai parlé en venant.

— Bonsoir Camille. Il parait que vous avez fait la connaissance de Julia.

— Oui, et je suis sure qu'elle vous attend avec impatience. Elle a un cadeau pour vous. En attendant, j'ai obtenu la permission de minuit pour Clara si vous n'y voyez pas d'inconvénient. Vous rentrerez avec elle d'ici deux heures. On vous ramènera en navette.

— On était venu en chariot et…

— Dans mon programme, Julien repartirait avec le chariot plus tard demain matin. S'il est d'accord bien sur.

— Je n'y vois aucun problème. Cette fête s'annonce grandiose.

— Eh bien c'est d'accord, acquiesça Rejan

— Dans ce cas, Clara, tu peux aller t'amuser. Il y a plein d'enfants de ton âge, tu te trouveras sûrement des amis.

Clara fila dehors. Camille prit son frère à part et lui parla quelques secondes.

— Rejan, pendant que les filles emmènent Julien danser, vous voulez bien rester une seconde ?

— Bien sur.

Ils sortirent donc et laissèrent Rejan en tête à tête avec Kelvin.

— Voilà, le cadeau que votre femme vous prépare, c'est que Camille a utilisé les mots d'Avoir pour la rajeunir. Et elle lui a promis de vous trouver pour faire la même chose avec vous. Vous avez peut-être remarqué que les frères avaient agi de même avec tous les villageois de Cornois. Ce n'est donc pas un grand cadeau sauf que nous vous faisons gagner quelques mois sur ceux de votre village. Si vous le voulez bien ?

— Si ma femme est passée par là et attend un mari rajeuni, je me vois mal rentrer à la maison tout décrépi.

—Alors, c'est parti. Asseyez-vous là.

Lorsqu'ils rejoignirent les autres quelques minutes plus tard, ils trouvèrent Julien en train de faire danser Camille. Julien vit son père et Kelvin revenir et ne put que s'arrêter de stupéfaction au milieu de la danse. Il entraîna Camille avec lui jusqu'à son père.

— Papa, qu'as-tu fait ? Tu pourrais presque être mon grand frère !

— Moi, j'ai rien fait. C'est Kelvin à la demande de ton amie. Il parait qu'elle a fait pareil à ta mère.

— Ah oui, je comprends mieux maintenant, et tout heureux des actes de Camille, il la prit dans ses bras et l'embrassa. Celle-ci lui enserra la nuque de ses bras et répondit à son baiser.

— Eh bien, c'est clair et précis, dit Lassa. Vive les amoureux.

Julien et Camille, rouges de leur baiser et de leur audace se désenlacèrent. Ils restèrent ainsi quelques secondes à se regarder puis Camille vint se pelotonner contre Julien, qui lui passa un bras autour des épaules.

Deux heures plus tard, ils trouvèrent Clara occupée à jouer le rôle de Camille auprès de sa nouvelle amie qui avait pris celui de Lassa. Elle la quitta avec regret mais sans discuter et ils reprirent tous le chemin de la navette.

Après avoir débarqué, Rejan et Clara firent de grands gestes à la navette qui redécollait et rentrèrent chez eux.

Camille, qui avait déjà prévu la suite du programme, dit :

— On va à la mer ? Je n'ai jamais vu la mer.

Et après que tous eurent acquiescé, la navette se détourna et bondit vers le sud dépassant la capitale et survolant tout le pays. Stilv leur trouva une petite anse déserte que la lune se couchant sur la mer éclairait.

Ils descendirent de la navette et enlevèrent leurs chaussures pour sentir le sable crisser sous leurs pieds nus et s'avancèrent doucement vers l'étendue tranquille que soulevait de petites vaguelettes à l'approche de la plage. Camille sortit de son sac à dos une tente, un morceau de bois sec, une casserole et une bouteille d'eau, un lapin, du pain et des tenues de bain pour les demoiselles.

— C'est un coup bien préparé, dis-moi Camille.

— Je suis la chef de l'organisation. Faites-moi confiance et vous ne vous ennuierez jamais.

Les filles s'éloignèrent pour se changer pendant que les garçons montaient le camp.

Ils préparèrent le feu et mirent le lapin à cuire après l'avoir dupliqué. « On ne sait jamais combien de temps on restera » prédirent-ils en chœur.

Les filles revenues, ils les poussèrent à l'eau et sautèrent derrière elles. L'eau était chaude et c'était un plaisir de s'y tremper. Ils restèrent tous les quatre à discuter formant un cercle et barbotant tout en se racontant leur vie.

La faim les fit sortir de l'eau et ils s'assirent dans le sable pour manger le lapin.

— Je suis heureuse que tu ne sois plus seule, dit Lassa. Cela me faisait mal au cœur de te voir lire pendant que nous, nous nous câlinions.

— Non. Pas moi, dit Kelvin

— Tu n'es pas heureux que Julien soit là ?

— Si, mais ça ne me fendait pas le cœur que Camille soit seule. Je savais qu'elle attendait le bon cheval. Désolé pour la comparaison.

Non. C'est vrai. Camille a toujours su ce qu'elle voulait, depuis petite. Et elle est très patiente. Sauf lorsqu'elle l'a trouvé. Elle le veut, elle le prend.

— C'est un peu ce qui s'est passé… confirma Julien avec un grand sourire du côté de Camille.

Ils discutèrent jusque tard dans la nuit puis décidèrent d'aller se coucher.

— Une tente pour les filles, une pour les garçons, dit Camille.

Devant les récriminations de Kelvin et Lassa, Julien se taisant sagement, elle reprit :

— Je rigole.

Camille et Julien, main dans la main se dirigèrent vers leur tente, laissant les deux amoureux blottis l'un contre l'autre sur le sable. Ils se couchèrent chacun dans leur sac de couchage et se tenant la main s'endormirent rapidement.

Lassa de son côté ne voulait pas terminer si tôt sa soirée d'anniversaire. Elle embrassa fougueusement Kelvin et lui glissa à l'oreille :

— Viens, j'ai un cadeau pour toi moi aussi.

Et ils se glissèrent sous leur tente.

NOUVEAU SANG

Le lendemain matin, Camille se réveilla la première et après avoir jeté un œil enamouré sur Julien qui dormait encore sortit préparer la tisane. Elle raviva le feu et posa la casserole dessus les pierres.

Elle se sentait heureuse et contempla pensivement la mer qui s'ébattait à quelques pas d'elle. Le soleil qui se levait parait la plage de lumière et elle constata que l'anse formait une belle boucle ensablée et finissait à ses pointes sur des rochers. Elle décida qu'ils iraient y faire un tour lorsqu'ils seraient tous réveillés.

Julien émergea quelques minutes plus tard et apercevant Camille marcha jusqu'à elle. Il tomba à genoux à ses côtés et lui passa les bras autour des épaules.

— Bonjour, ma douce ? dit-il en lui embrassant les cheveux. J'ai cru avoir fait un rêve mais je suis bien réveillé maintenant, n'est-ce pas ?

— Tu veux que je te pince pour voir ?

— Non merci. Les autres ne sont pas levés ?

— La nuit a du être mouvementée, dit-elle avec un petit sourire. Je te sers une tisane ?

— Oui, merci. J'adore avoir une petite femme attentionnée à mon lever.

— Ne rêve pas trop. Ce sera un jour sur deux.

— Je rêve également d'être aux petits soins pour toi, de t'amener le café au lit, de te coiffer…

Camille lui tendit en riant sa tisane et Julien la but par petites gorgées. Ils décidèrent ensuite de ne pas attendre les autres et laissèrent un message à Stilv quant à leur destination. Ils se levèrent et marchèrent sur le sable en pente laissant des empreintes que la mer recouvrait derrière eux.

— C'est étonnant comme une vie peut changer du tout au tout du jour au lendemain.

— À qui le dis-tu ! répondit Camille. Mon frère a raison, je t'attendais mais tu as failli être en retard.

— C'est beau de croire en la vie…

— Ça paye ! La preuve…

Ils arrivèrent à la fin de la plage et des rochers s'élevaient là sur une cinquantaine de mètres avant d'aboutir à la pointe. Après avoir marché quelques mètres sur les rochers acérés, Camille proposa à Julien qu'ils se durcissent la plante des pieds pour pouvoir avancer plus aisément.

— Un boucher de ma connaissance utilise le mot 'adoucir' pour ses mains. Je pense que le mot 'durcir' doit également fonctionner.

Camille disparut et inonda ses plantes de pied du mot d'Avoir. Elle testa le résultat quelques mètres puis revint près de Julien, en lui annonçant :

— C'est parfait. Lève ton pied et quand je te dirai, le suivant.

Camille réapparut ensuite, prit la main de son amoureux et ils reprirent leur chemin vers la pointe en se jouant des cailloux.

Arrivés au bout l'eau était si claire qu'ils eurent envie de se baigner. Ils entrèrent dans l'eau et quittant les rochers se retrouvèrent tout de suite à n'avoir plus pied. Ils se baignèrent longuement appréciant la fraîcheur de l'eau contrairement à cette nuit et sortirent ruisselants. Ils reprirent ensuite le chemin du campement et le soleil se chargea de les sécher.

Kelvin et Lassa les virent arriver de loin et leur firent de grands signes.

— Vous avez bien dormi ? demanda Lassa

— Comme une masse, répondit Julien

— Vous avez eu raison de ne pas nous attendre. Nous venons juste de nous lever.

— Je reprendrai bien une tisane, dit Camille

— Attends ma princesse, je vais te servir.

— Quel garçon attentionné. C'est pour la galerie ? demanda avec humour Kelvin

— Non, c'est chacun son tour, lui répondit Julien

— On a remis un lapin à cuire. On avait faim.

— Bonne idée, cette petite baignade m'a ouvert l'appétit !

Ils mangèrent tout en parlant de leur journée d'hier et de la bonne idée de Camille pour finir la soirée.

— Je resterais là à manger du lapin et à me baigner jusqu'à la fin des temps, dit Julien

— Nous aussi. Mais il va falloir songer à rentrer, leur dit Lassa. Ne serait-ce que pour ramener le chariot à ton père…

Ils rembarquèrent donc leurs affaires et remontèrent dans la navette, direction le village.

Après avoir attelé les deux chevaux et en avoir pris deux à la traîne derrière le chariot, Camille et Julien montèrent sur le siège.

— On revient dans la soirée. Attendez-nous pour manger.

— On passera les affaires de Kelvin dans ma chambre et on te prépare ta chambre, Julien. Ne vous pressez pas.

Julien prit les rênes et mit les chevaux au pas. Ils descendirent jusqu'à la route principale qu'ils empruntèrent en direction du village de Valmont. Sans forcer l'allure, ils y arrivèrent en début d'après-midi.

Toute la famille les attendait impatiemment et les accueillit avec force embrassades. Julien était heureux de voir ses parents en pleine forme et Clara n'en revenait pas d'être devenue la belle-sœur de Camille, sa championne.

Ils racontèrent leur soirée à la plage et leur expliquèrent leurs projets. Comme il y avait une chambre de libre dans leur maison, Camille y voyait bien Julien s'y installer. Il serait alors plus près de l'action et ils pourraient se voir aussi souvent qu'ils le souhaitaient.

Ses parents trouvèrent cet arrangement très bénéfique pour Julien et ne s'y opposèrent pas, bien contents qu'il soit heureux.

Ils mangèrent donc sur le pouce et l'après-midi passant, ils reprirent la route à cheval pour rentrer dans leur chez-eux.

Ils rentrèrent pour le dîner et Julien goûta pour la première fois à la cuisine de Lassa qu'il trouva exotique, celle-ci combinant les saveurs de son monde natal aussi bien que la cuisine traditionnelle du pays. Ils parlèrent ensuite tard le soir puis Julien regagna sa nouvelle chambre.

Alors qu'il était couché, Stilv se manifesta :

— *Bonsoir Julien*

Nullement surpris car il avait déjà appris beaucoup de choses au contact de Camille, il répondit mentalement.

— *Bonsoir Stilv. Je suis heureux de faire votre connaissance.*

— *Je te contacte pour établir avec toi le lien mental qui nous permettra de communiquer toi et moi ou avec Camille ou Lassa.*

— *Tu veux dire que je peux parler à Camille dans ma tête et qu'elle m'entendra ?*

— *Quelque chose comme ça, oui. Essaye.*

— *Camille…*

— *Bonsoir Julien. Je savais que Stilv te contacterait et j'espérais bien avoir de tes nouvelles.*

— Je suis très content que nous puissions rester en contact malgré la distance.

— La distance, la distance... Faut pas pousser quand même. Je suis dans la chambre d'à côté.

— Oui, mais tu me manques déjà.

— Ah ah ah. C'est gentil. Bonne nuit, Julien.

— Je te souhaite bonne nuit Camille.

— Stilv... ?

— Je t'écoute Julien.

— Merci...

Le lendemain, ils prirent le petit déjeuner ensemble et ils sortirent pour se rendre aux nouvelles. Géron et Rangar les attendaient et saluèrent Julien qui participerait désormais aux discussions.

Julien se tient coi tout au long de sa première réunion et ils passèrent du temps à lui brosser un tableau réaliste de la situation. Les routes n'étaient pas sures, et c'est le moins que l'on puisse dire, pour les soldats et tous les villages avaient été libérés de la présence des prêtres.

Ils avaient maintenant assez de volontaires pour égaler physiquement l'armée mais il leur manquait une arme décisive pour faire la différence, les soldats étant avantagés par la portée à laquelle le mot de 'mort' agissait. Ils lui proposèrent d'aller visiter les trous pour se rendre compte du travail accompli, proposition dont Camille prit note avec intérêt.

— Je pense qu'il est temps de montrer aux prêtres de la capitale l'ampleur de notre travail à travers tout le pays, lança Lassa au bout d'un moment.

— Qu'entends-tu par là ?

— Que je crois qu'il n'y a plus de risques à utiliser les mots d'Avoir ouvertement. Ce ne seront plus des personnes isolées que les prêtres pourront pourchasser mais l'ensemble des habitants du pays qui manifesteront ainsi leur volonté. Rien ne pourra les arrêter.

— Oui, de toute façon, nous avons déjà gagné. Les prêtres ne pourront plus occulter les mots d'Avoir comme ils l'ont fait par le passé.

— Et cela leur portera un coup sévère lorsqu'ils s'en apercevront.

— OK, je dis à Stilv de prévenir toutes les personnes ressources. Qu'elles retransmettent l'information et que dès demain matin, tout le monde utilise librement les mots d'Avoir. Cela va faire un choc aux prêtres guetteurs.

— Bien sur, à l'exception de ceux de la capitale et des grandes villes. Ils pourraient toujours avoir des ennuis. Les prêtres les poursuivraient par dépit.

Lorsqu'ils eurent fini la réunion, ils sortirent et Lassa demanda :

— As-tu déjà vu un loup ?

— Non, juste entendu parler de la meute.

— *Stilv, tu es dans le coin ?*

— *J'arrive Lassa*

Et un loup passa bientôt derrière la tente et s'approcha d'eux. Il était magnifique et tout en force, vêtu de son armure noire. Il donnait l'impression d'être invincible.

— Bonjour Julien

— Bonjour Stilv. C'est toi dans le loup ?

— C'est moi dans tous les loups quel que soit celui que tu rencontres et même s'ils sont tous devant toi, c'est toujours moi.

— Tu nous accompagnes, on voudrait montrer à Julien les trous, demanda Lassa

— Alors en route. La navette nous attend.

Ils s'installèrent et décollèrent. Ils survolèrent bientôt deux immenses trous creusés dans le sol et firent du sur place pour laisser à Julien le temps d'apprécier.

— Et tout ça, ce sont des soldats ?

— Tu peux rajouter une bonne dose de prêtres aussi. Le premier à ras bord et le second s'est bien rempli ces derniers mois.

Ils se posèrent et allèrent dire bonjour aux volontaires. Leur nombre avait doublé et ils étaient maintenant quatre. Le travail n'était pas fatigant mais ennuyeux et ils étaient relevés tous les trois jours.

Ils expliquèrent à Julien qu'ils étaient devenus les champions de la duplication devant l'utiliser trois fois par jour. Les prisonniers mangeaient comme eux et étaient donc bien nourris. Ils déprimaient cependant beaucoup de se trouver ainsi enfermés, sans vêtements à neuf mètres au-dessous du sol et ils étaient aussi découragés d'avoir perdu.

On pouvait en compter cinq cents dans le premier trou, alimenté principalement par les deux actions d'éclats des volontaires : la prise du fortin qui avait fait des otages et tout l'escadron qui était venu dans un village pour chercher l'utilisateur des mots d'Avoir.

Dans le second étaient regroupés les prêtres et les soldats qu'ils avaient capturés lors de la libération des villages.

— Et avec tout ça, il reste des soldats pour combattre ?

— Il reste exactement mille quatre cent quatre vingt deux hommes en armes disséminés entre la capitale et les sept grandes villes, l'informa Stilv en retour. Hier, ils étaient plus mais il y en a deux qui ont déserté pendant la nuit.

— C'est sûr que cela doit effrayer les soldats de savoir tous leurs petits camarades emprisonnés.

— Surtout qu'en fin de compte, ils ne savent pas ce que nous en faisons. Nous pourrions tout aussi bien les avoir mangé.

— Et demain, nouveau coup de massue quand ils vont voir l'étendue de notre action. Quoique cela m'étonnerait que les prêtres ébruitent cette nouvelle.

Ils regardèrent dans le trou le plus occupé et observèrent pendant un moment les soldats. Certains marchaient en rond tout au long des parois, d'autres dormaient ou étaient regroupés en petits groupes et discutaient.

— Et qu'allons-nous en faire après la guerre ?

— Alors que tout le monde aura accès aux mots d'Avoir, eux seront punis et ne pourront pas les utiliser pendant cinq ans. Juste retour des choses puisqu'ils étaient chargés de les interdire. Ils devront travailler dur pour se nourrir et tout le monde se souviendra longtemps d'eux.

— Et le mot 'mort' ?

— Nous le ferons oublier des mémoires. Lorsque tous les prêtres et les soldats auront eu droit à la 'réversion', il ne sera normalement plus utilisé. Bien sur, il y a par exemple le cas de ces déserteurs. Mais s'ils l'utilisent, ne serait ce que pour chasser, les attentifs les localiseront et nous le leur ferons oublier.

— Et c'est quoi le programme d'actions à venir ?

— On appelle cela le statu quo. Nous sommes dans une position où nous avons exploité tous les coups possibles et nous ne pouvons pas avancer plus nos pièces sans en perdre et beaucoup trop à notre goût.

L'après-midi, Camille emmena Julien visiter le camp des volontaires et ils passèrent du temps à discuter avec les équipes qui avaient été au cœur de l'action.

Lorsqu'ils rentrèrent le soir, Julien avait des informations plein la tête et n'attendait plus qu'un moment de libre pour faire le tri. Il venait en une journée de rattraper presque deux années de résistance. Compatissants, ils allèrent tous se coucher tôt mais Julien ne put s'endormir avant longtemps. Il ressassait toutes les données et butait sur le statu quo.

Le lendemain matin, le comité se réunit pour assister à la libération des mots d'Avoir dans le pays. Ils étaient en contact avec Jehor qui leur fit un résumé de ce qu'avaient recensé les attentifs.

> — *Cela a commencé à quatre heures du matin, comme si certains voulaient être les premiers à les utiliser sans se cacher. Celui qui a gagné, c'est un paysan du sud, qui a labouré son champ dans le noir le plus complet. Mais très vite plus de cinq cents qui avaient eu la même idée s'y sont mis. Maintenant les mots chantent et résonnent à travers le pays, trop nombreux pour que nous puissions en tenir le compte. Ils sont des milliers.*
>
> — *C'est exactement ce que j'attendais. Merci Jehor. Par contre, vous restez bien cachés de votre côté ?*
>
> — *Oui. La consigne est passée. Faire les m'as-tu-vu, c'est bon pour les autres. Nous, nous cultivons notre incognito.*

— Voilà, une nouvelle phase est lancée et cela me fait vraiment plaisir de voir les mots d'Avoir libérés.

— Lassa, intervint Julien. Je souhaiterais prendre la parole.

— Mais tu es là pour ça Julien. Pas besoin de demander une autorisation à chaque fois.

— Alors, hier vous m'avez appris ce que l'on pouvait retenir de vos actions et surtout du statu quo à cause duquel vous ne pouvez rien faire qu'attendre.

— Oui, c'est ça. Et tu as trouvé quelque chose ?

— Eh bien peut-être. En fin de compte, les grandes villes ne sont pas importantes. Si la capitale tombe, elles se rendront immédiatement. Alors, nous devons nous focaliser sur un moyen de prendre la capitale. J'aimerais y être envoyé pour parler aux volontaires et organiser sa chute. J'ai quelques idées mais je voudrais être sur place pour les peaufiner avant d'en parler.

— Je ne vois pas pourquoi nous t'empêcherions d'y aller, à part que tu vas nous manquer.

— Pas à moi… dit Camille. Heu, je veux dire qu'il ne va pas me manquer car je pars avec lui. De toute façon, il aura besoin d'aide et de notoriété pour prendre en main les volontaires de la capitale. Et moi, ils me connaissent. Je lui servirai de laissez-passer. Et puis, un couple, ça se fait moins remarquer qu'un homme seul. Et j'ai des centaines d'autres bonnes raisons. J'y vais.

— Mais c'est dangereux, lui répondit Julien

— Et tu crois que délivrer les otages ou libérer ceux des mines, ce n'était pas dangereux ? Tu ne peux pas me demander de rester à la maison pour t'attendre en m'inquiétant à chaque fois que tu feras une action que tu juges dangereuse. Je suis avec toi mais je suis une volontaire également et je décide de ce que j'ai à faire.

— Dans ce cas. Je disais ça juste pour ma tranquillité d'esprit. À part ça, je serai heureux de t'avoir avec moi.

— C'est mieux dit comme cela.

— On ne débarque pas à la capitale sans une bonne couverture. Il faudra peaufiner votre camouflage.

À MOTS COUVERTS

Camille et Julien se présentèrent à Lysandia un petit mois plus tard. Ils étaient à cheval mais ne pouvaient justifier de leur voyage que la dernière étape : l'auberge sur la route de la capitale près de laquelle Stilv les avait déposés.

Ils y avaient dormi sous la couverture qu'ils avaient décidée d'adopter : celle d'un jeune couple qui venait parfaire son éducation à la capitale. C'est là qu'ils avaient acheté les chevaux et qu'aux yeux de tous, ils avaient poursuivi leur voyage.

Arrivés à l'une des portes qui permettait de franchir les murailles de la ville, les sentinelles les abordèrent pour savoir qui ils étaient et ce qu'ils venaient faire ici.

— Nous venons de Boulet dans le nord et nous sommes ici pour aller à l'école.

Julien leur montra les documents d'inscription que les volontaires leur avaient fait parvenir et les gardes après les avoir regardé de près les laissèrent entrer.

Ils passèrent la porte et remontèrent tranquillement la grand rue jusqu'à une intersection qu'ils prirent sans hésiter. Avant de partir en mission, Julien et Camille avaient eu droit à une imprégnation sur les us et coutumes de la société Lysandaise, du plan complet de la capitale.

Lassa, avait à titre exceptionnel accepté que Julien reçoive aussi les deux cent cinquante-cinq mots d'Avoir, lui qui moins d'un an plus tôt n'en connaissait aucun. Pour faire bonne mesure, Camille avait quant à elle à sa disposition le dictionnaire entier.

Ils prirent plusieurs rues avant de se retrouver devant la maison qu'ils cherchaient.

C'était une grosse bâtisse en L avec un jardin sur le devant et une cour à l'arrière. On y accédait par un portail en fer forgé qui était pour l'heure ouvert. Ils descendirent de cheval et prirent l'entrée en tenant les chevaux par la bride. Lorsqu'ils arrivèrent dans la cour intérieure, un homme en train de dégarnir une botte de paille avec une fourche les vit et interrompant son travail vint à leur rencontre.

— C'est pour quoi ? demanda-t-il

Il portait des bottes de travail avec par-dessus un gros pantalon de toile et une chemise qui avait vu de meilleurs jours.

— Nous cherchons Maître Stannis, s'il vous plaît.

— Et vous êtes qui ?

— Je m'appelle Camille. Je suis sa nièce.

L'homme, au nom de Camille plus qu'au titre de nièce réagit.

— Mais bien sur, Camille, la nièce de Maître Stannis. C'est moi, André, le palefrenier. Comme je suis heureux de vous revoir. Il faut dire pour m'excuser de ne pas vous avoir reconnu que vous aviez cinq ans la dernière fois que vous êtes venue avec votre maman. Je vous ai mis sur un cheval pour la première fois, m'aviez-vous dit.

— Je me rappelle. Un grand cheval noir et vous m'aviez tenu en me rassurant pour pas que je tombe. Bonjour André.

— Tercian, viens ici ! Occupe-toi des chevaux de la nièce de Monsieur pendant que je les mène à l'intérieur.

— Oui chef. Bonjour Madame, Bonjour Monsieur, répondit un jeune garçon d'une douzaine d'année.

Ils traversèrent la cour et montèrent un escalier pour arriver au perron. André se retourna et chuchota :

— Belle répartie, Mademoiselle

— Merci André

— On ne sait jamais quelles oreilles traînent dans les parages.

Il les précéda dans la maison. L'intérieur du vestibule valait l'extérieur. Il était tout en boiseries et un grand escalier montait à l'étage.

— Minoucha… appela-t-il, Minoucha…

— J'arrive, j'arrive… répondit une voix provenant d'une pièce sur leur droite.

— Si je rentre avec mes bottes sales, elle va me faire la guerre. C'est ma femme… et elle n'est pas commode avec la saleté.

Une femme d'une cinquantaine d'année, ronde, apparut dans le vestibule.

— Minoucha, tu te rappelles de la petite Camille, la nièce de Monsieur ? Elle a grandi n'est-ce pas ?

— Oh Camille, dit-elle en la prenant dans ses bras, que je suis contente de te revoir. Je t'emmenais te promener au parc et je te préparais de bons goûters dans la cuisine, désignant une porte dans la pièce d'où elle venait.

— Bonjour Minoucha. Je me rappelle. Mais je n'avais que cinq ans alors tu sais cette maison, c'est le grand mystère pour moi. Il faudra que tu me refasses visiter.

— Sans problème ma petite. Et c'est ton mari, ce beau jeune homme ?

— Je te présente Julien. Julien, c'était ma nounou du temps où je venais voir mon oncle.

— Bonjour Minoucha. Il faudra que vous me racontiez des anecdotes croustillantes sur la petite Camille.

— Je n'y manquerai pas ! Comme la fois où elle a renversé son verre de lait…

— Oh non, pas celle-là Minoucha.

Deux jeunes servantes avaient passé la tête par la porte du côté et écoutaient la conversation.

— Vous deux, allez me chercher leurs affaires. Je monte ce beau couple à sa chambre.

Minoucha les entraîna vers les escaliers et prenant à droite les conduisit dans un long couloir.

— Là, c'est le bureau de votre oncle. Vous jouiez souvent devant la cheminée. Là, c'est sa chambre. À l'époque, il y avait Madame mais elle est partie. Tu l'appelais tantine gâteau. Pourquoi ? Personne ne l'a jamais su.

Elle avait de longs cheveux noirs que tu lui peignais tous les soirs. Et là au bout, Monsieur vous a fait préparer la chambre d'amis. Elle n'a pas changé depuis l'époque où tu venais avec ta mère, Susan.

Tu lui ressembles beaucoup, mêmes cheveux châtains, même taille. Ta mère est la sœur préférée de ton oncle, la seule de toute façon… il n'a pas de frère non plus… excusez-moi, je radote. Tu sais tout ça… C'est que le temps passe. Si c'est pas triste, il n'y a plus que mon mari et moi de cette époque…

— Merci Minoucha, répondit Camille. Elle lui avait brossé un parfait tableau dans lequel elle n'avait plus qu'à s'insérer.

Elle leur ouvrit la chambre d'ami et ils y entrèrent tous les trois.

— Tu vois, comme je te disais. Rien n'a bougé. Derrière cette porte, il y a toujours la salle d'eau. Vous serez bien ici. Monsieur m'a fait installer deux lits. Il parait que Monsieur votre mari bouge trop la nuit ?

— C'est exact, Minoucha, dit-elle en faisant un grand sourire à Julien, insupportable.

— Bah, chacun ses petits défauts. Du moment qu'on s'aime…

— Oh oui Minoucha, je l'aime, répondit Camille en rougissant.

— Ah quelle jeunesse…

Et comme les deux servantes arrivaient, elle leur dit de déposer les affaires sur le premier lit.

— Eh bien ma petite Camille, je vous laisse. Ton oncle rentre vers onze heures pour manger. Je viendrais vous chercher. Reposez-vous en attendant.

Et elle fit signe aux deux servantes de la suivre puis elle ferma la porte.

— Elle a tenu son rôle à la perfection, dit Camille

— Et toi aussi. À la perfection… rajouta-t-il avec un sourire mi-figue mi-raisin.

— Eh bien oui, je t'aime, lui dit Camille en se lovant sur sa poitrine.

Il referma ses bras sur elle et lui rendit son câlin en la serrant fort sur son cœur.

— Moi aussi, je t'aime et ce dès le premier soir.

Ils restèrent quelques instants enlacés puis Camille lui fit un petit bisou sur les lèvres et se libéra.

Ils commencèrent à ranger leurs affaires. La mode masculine étant plus simple, les deux sacs contenaient principalement les affaires de Camille. Julien dupliqua le pantalon et la chemise qu'il avait apportés en trois exemplaires supplémentaires et les installa dans son côté de l'armoire. Camille sortit ses robes et les pendit.

Ils étaient là officiellement pour suivre les cours qui commençaient dans deux jours, lui à l'école des maîtres pour devenir instituteur, elle à l'école d'architecture pour découvrir les monuments anciens. Monuments dont le château faisait partie, raison de son choix.

Camille investit ensuite la salle d'eau pour se préparer à la rencontre avec son oncle favori… le seul se rappela-t-elle. Elle savait de plus qu'il était négociant en étoffes fines et l'un des chefs du mouvement de libération dans la ville.

Minoucha vint les chercher vers onze heures et les conduisit en leur montrant les lieux jusqu'à la salle à manger. Un homme était assis au bout de la grande table et lisait un journal. Il se leva dès leur arrivée et contournant la table vint serrer Camille dans ses bras.

— Oncle Stannis, comme je suis heureuse de te revoir.

— Moi aussi, ma petite Camille, moi aussi. Cela fait si longtemps. Tu me présentes ton époux ?

— Oncle Stannis, voici Julien. On est marié depuis un mois.

— Mes félicitations Julien. Tu as choisi une perle rare.

— J'en suis conscient, Monsieur.

— Appelle-moi Stannis et tutoie-moi. On est en famille.

— Bien Stannis. C'est un plaisir que de te rencontrer. Camille m'a souvent parlé de ses souvenirs d'enfance dans cette maison.

— Installons-nous, vous devez être affamé après un tel voyage. Vous avez fait bonne route ?

— Mes souvenirs sont confus. La route, la route. Ce que je me rappelle avec précision, c'est notre dernière soirée. Nous l'avons passée dans une auberge près de la capitale. Nous y avons bien mangé et la chambre était propre. Nous sommes repartis ce matin et nous voilà, dit Camille en s'asseyant.

— Vous n'avez pas eu le temps de visiter la capitale. Je vous emmènerai faire une balade cet après-midi et j'espère pouvoir vous présenter quelques connaissances.

— Ce sera un plaisir, oncle Stannis. Tes amis sont nos amis.

Minoucha apporta un poisson d'une belle taille nappé d'une sauce dorée et accompagné de petits légumes. Chacun se servit et ils mangèrent en silence. Lorsque le repas fut terminé, oncle Stannis leur proposa de venir boire le café dans son bureau. Ils y entrèrent et patientèrent jusqu'à ce qu'une servante apporte le plateau et se retire.

— Bien, dit alors Stannis laissant tomber les masques. Je suis très heureux de te rencontrer enfin Camille. Tes exploits t'ont précédée et c'est un honneur de te recevoir chez moi. Et maintenant, votre mission. Parlez-m'en un peu.

— Nous venons préparer la prise de la capitale par les volontaires. Si la capitale tombe, le pays entier est entre nos mains, lui répondit Julien.

— Et vous avez un plan ?

— Nous sommes justement venus le mettre en œuvre. Nous ne pouvons pas assiéger la ville car du haut des remparts, les soldats nous liquideraient à vue grâce à leur mot d'Avoir. De plus, les prêtres pourraient se nourrir indéfiniment en dupliquant. Non, il faut un assaut rapide et décisif, mais les murailles sont faites pour que nous nous y écrasions. De ce fait, il nous faut passer au-dessous.

— Un tunnel pour rentrer dans la ville, un autre pour investir le château, cela va vous prendre des années. Sans compter le temps d'y faire passer tous les volontaires, une autre année. Les gardes auront tout le temps d'intervenir.

— Oui, à priori. Mais je ne veux pas creuser un tunnel mais vingt. Nous allons transformer les défenses de la ville en gruyère et faire de même avec celles de la forteresse, expliqua Julien.

— Nous avons des moyens très efficaces pour creuser le sol, sans même avoir besoin d'étayer les galeries grâce aux mots d'Avoir. Tu en as un exemple avec le perçage des murs pour l'évasion du volontaire prisonnier, il y a un an et demi. Cela ne nous a pris que deux minutes.

— C'est vrai, cet épisode et votre passage par les murs sont restés pour nous un grand mystère. Nous nous doutions qu'il y avait de la magie derrière mais pas de la facilité. Donc vous allez creuser des tunnels et ils aboutiront où ? Pas en pleine rue, je suppose.

— Nous achèterons toutes les maisons ou les entrepôts à vendre qui se trouvent aux abords des murs. Autant que nous en avons besoin.

— Et l'argent ?

Lassa prit dans sa bourse une pièce d'or et la posa sur la table. Elle se concentra et immédiatement un tas d'or s'étalait sur le bureau.

— Avec le mot « dupliquer » comme vous le connaissez, il vous faut presque autant de temps pour dupliquer une pièce que pour la gagner. Mais nous avons des méthodes plus efficaces.

— Comme vous dites. Alors l'argent, pas de problème.

— Non. Les volontaires de la ville deviendront propriétaires de ces maisons et nous creuserons à partir d'elles pour atterrir à l'extérieur, à couvert. Un peu plus de difficultés avec le château. Les points de départ seront les maisons en bas de la bute mais il nous faudra déterminer les endroits où arriver sans créer l'effervescence.

Mais Stilv sera là pour nous aider. Camille a pour sa part de nombreux cours pratiques qui lui permettront de rentrer dans le château pour y visiter les fondations et en comprendre la structure.

Comme les fondations sont largement sous le château et nos tunnels encore plus, Stilv a besoin, pour la précision de ses données de guidage d'un relais d'impulsion dans les caves. Camille nous sera utile pour l'y installer.

Nous cherchons à aboutir dans des souterrains, des caves inutilisées qui nous permettront de remonter à l'air libre en force. Après nous investirons, invisibles, les lieux et lorsque tout le monde sera en place, nous nous rendrons maîtres du château. C'est la seule solution sans confrontation directe qui serait malgré notre nombre à notre désavantage.

— Je comprends et vous avez besoin des volontaires pour vous assister ?

— Oui, trouver les maisons à vendre sans attirer l'attention, les acheter, creuser les galeries. Tout ça va nous prendre du temps et nécessiter votre aide.

— Je suis prêt à vous l'accorder et je pense que les autres chefs du réseau se laisseront convaincre. C'est un plan tellement inimaginable que personne n'envisagera ce que nous préparons. Je règle quelques petites choses à propos de mon entreprise et nous sommes attendus un peu plus tard dans la journée.

L'après-midi, ils le passèrent à visiter Lysandia dans la calèche de l'oncle Stannis et il en profita pour leur montrer leurs futures écoles.

— Nous n'avons pas eu de mal pour ton inscription Julien mais pour Camille, nous avons eu besoin de l'aide de plusieurs appuis extérieurs vantant ta compétence et ton originalité et qui t'ont décrite comme une étudiante brillante.

— Stilv m'a fait une synthèse détaillée des différents monuments et bâtiments importants du pays avec en plus pleins de détails sur leur construction et les architectes qui y ont travaillé. Je pense que je serai au niveau.

Comme le soir tombait, ils se dirigèrent vers l'entreprise de Maître Stannis.

— C'est là que nous avons rendez-vous. Depuis le temps, nous avons nous aussi nos passages secrets.

Stannis leur fit visiter les bureaux qui étaient fermés à cette heure-ci puis les conduisit au sous-sol dans une grande et large salle qui s'enfonçait bien plus loin que les limites du bâtiment supérieur.

— Voilà mes trésors, dit-il en désignant des rangées de portants où étaient enroulées toutes sortes de tissus. Camille s'approcha d'une étoffe dorée et la toucha. Elle en apprécia la finesse.

— C'est magnifique.

— Oui, je sers les plus grandes maisons de couture de la ville. Mais allons-y, il est l'heure.

Il les entraîna au fond de la salle et entra dans une pièce meublée d'un bureau et de plusieurs sièges. Il prit place après avoir ouvert les portes de l'armoire. Celle-ci contenait des étagères couvertes de dossiers.

Au bout d'un moment, Julien entendit un petit déclic puis vit tout le pan d'étagères glisser sur la droite, coulissant sur des rails invisibles et un long couloir apparaître derrière. Grâce à la lumière d'une lanterne, il aperçut trois silhouettes qui se précisèrent lorsqu'ils passèrent la porte dérobée.

— C'était bien pratique, du temps de la contrebande, assure mon père, précisa Stannis tandis que les trois hommes rentraient dans la pièce.

— Messieurs, dit-il quand la porte dérobée se fut refermée, je vous présente Camille et son ami Julien. Ils sont détachés par le haut commandement pour nous proposer un plan pour libérer Lysandia.

— Très heureux de vous rencontrer, dit le premier homme, un géant d'une quarantaine d'année vêtu en ouvrier. Je m'appelle Lancor et je suis responsable du secteur nord de la ville.

— Et moi, Veran, je m'occupe du sud.

— Gregor, dit enfin le troisième, un homme tout à l'opposé de son collègue du nord, petit et replet en costume de ville. Je supervise l'est. Pour vous servir, Mademoiselle Camille.

— Installez-vous.

— Camille, un petit mot de nos amis dans le nord ?

— Nous tenons les routes et avons fêté il y a peu la libération de tous les villages des prêtres et des soldats. Nous avons libéré l'utilisation des mots d'Avoir : les gens n'ont plus besoin d'utiliser l'invisibilité. Ils sont trop nombreux pour qu'on les inquiète.

Et pour cela, il faudrait de toute façon que les soldats puissent sortir des grandes villes… Notre dernière tâche est de faire tomber la capitale et Julien nous a convaincu de la validité de son plan. Nous nous sommes portés volontaires pour le mettre en application avec votre aide. Julien, tu peux nous le détailler ?

Et Julien reprit, en expliquant les points qui avaient semblé impossibles à Stannis, son plan et l'aide dont ils auraient besoin. Les trois hommes l'écoutèrent attentivement. Lorsqu'il eut fini, Lancor, le géant, prit la parole.

— Et comment vous dirigerez-vous une fois sous terre pour creuser dans la bonne direction et atterrir dans une cave déserte et renouveler cette opération à chaque fois ?

— Ça, c'est le rôle de Camille et de Stilv. Camille devra accéder aux fondations et installer un appareil qui permettra à Stilv de nous guider dans le creusement des tunnels. D'après lui, notre destination est assurée au centimètre près s'il a son relais d'installé. C'est pour cela que le mouvement a fait des pieds et des mains pour inscrire Camille dans une école d'architecture. Grâce à ses cours, elle pourra accéder aux caves du château.

— Eh bien ça me va, dit Lancor. Vous pouvez compter sur moi.

Les deux autres acquiescèrent également.

LÈVE-TOI ET MARCHE !

Deux jours plus tard, ce fut le grand jour de la rentrée universitaire. Julien et Camille étaient prêts depuis tôt le matin et repoussèrent l'offre de l'oncle Stannis de les faire déposer par son attelage.

Ils préféraient y aller à pied. Ils suivirent le chemin qu'ils avaient précédemment repéré et aboutirent bientôt devant un grand bâtiment à l'architecture moderne et tarabiscotée qui serait la nouvelle école de Camille. Julien avait encore du temps avant le début de ses cours et il patienta avec elle.

— Les rentrées scolaires sont tout à la fois excitantes et éprouvantes. Même à l'école du village, je ressentais ça chaque année. Vivement que ce premier jour soit passé, lui dit Camille légèrement angoissée.

— Tout ira bien. Surtout que ce n'est que pour la galerie. Tu n'as pas vraiment l'intention de passer trois années dans cette école pour devenir architecte.

— Peut-être, mais le stress est le même. Toutes ces nouvelles têtes, comment seront les professeurs ? Vais-je être à la hauteur ? Autant de questions qui me tarabustent.

Les étudiants commençaient à arriver et se rassemblaient par groupe de connaissance dans la cour de l'immeuble. Eux restaient isolés, plantés dans cette cour surplombée par un préau à colonnades de style Néo Classique se rappela Camille.

Un garçon et une fille se détachèrent d'un groupe et vinrent à leur rencontre. Ils formaient un beau couple, lui grand et brun, elle plus petite avec de longs cheveux blonds.

— Bonjour, Claude me dit que vous êtes nouveaux. Je m'appelle Lucia. Je suis nouvelle aussi et je serais perdue s'il ne me servait de guide.

— Bonjour, répondit Camille. Je suis inscrite en première année mais mon ami Julien m'accompagne. Il fait son entrée à l'école des maîtres.

— Petit ami ? demanda Lucia en souriant

— Petit ami, confirma Camille. Et vous ?

— C'est mon frère. Il est en troisième année.

Les deux jeunes hommes se serrèrent la main et Julien voyant Camille commencer à se faire des connaissances leur dit au revoir et se dirigea vers son école.

— Mignon, lui dit Lucia. Ça fait longtemps ?

— Un peu plus d'un mois. Et Camille se rendit compte qu'elle avait déjà fait deux accrocs à sa couverture. Elle était censée être mariée donc le connaître depuis plus d'un mois. Elle décida de poursuivre comme si de rien n'était. Nous sommes du même village dans le nord et nous habitons chez mon oncle ici à la capitale.

— Nous, nous sommes Lysandais et depuis la nuit des temps. Mon père est un grand architecte, alors tu comprends, c'est la fibre familiale qui nous entraîne ici. Je compte bien bâtir quelques ponts célèbres. J'adore les ponts.

Claude s'excusa et partit rejoindre son groupe, tous étudiants en troisième année.

— Viens, nous allons nous trouver des places.

Elles montèrent les quelques marches et rentrèrent. Dans un bureau vitré sur leur droite, un homme réceptionnait les nouveaux élèves et les orientait. Elles lui donnèrent leurs documents d'inscription et suivant les orientations données se mirent en quête de la salle des premières années. Ils rentrèrent dans une grande pièce où les tables étaient disposées en rangées deux par deux.

— Pas trop loin, pas trop près, m'a-t-on conseillé, dit-elle en se dirigeant vers une table au troisième rang au milieu de la pièce.

278

Le professeur arrivera à nous en ayant épuisé ses sarcasmes sur les premiers rangs et pas encore lassé du travail médiocre de ses élèves.

Camille prit place à ses côtés. Lorsque Lucia se baissa pour poser son sac par terre, elle entrevit par l'échancrure de son corsage un pendentif des adeptes de Ka.

— Oh, Oh, pensa-t-elle, décevant ou très intéressant suivant le cas. Et elle sonda le pendentif. Ressentant la puissance du mot d'Avoir qu'il contenait, elle en fut rassurée et considéra sa nouvelle amie avec un autre regard.

Camille décida alors de rattraper sa bourde avant qu'elle ne fasse le tour de l'école.

— En fait, il faut dire que Julien et moi sommes mariés. C'est notre couverture. Nous sommes en ville pour une mission secrète.

Pas du tout rassurée sur le motif de cet aveu si imprévu, Lucia se mit tout de suite sur ses gardes.

— Et pourquoi me dis-tu ça ? Je pourrais aller te dénoncer sur le champ. À moins que tu ne veuilles me piéger ?

— J'ai vu ton pendentif…

— Justement, je suis une adepte de Ka et je ne supporte pas…

— C'est le pendentif des volontaires.

— Comment le sais-tu ? …Tu dis n'importe quoi, déclara Lucia maintenant apeurée.

— Je l'ai sondé. Je fais partie de la résistance aussi. Ne t'inquiète pas.

— Et où est ton pendentif ? Ça veut dire quoi sonder ?

— Moi, je porte un bracelet qui a été imprégné, répondit-elle en le faisant tourner autour de son bras. Elle le défit et le posa sur la table. Et sonder, ça me permet de savoir si le pendentif porte un mot d'Avoir ou non.

— Je ne connais pas ce mot.

Camille se concentra et pensa à son bracelet. Instantanément, il se dupliqua et Lucia devint blanche.

— Tu nous as fait repérer… lui lança-t-elle.

— Non, car les prêtres ne connaissent pas le mot que j'ai employé. Tu as bien vu la vitesse à laquelle j'ai dupliqué cet objet. Tu crois que tu aurais pu faire pareil ?

— …Non… lui répondit Lucia. J'ai déjà essayé. Ça met très longtemps.

— Les prêtres ne peuvent surveiller que les mots qu'ils connaissent et en gros ils ne connaissent que les trente-deux mots d'Avoir que l'on enseigne au début. Les autres qu'ils utilisent sont une version simplifiée du vrai mot. Alors, ils ne pourront pas capter le mot que j'ai utilisé. Tiens, je te le donne, lui dit-elle en lui tendant le bracelet.

Lucia hésita quelques secondes et prit le bracelet de Camille. Celle-ci le lui passa autour du poignet alors que les premiers élèves commençaient à rentrer dans la salle.

— Tu m'as fait une frousse bleue. J'ai bien failli mordre ma dent… lui souffla Lucia en souriant.

— Et pense à ma petite bourde. Si ton frère est au courant, peut-être pourrais-tu lui en glisser un mot.

— Nous sommes tous des « adeptes de Ka » convaincus dans notre maison. Je le lui dirai dès que nous sortirons.

Toutes les tables étaient occupées maintenant et le professeur rentra.

— Chers élèves, je suis votre professeur de dessin architectural. Plutôt que de longs discours en guise de présentation, je vous demanderai simplement une esquisse. Cela me parlera mieux. Vous dessinerez le projet que vous avez en tête, celui que vous voyez se réaliser dans vos rêves les plus fous, celui qui vous a amené ici. Je vous laisse deux heures.

Camille sortit une feuille de dessin et ses crayons et se plongea dans la contemplation de sa blancheur.

— *Stilv, je n'ai aucun projet grandiose. Tu aurais une idée ?*

— Je vais t'imprégner d'une image, Camille. Ni trop prétentieux, ni trop modeste. Le projet d'une élève brillante.

Et elle se mit à dessiner. Si le goût artistique voire le génie se travaillent mais viennent de soi, l'art du dessin par lui-même s'apprend. Les courbes, les perspectives, les ombres ne sont qu'une série de règles dont Stilv s'était fait un plaisir d'imprégner l'esprit de Camille.

Au bout des deux heures, elle posa son crayon, lasse mais fière de son esquisse.

Elle représentait une arcade touristique ou commerciale que l'on pourrait voir sur le pourtour d'un grand magasin. Les arches croisées par deux se répétaient dans la profondeur du dessin formant à chaque fois des petites pièces ouvertes accolées les unes aux autres. Lucia était encore penchée sur son dessin et on sentait la passion qui animait son crayon. Le professeur passait déjà dans les rangs en commentant le dessin qu'il avait sous les yeux à voix haute.

— Un cube en béton, percé de fenêtres jeune homme. Vous comptez en faire quoi, une cage à lapins ? Et la hauteur, vous comptez qu'il tienne debout comment ?

Le jeune homme assis au premier rang bredouilla puis se tut. Même assis, il paraissait gigantesque, très grand mais très mince, on aurait dit un roseau s'élançant vers la lumière.

Lorsque le professeur arriva à sa hauteur, Camille se redressa et lui laissa prendre sa feuille. Il l'examina quelques secondes puis l'éloigna de son visage pour en apprécier la perspective.

— Un travail innovant. Enfin. Cette enfilade d'arches croisées, quelle finesse dans la ligne… Votre nom, mademoiselle ?

— Camille, lui répondit-elle d'une petite voix

Il fit comme un effort pour l'imprimer dans sa cervelle puis entreprit de faire lâcher à Lucia ses crayons qu'elle utilisait toujours.

— Je comprends votre persévérance, mademoiselle, dit-il après un long coup d'œil sur le dessin. C'est un beau rêve. Votre nom ?

— Je m'appelle Lucia, lui répondit-elle fière que son œuvre ait été plébiscitée. Ce pont, elle le voyait déjà flotter au-dessus d'un fleuve. Et il reprit sa progression. Lorsqu'il retourna à son bureau, il annonça :

— Je ne connaîtrai le nom que de ceux qui m'interpellent. Les autres passeront anonymes et ne devront pas compter sur moi pour les appuyer en fin d'année. À part, ce jeune homme aux rêves irréalisables et monstrueux, vous n'avez aucune imagination propre. Vous reprenez en pire le travail de vos prédécesseurs. Ah, quelle année horrible, je vais vivre.

Sur ces mots, il prit son sac et sortit.

— C'est ce qu'il dit chaque année, souffla Lucia à Camille.

Les cours s'enchaînèrent ensuite sans une pause jusqu'à deux heures de l'après-midi.

— Tu veux venir à la maison ? lui demanda Lucia pendant qu'elles rangeaient leurs affaires. On a sans doute plein de choses à se raconter.

— Il faudrait d'abord que nous passions chercher Julien. Il sort à trois heures.

— Ah l'amour… Je comprends. On s'arrêtera à l'école des maîtres en passant. De toute façon, c'est sur le chemin.

Elles sortirent toutes les deux et regagnèrent la cour. Claude discutait avec ses amis et Lucia l'appela.

— Tu rentres à la maison ?

— On sort pour fêter nos retrouvailles et se raconter nos vacances.

— En attendant, pas un mot sur notre rencontre avec Camille. C'est important. Je t'expliquerai.

Claude intrigué accepta et les deux filles sortirent de l'école et prirent le chemin de celle de Julien.

— Tu sais, j'ai bien réfléchi. Tu ne portes pas de pendentif mais un joli petit bracelet. Tu utilises des mots inconnus et tu t'appelles Camille. Tu ne serais pas la Camille à qui je pense ?

— Tu as vu juste, lui répondit-elle

— Camille… Je suis dingue des histoires que l'on raconte sur toi.

— Comme celle où j'ai déchiqueté un lion avec mes dents ? Tu sais Lucia, les histoires se colportent et grossissent à vue d'œil.

— Tu me raconteras et je jugerai, lui répondit-elle. Et Julien ?

— C'est un volontaire que j'ai rencontré à l'anniversaire de Lassa. Depuis on ne se quitte plus.

— Et Lassa ?

— C'est vraiment une fille bien. Ma meilleure amie. Et elle ne se monte pas la tête. C'est notre chef mais elle reste simple et aimable avec tout le monde.

— Oh quelle vie extraordinaire. Tu me raconteras tout n'est-ce pas ?

Elles s'assirent sur un banc et attendirent Julien.

— Tu sais, j'ai toujours été rebelle, lui dit Lucia. Lorsque j'étais petite, je singeais les prêtres de Ka derrière leur dos quand ils marchaient dans la rue.

Alors quand je suis tombé sur un volontaire, j'ai tout de suite été conquise. Je déteste leur façon d'exercer le pouvoir et je veux y mettre fin. J'ai parlé sous 'vérité' et je me suis fait creuser la dent. J'ai assisté à des réunions où j'ai appris les trente-deux mots d'Avoir, le mot 'invisibilité' et les mots de Chasse.

Je n'ai pas eu l'occasion de les utiliser encore à part 'dupliquer' lorsque quelque chose me plaît. Un jour, j'en ai parlé à mon frère qui m'a tout de suite emmené dans le bureau de mon père. Je m'attendais à une scène mais ils m'ont montré leur pendentif. Ils n'avaient pas voulu m'en parler pour que je ne prenne pas de risques.

— Oui, les hommes, toujours à vouloir protéger les femmes comme si elles étaient inférieures…

— Ou trop précieuses…

— Je te l'accorde mais c'est rageant. J'ai bien montré ma façon de penser à Julien quand il ne voulait pas que je vienne. Quand on parle du loup…

Julien sortit à ce moment-là avec deux collègues. Ils étaient lancés dans une discussion passionnée. Julien les apercevant sur leur banc s'excusa et vint les rejoindre.

— On est invité chez Lucia. Tu viens ?

— Bien sur. Merci Lucia.

Et les deux filles l'encadrant, il remonta la rue en suivant les indications de Lucia.

Ils aboutirent devant une grande maison de maître d'une architecture osée quoique harmonieuse qui s'élevait au fond d'une impasse. Un jardin joliment dessiné la séparait de la rue.

— Bien sur, c'est mon père qui en a fait les plans. Il en est très fier.

— Elle est magnifique, confirmèrent Camille et Julien d'une même voix.

— Je vais vous faire visiter.

Et ils suivirent Lucia à l'intérieur. Elle les conduisit d'abord dans un grand salon d'aspect confortable aux meubles modernes, presque excentriques, leur fit visiter la salle à manger, la bibliothèque et le boudoir, traverser les cuisines où ils furent présentés à Yvenald, leur cuisinière de toujours et à Miranda, qui s'occupait de la maison.

— Les chambres sont à l'étage mais mon petit frère habite aussi en bas. Il aurait du mal sinon… Elle frappa doucement à une porte qu'elle ouvrit.

— Johan, j'ai des visiteurs. Tu veux bien que je te les présente ?

Sur une parole d'acquiescement, elle les fit entrer dans la chambre. Un jeune garçon, assis sur une chaise roulante était en train de peindre. Les couleurs émaillaient le tableau de tons vifs où l'on pouvait deviner la partie du jardin qui s'ouvrait sur sa porte fenêtre.

— C'est très réussi.

— Oui, c'est vrai ce n'est pas mal… Ce sont tes amis ?

— Je te présente Camille, elle est avec moi à l'école et voici Julien son amoureux.

— Vous êtes très belle. Il faudra que je fasse votre portrait.

— Ce sera avec plaisir Johan.

— Johan a une jambe raide depuis la naissance. Elle a grandi avec lui mais les muscles restent atrophiés. Il se déplace très difficilement et ne va pas à l'école. Il a des précepteurs. Le prochain arrive dans quelques jours.

Camille s'approcha et posa doucement sa main sur la jambe de Johan. Elle la sonda puis se releva. Elle n'hésita qu'une seconde.

— Lucia, je peux faire quelque chose pour sa jambe. Mais ça va se savoir.

— Tu veux dire que tu pourrais le guérir ?

— Oui, mais les domestiques, le précepteur, les voisins et tout le monde…

— Yvenald est avec nous depuis des milliers d'années. Miranda, qui s'occupe également de Johan serait prête à donner une jambe pour qu'il remarche normalement.

Les voisins ne nous voient pas et je doute qu'ils soient au courant. Mes parents ne parlent jamais de son infirmité avec personne. Le précepteur, c'est un nouveau, on peut toujours ne pas le prendre en fin de compte et je veux bien prendre le risque. On dira que sa jambe s'est remise petit à petit, que ce n'était pas si grave. Qu'il lui fallait de la rééducation. N'importe quoi.

— Oui, je comprends. De toute façon, rien n'est plus important qu'il remarche, en gros c'est ça. Johan, tu peux aller sur ton lit ?

Le jeune garçon, hésitant entre enthousiasme et fatalisme dirigea son fauteuil jusqu'à son lit et se soulevant sur une jambe y bascula.

Camille s'approcha et fit signe à Julien de se mettre de l'autre côté du lit.

— Tu vas gérer la douleur pendant que je me concentrerai sur la réparation. Tous les muscles sont là mais ils n'ont jamais servi. Ça va prendre quelque temps pour les renforcer.

Ils se concentrèrent et Camille utilisa toute sa connaissance des mots d'Avoir pour détendre, raffermir, muscler le membre atrophié de Johan.

— Ça chatouille, leur dit Johan alors qu'ils progressaient vers le bas de sa jambe.

Plus d'une heure passa avant que Camille ne s'arrête.

— Bien sur Johan, il ne faut pas oublier que tu ne sais pas encore te servir de ta nouvelle jambe. C'est comme si tu apprenais à marcher. Alors tu vas te lever doucement et ne pas essayer de courir dès la première minute, d'accord ?

Johan fit bouger sa jambe qui n'était plus un poids mort au bout de son corps. Il s'en servit pour se pousser au bord du lit et s'assit.

Il se concentra quelques secondes puis tenta de se lever mais poussa trop sur sa jambe normalement valide et se retrouva en déséquilibre. L'autre compensa et il semblait osciller comme sur le pont d'un navire pris sous une tempête. Camille le rattrapa et l'aida à se tenir debout, droit sur ses jambes. Il fit maladroitement un pas puis un autre et Lucia s'effondra en larmes.

— Pas pleurer Lucia. Je marche…

— Je sais, mon petit cœur, lui dit-elle entre deux sanglots et elle courut le serrer dans ses bras.

Il lui rendit son accolade puis très sérieux lui dit :

— Laisse-moi, il faut que je marche. Papa et Maman rentrent ce soir.

Et Lucia quittant ses bras alla s'agripper à Camille.

— Merci Camille… Oh merci.

— Ce n'est rien. Tu aurais pu le faire toi-même d'ici quelques années. Ce sont les mots d'Avoir et Lassa que tu dois remercier.

Johan les laissant à leur embrassade empruntait déjà le couloir, espace plus dégagé pour son apprentissage. Il marcha ainsi, évoquant un homme sur une jambe de bois, jusqu'à la cuisine où les deux femmes crièrent au miracle et enlacèrent Johan qui se dégagea en racontant la même histoire : ses parents arriveraient bientôt. Il lui faudrait apprendre d'ici là.

Les trois amis rejoignirent les deux femmes et Lucia leur expliqua que Camille avait employé les mots d'Avoir dont on entendait parler depuis plusieurs années maintenant.

— Vous faites comme et même mieux que les prêtres de Ka, mais nous n'êtes pas avec eux ?

— C'est cela même. Nous sommes avec Lassa, la Mère de l'humanité.

— J'ai lu les affiches lorsqu'elles sont tombées du ciel mais je ne pensais pas qu'elles nous annonceraient tant de bonheur. Soyez-en remerciée jeune fille et vous aussi jeune homme.

Toutes ébranlées, elles allèrent s'asseoir dans le salon pendant que Camille ayant pris les choses en main leur prépara de la tisane dans la cuisine.

Ils s'installèrent ensuite tous avec leur tasse en main et regardèrent par les portes ouvertes. Johan faisait des allers-retours dans le couloir. À chaque fois qu'il passait devant les portes, son allure s'assouplissait et une heure plus tard, seul un petit boitillement laissait encore deviner son ancien état.

Lorsque les parents de Lucia rentrèrent, ils étaient tous dans le salon, Johan dans sa chaise, à les attendre. À peine franchie la porte d'entrée, Lucia les attrapa tous deux et les conduisit dans le salon où elle les assit sur le canapé resté libre.

Intrigués, ils se laissèrent faire tout en remarquant les deux nouvelles têtes. Ce devait être des amis de Lucia et elle était impatiente de les leur présenter.

— Voila, dit Lucia, mon amie Camille est la Camille qui est avec la Mère de l'humanité. Elle a beaucoup de pouvoirs et elle a guéri Johan, puis elle s'assit.

La mère de Lucia avait déjà des larmes pleins les yeux quand Johan, fièrement se leva de son fauteuil et traversa la pièce sur ses jambes pour aller enlacer sa mère qui n'en pouvait plus de pleurer. Son père les enlaça tous les deux, ne pouvant cacher ses larmes de joie.

Après un long moment de bonheur partagé, le père se tourna vers Camille.

— Je savais que la Mère de l'humanité faisait des miracles et je voulais lui emmener mon fils à la fin de cette guerre. Je ne vous remercierai jamais assez pour ce que vous avez fait.

— Comme je le disais à votre fille, vous auriez pu faire la même chose avec les bons mots d'Avoir. Seule la volonté des gens de Gend'ria de vouloir les partager et le courage de Lassa sont à louer.

— C'est quand même vous qui êtes ici et qui avez fait ce miracle. Vous avez toute ma reconnaissance.

— Merci, lui dit Camille sans vouloir polémiquer davantage.

Johan, pendant ce temps, faisait des tours du salon en promenant sa chaise. Sa mère le regardait béatement.

Yvenald depuis peu remise de son choc vint leur proposer de passer à table et Johan lâcha immédiatement sa chaise pour se diriger vers la salle à manger en disant :

— j'ai faim !

Répondant à cet appel, ils se levèrent et le suivirent. Se doutant bien que les deux jeunes seraient de la fête, Yvenald avait ajouté les couverts nécessaires et ils prirent tous place, Johan reculant une chaise et s'y asseyant pour la première fois.

La discussion s'orienta très vite sur Camille au sein de la résistance et celle-ci fut obligée de leur raconter par le menu toutes ses aventures avec Lassa.

— Je disais bien que tu étais une championne, lui lança Lucia pour conclure.

Claude rentra sur ces entrefaites et Johan sortant de table et marchant tout seul se jeta sur lui. Claude, remué, regarda son petit frère puis l'assistance sans pouvoir dire un mot.

— C'est Camille, elle l'a guéri avec les mots d'Avoir, lui expliqua Lucia rapidement.

Il se baissa et prit Johan dans ses bras et le serra fort. Il alla ensuite embrasser Camille et serrer la main de Julien puis il s'assit toujours sans un mot. Lorsqu'il put enfin parler, il dit :

— Merci. C'était ce que j'attendais de plus grand de la résistance et de la liberté. Nous avions cet espoir et nous en parlions souvent avec nos parents mais nous pensions que seule la Mère de l'humanité pourrait peut-être nous aider.

— L'avantage avec elle, c'est qu'elle partage son enseignement et ne nous exploite pas grâce à lui.

— C'est pourquoi nous la servons…

— Elle serait furieuse d'entendre ça. Elle ne veut pas devenir reine, elle veut que nous soyons tous autant qu'elle. Nous servons la justice et une certaine idée de bonheur, de liberté et de prospérité. D'ailleurs, elle ne veut pas qu'on l'appelle Mère de l'humanité mais seulement Lassa.

— J'en prends bonne note.

— Johan, il ne faudra raconter à personne que je t'ai guéri. Ce serait dangereux pour moi.

— Promis. De toute façon, je n'ai jamais eu une jambe malade, leur certifia Johan. Papa, je veux aller à l'école maintenant.

— On t'inscrira dès demain. Tu diras à tes petits camarades que tu toussais tout le temps et que tu tombais malade souvent, que c'est pour ça que tant que tu n'étais pas guéri, tes parents ne voulaient pas que tu ailles à l'école. Nous dirons la même chose.

— Vous voulez dormir ici ce soir ?

— Non, nous allons rentrer. Nous habitons chez Maître Stannis, le négociant en tissus. Pour tout le monde, il est mon oncle et nous venons chez lui, jeunes mariés pour poursuivre nos études.

Nous arrivons de Boulet un petit village du nord et nous resterons toute l'année chez lui.

— Et la vraie raison ? lui demanda Lucia

— Sûrement pas l'architecture sans vouloir vous vexer. Mais nous aurons le temps d'en reparler plus tard.

— Pourtant le professeur a remarqué ton esquisse ?

— Ce n'est pas moi qui l'ai inventée. C'est Stilv qui m'a tout soufflé.

— Stilv ?

— C'est la machine pensante qui dirige le vaisseau de Lassa. Je suis en contact avec elle par la pensée et elle m'a aidée pour le dessin.

— Je crois que nous avons encore beaucoup de choses à apprendre mais Camille a raison : il se fait tard. Claude, tu veux bien les raccompagner avec l'attelage ?

— Je viens aussi, lança Lucia immédiatement.

Après avoir dit au revoir aux parents de Lucia et à Johan pendant que Claude et Lucia préparaient le fiacre, ils se retrouvèrent dehors. L'attelage sortit de la remise et Julien monta aux côtés de Claude pendant que les deux filles s'asseyaient confortablement sur les banquettes.

Les chevaux les emmenèrent tranquillement à travers les rues de la ville et Claude les déposa à domicile. Ils se dirent à demain et rentrèrent.

Maître Stannis était encore au salon et leur proposa de s'installer avec lui un moment.

— Alors et cette première journée d'école ?

— Passionnante, lui répondit Camille et elle lui raconta sa rencontre avec Julia.

Lorsqu'ils eurent épuisé le sujet, ils s'excusèrent et montèrent dans leur chambre. Elle se réfugia dans la salle d'eau pour se rafraîchir et enfiler une robe de nuit tandis que Julien se changeait dans la chambre.

Ils se couchèrent promptement et discutèrent de choses plus personnelles qu'ils n'avaient pas eu le temps d'aborder. Ensuite ils se souhaitèrent bonne nuit et Julien éteignit la petite lampe à son chevet.

À TOUT LOISIR

Les jours suivants, leur programme maintenant bien rodé se déroulait toujours de la même façon. Julien accompagnait Camille à l'école et la laissait à l'arrivée de ses nouveaux amis et Camille et Lucia venaient le récupérer à la sortie des cours.

Là, ils traînaient en ville, visitant les magasins où passaient l'après-midi soit chez les parents de Lucia soit chez l'oncle Stannis. Claude venait quelques fois avec eux mais était le plus souvent avec ses amis.

Lorsque le jour s'effaçait, ils allaient quelquefois rendre visite aux volontaires qui prenaient leur service de nuit.

En effet, dès les premiers jours, ces derniers avaient trouvé douze maisons à vendre dans la grand rue circulaire qui bordait le tour de la ville sous les murs extérieurs. Camille avait donné l'argent à son oncle qui l'avait retransmis au chef du secteur concerné. Ce dernier s'était occupé de trouver des volontaires susceptibles d'en acheter une. Les volontaires étaient ensuite arrivés un matin un à un à intervalle régulier et avaient commencé le travail.

Julien conduisait les deux filles au travers de la ville comme s'il y était né. Ils traversèrent le quartier des imprimeurs et se retrouvèrent en vue des murailles de la ville. Ils remontèrent ensuite la rue ronde jusqu'à arriver à une maison à un étage, sans prétention, à part de se trouver dans le secteur qu'ils avaient choisi. Julien s'approcha de la porte et tapa le code convenu. Quelques secondes plus tard, elle s'ouvrit et ils entrèrent discrètement.

— Bonjour… lança-t-il aux quatre hommes qui se reposaient dans le salon. Il n'y avait pas de meubles et ils étaient assis par terre.

— Bonjour… répondirent en chœur les hommes.

La jeune femme qui leur avait ouvert se tourna vers eux pour leur demander de la suivre.

— Vous n'avez pas eu de mal à trouver la maison ?

— Non, répondit Julien. Vous m'aviez bien expliqué. Je vous présente Camille et Lucia.

— Bonjour, moi c'est Martha. Je suis la responsable de la mise en route des tunnels. On vient d'acheter cette maison. Si mes comptes sont bons, c'est la quatorzième. Venez, je vais vous montrer le travail.

La jeune femme les mena dans la cuisine où une volée de marche descendait dans une cave aménagée pour servir de garde-manger. Une lampe brûlait tranquillement dans un coin. Des étagères vides occupaient tous les murs sauf celui donnant vers les murailles songea Camille où un gros trou y était creusé. De la hauteur d'un homme, cette percée débouchait sur d'autres marches qui s'enfonçaient dans la terre.

— Le but du jeu c'est bien sur de ne pas tomber sur des canalisations ou des égouts alors nous commençons par nous enfoncer de cinq à sept mètres en fonction que la maison ait une cave ou non… puis nous fonçons en ligne droite dessous les murailles jusqu'aux bois.

— Et les bois sont à combien, cinq cents mètres ?

— Environ. Nous avançons d'environ trente mètres par jour. Les gars que vous avez vus là-haut remplacent les deux qui creusent toutes les deux heures. Si ça vous dit de visiter…

Les trois amis s'engagèrent alors dans le tunnel, Julien en tête, éclairés par les boules de lumière à intervalles réguliers. Au bout d'une petite balade sous terre d'environ deux cents mètres, ils arrivèrent au fond du tunnel. Deux hommes utilisaient les mots pour le creuser. Ils les regardèrent travailler quelque temps puis remontèrent.

Du côté du château, ils ne pourraient commencer les tunnels qu'après que Camille ait installé le relais d'impulsion dans ses caves. Après renseignements pris auprès de leurs professeurs, il s'avéra que ce ne serait pas avant la fin du deuxième trimestre. Ils devaient patienter.

Les travaux de creusement sous la muraille extérieure prirent deux semaines car la distance était longue. Ils devaient aller jusqu'aux bois et les soldats avaient fait dégager et entretenir aux fils des siècles une zone de surveillance tout autour de la ville qui s'étendait sur près de cinq cents mètres. Sans les mots d'Avoir, il aurait été impossible de réussir.

L'ouverture extérieure n'avait pas été creusée et les tunnels s'arrêtaient à deux mètres de la surface, bouchon qu'ils pourraient enlever en quelques secondes.

Alors que Camille, sans son amie, s'ennuierait sur les bancs de l'école, Julien dont cela avait toujours été le rêve prenait ses études très au sérieux et était récompensé par des notes excellentes et les appréciations favorables de ses professeurs. À la fin de l'année, il serait maître et pourrait enseigner dans les écoles du pays.

— Venez, je vous emmène prendre un sorbet, annonça Julien un jour à la sortie des cours. L'un de mes camarades nous a vanté hier son goût et sa fraîcheur exquise suivant ses propres mots et nous nous devons d'y goûter.

Le froid n'était pas quelque chose de fréquent dans le pays qui ne connaissait que des baisses de températures infimes entre l'été et l'hiver. Pour dire vrai, c'était toujours l'été et quelquefois l'été plus frais. Pour avoir de la glace pour fabriquer leurs sorbets, les commerçants envoyaient dans les montagnes des caravanes d'ânes portant des caisses isolantes et des hommes étaient chargés de la recueillir puis de la rapporter en ville. Les caisses étaient ensuite entreposées dans des caves profondes et servaient à faire des sorbets.

Julien trouva facilement la boutique indiquée et ils s'installèrent à l'extérieur sous un auvent. Ils commandèrent leur glace qui à la vanille, qui aux fruits de saison et attendirent d'être servis pour goûter à ce délice.

— Alors, comment se passent les cours, Lucia ?

— Très bien. Je suis première de la classe tant que Camille ne prête pas attention au travail demandé.

— Quand je semble prêter attention à ce que je fais, c'est que je triche, alors c'est toujours toi la première. Stilv adore par contre.

Il pompe dans mon esprit tout ce que disent les professeurs et en remplit sa base de données. Quelques fois, je suis obligée de demander pour lui une précision qui fait s'ébahir mes professeurs quant à la profondeur de mon raisonnement. C'est parfait.

— Et toi ?

— Je me débrouille bien aussi. J'ai des camarades sympathiques et mes professeurs m'aiment bien. Tout va pour le mieux.

Les glaces arrivèrent et la conversation s'interrompit sauf de brèves mais intenses exclamations ou des mimiques plus expressives encore.

— Les glaces, c'est vraiment ce qu'il y a de meilleur au monde, affirma Lucia. S'ils ne nous regardaient pas tous, je l'aurais dupliquée.

— Et moi, je te l'aurais figée, comme cela elle ne fondrait jamais.

— Et je l'aurais emporté avec moi partout. Une petite bouchée par ci, une autre par là…

— Et avant la fin de l'année, on te roulait pour te promener.

— Oui, mais pas grosse, épanouie à force de manger ce délice.

Julien alla payer.

— Et les amours ?

— Julien et moi, c'est mieux chaque jour qui passe. Il est attentionné, gentil et toujours gai. C'est l'homme de ma vie.

— Donc tu vas bientôt sauter le pas ?

— Chaque chose en son temps, répondit Camille avec un petit sourire aux lèvres.

Quand Julien revint, elle se leva et l'embrassa.

— En quel honneur ? lui demanda-t-il

— Parce que tu es un cœur, mon cœur répondit Camille.

Ils reprirent leur marche et décidèrent d'aller rendre visite à Oncle Stannis à son bureau.

Celui-ci les reçut avec plaisir et ferma la porte derrière eux.

— Alors, comment va la vie, les jeunes ?

— On apprécie en attendant le moment. L'école a prévu la première visite au château pour dans un mois. Ils ont été retardés par les autorisations qui traînaient. Les prêtres ne sont pas tranquilles.

— De notre côté, nous avons acheté toutes les maisons disponibles. Sais-tu Lucia que ton père est propriétaire d'un bâtiment classé monument historique ? Seul lui pouvait l'acheter. Il a promis de faire tous les travaux de rénovation nécessaires avant qu'on ne la lui vende. Mais c'était nécessaire de l'avoir. Les maisons près du château sont toutes très bourgeoises et les gens se les passent de génération en génération. Il a été difficile d'en trouver à vendre. D'autant qu'il y en a beaucoup moins que celles qui bordent la ville. Nous en avons dix. Il faudra que cela suffise.

— Ça ira très bien, assura Julien. Nous creuserons des tunnels plus larges pour que deux puissent y circuler de front.

— Et vous avez des nouvelles de Lassa ?

— Nous sommes en contact toutes les semaines. De leur côté, ils attendent que les tunnels soient prêts. Ils ont profité de ces six mois pour enseigner en masse les trente-deux mots d'Avoir à la population.

Il parait, d'après les attentifs qui surveillent toujours les mots d'Avoir, que le nombre est impressionnant. Difficile de démêler les informations dans ces conditions, mais ils portent essentiellement leur attention sur la capitale et les grandes villes qui sont beaucoup plus silencieuses. Ils ont lancé un ordre de regroupement pour dans deux mois. Ils comptent que d'ici là les tunnels seront prêts.

Les vacances de fin du deuxième trimestre arrivèrent. Camille avait projeté d'emmener Julien et Lucia à Aud'ria durant cette période. Ils quittèrent donc la ville à cheval pour aller visiter une tante de Lucia quelque part dans le sud et après avoir parcouru quelques kilomètres obliquèrent sur un petit chemin qui menait à la ferme d'un volontaire. Ils y laissèrent leurs chevaux et montèrent dans la navette qui les attendait sur un pré derrière la maison.

Celle-ci les conduisit au village des parents de Camille après un grand détour pour faire admirer à Lucia le paysage vu du ciel : elle put contempler les montagnes au nord et la mer au sud.

Lorsqu'ils atterrirent, Jehor et Marcia, prévenus par Stilv de leur arrivée imminente les attendaient. Ils s'embrassèrent, heureux de revoir Julien et accueillirent Lucia avec chaleur puis ils les ramenèrent à la maison. Camille récupéra sa chambre pendant que Julien était invité à prendre celle de Kelvin. Lucia eu droit à la chambre d'amis qui avait été celle de Lassa l'informa Camille.

Le soir, ils descendirent ensemble dîner. Marcia avait préparé du lapin à la mode Lassa confirma-t-elle et Camille se mit à table avec appétit.

— Alors Julien, cette école des maîtres ?

— Il me reste encore deux mois avant de recevoir mon diplôme. Les professeurs sont très contents de moi et j'ai appris tant de choses que ça n'aura pas été une année de perdue. Après je compte m'installer quelque part, là ou Camille souhaitera, car d'ici là nous nous serons mariés… Si tu veux bien ?

— C'est une demande en mariage officielle ?

— C'en est une. Camille, mon aimée, veux-tu m'épouser ?

— Oui, bien sur, répondit-elle sans hésitation et Julien sortit de sa poche une belle bague qu'il passa au doigt de Camille.

— Tu avais préparé ton coup depuis longtemps ?

— Depuis que tu as décidé d'aller chez tes parents. Je les ai même informés que je te ferais ma demande et ils ont gardé le secret.

— Nous nous marierons dans deux mois, dès la prise de Lysandia, déclara Camille. Ce sera une grande fête pour tout le monde.

Et à ce moment-là, on frappa à la porte d'entrée et Lassa suivie de Kelvin entrèrent.

— Félicitations, lui dit Lassa en prenant son amie dans ses bras. C'est un grand jour.

— Et il est parfait avec votre visite. Merci. Et Camille embrassa aussi son frère. Et vous ?

— Comme Julien a fait sa demande en premier, nous nous marierons une semaine après vous. Ce sera reparti pour la fête.

— Et vous restez longtemps ?

— La semaine, si cela vous dit.

— Et vous logerez où ? Les chambres sont prises.

— Depuis deux mois, nous avons notre propre maison à Aud'ria. Nous comptons nous y installer après la guerre.

— Julien, tu enseigneras ici ! Je veux moi-aussi ma maison à Aud'ria.

— Je m'en doutais bien. Il ne manquait plus que ton accord pour que les travaux puissent commencer. Nous avons notre terrain et les artisans sont partants. Nous irons le visiter demain.

— Notre terrain ? Oh Julien... C'est ce soir que nous irons le visiter... et votre maison aussi. Je ne pourrais attendre demain.

— Va pour ce soir, lui répondit Lassa en se tournant vers Lucia.

— Bonsoir Lucia. Camille m'a beaucoup parlé de toi. Sans ton appui, elle désespérerait dans son école.

— C'est un honneur de te rencontrer enfin Lassa. Camille n'avait pas menti, tu es géniale.

— Merci, ça c'est un compliment, dit Lassa en prenant une place autour de la table. Et toi, que comptes-tu faire après la prise de Lysandia ?

— Assister à vos mariages puis continuer mes études et construire le plus beau pont du pays.

— Je serai à son inauguration.

— Je vous enverrai à tous des invitations, répondit Lucia avec un grand sourire.

Ils continuèrent à discuter de tout et de rien puis décidèrent d'aller faire leur petite balade nocturne. Julien les conduisit en bordure du village. Une nouvelle rue avait été tracée et enduite de revêtement de surface mais il n'y avait encore qu'une maison de bâtie. Julien lui montra leur terrain qui s'étendait à côté de cette maison. Il était nu pour le moment mais Camille pouvait imaginer un jardin touffu où ses enfants joueraient. Elle contempla en rêvant son terrain pendant un long moment puis demanda :

— Et votre maison est loin d'ici ?

— Pas très loin, répondit Lassa en lui montrant la bâtisse d'à côté.

— Oh Julien, dit-elle en lui sautant au cou et en l'embrassant.

Ils firent donc quelques pas et se retrouvèrent devant la maison de Lassa et Kelvin qui leur firent l'honneur de la visite. L'extérieur ressemblait à toutes les maisons du village avec ses murs ocre et son toit de tuiles. L'intérieur était lui aménagé dans un style que Camille ne connaissait pas malgré sa première étude d'architecture.

— J'ai demandé aux artisans de suivre des modèles de Gend'ria et Stilv leur en a imprégné les images. Il parait que depuis le style fait fureur.

Le salon comme toute la maison était de trois teintes, orange, vert et beige. Les fauteuils se déclinaient en torsades élaborées reprises par la table de salon et les buffets. La cheminée s'illumina d'un joyeux feu ce qui donna au tout une ambiance intime. C'était très réussi et Lucia le fit savoir. Après avoir visité le reste de la maison, ils s'installèrent confortablement au salon et Lassa apporta des tasses de tisane.

— Tu sais, nous avons mangé des sorbets la semaine dernière. C'était la première fois. Ils étaient délicieux.

— Stilv m'en faisait souvent sur le vaisseau. Nous avons une machine qui fait de la glace, c'est très pratique. Mais avec un mot d'Avoir, ça marche aussi. Je tacherais de vous en faire avant la fin de la semaine.

Ils restèrent jusque tard dans la nuit puis rentrèrent chez Jehor et Marcia tout en s'étant donné rendez-vous pour le lendemain.

Le petit déjeuner fut joyeux. Camille était heureuse d'être avec tous les gens qui lui étaient chers et la perspective d'avoir une semaine à partager ensemble la réjouissait encore plus.

— Ce matin, on va chez Marie, décréta-t-elle.

Elle était quand même du village et elle connaissait toutes les bonnes adresses. Les deux filles lui faisaient donc confiance. Elles s'étaient mises en tête de renouveler leur garde-robe et de trouver l'ensemble parfait. Les garçons qui ne voulaient pas les quitter confirmèrent le choix de Camille par un hochement de tête obéissant.

Après avoir débarrassé la table du petit-déjeuner, ils se décidèrent à descendre au village, direction chez Marie. C'était une boutique de vêtements féminins exclusivement et Kelvin et Julien, après en avoir fait deux fois le tour à la suite des filles décidèrent d'aller les attendre dehors. Celles-ci cependant fouinaient à qui mieux mieux pour trouver l'article idéal.

— Cet ensemble me semble parfait… annonça Lucia. De toute façon, tout me semble parfait. C'est vraiment une très jolie boutique.

— Tu as raison, ce pantalon et sa tunique sont vraiment jolis. Je les veux aussi, décréta Camille

— Alors moi aussi. Ils me feront penser à cette semaine de vacances quand je les mettrais, soutint Lassa.

Elles se décidèrent donc pour cet ensemble et rejoignirent enfin les garçons qui trouvaient gentiment le temps un peu long. Mais les magasins n'étaient pas la seule manière de passer le temps et il était l'heure de choisir un endroit pour déjeuner, tâche qui revint à Kelvin.

L'après-midi se passa en promenades à cheval et baignades à la rivière et le soir, ils se réunirent tous chez Lassa et Kelvin.

La semaine se passa rapidement suivant le rythme adopté ce premier jour et le moment de retourner à leurs occupations habituelles arriva.

— J'installe l'appareil de Stilv dans les caves du château, on creuse les tunnels et tu nous retrouves dans la capitale pour chasser les méchants, lança Camille avec humour et un pointe de déception à l'idée de quitter son amie pour presque deux mois.

— Pas de problèmes, on fait tout ça et puis on célèbre nos mariages. La routine quoi !

Et après une dernière embrassade, Camille rejoignit ses amis dans la navette qui décolla pour la capitale. Ils se posèrent dans le champ et regagnèrent la capitale à cheval. Camille insista pour passer l'après-midi chez Lucia et ils ne rentrèrent que le soir, après dîner, chez l'oncle Stannis. Celui-ci prévenu les attendait au salon et ils lui relatèrent leurs vacances, leur prochain mariage et la visite de Lassa. Puis ils lui dirent bonne nuit et montèrent à leur chambre.

Lorsque Julien rentra dans la chambre, il s'aperçut tout de suite que quelque chose avait changé. Les deux lits avaient été remplacés par un grand lit double.

Il se tourna vers Camille.

— Moi aussi, je sais faire des cachotteries quand je veux. J'ai demandé à Minoucha de nous préparer ça pour notre retour.

Et laissant leurs sacs traîner dans le couloir, elle ferma la porte et sauta dans les bras de Julien.

LA VIE EN BLEU

— Bien, mes chers élèves, la multitude d'arcs boutant qui forment le plafond de cette cave…

Camille n'écoutait pas son professeur disserter sur la solidité des fondations du château. Elle écoutait plutôt Stilv qui, testant le relais d'impulsion lui donnait ses instructions du genre :

> « *Rapproche-toi de ce mur… Ce sera mieux dans la salle suivante…* » et enfin « *Ici c'est parfait… Où tu peux dans cette salle.* »

Camille fit un signe à Lucia et elles s'attardèrent pour se trouver en queue du groupe. Camille se baissa alors pour relacer ses sandales tandis que le groupe continuait sa visite.

Les gardes à l'entrée du château avaient fouillé leurs sacs mais n'avaient pas prêté attention à sa jolie boîte en bois ou chaque alvéole contenait un stylo ou un crayon. Stilv avait spécialement conçu quelque chose qui pourrait passer inaperçu. Lucia fit le guet pour prévenir toute arrivée d'un professeur qui se serait aperçu de leur absence pendant que Lassa trouva un petit coin sombre où elle posa la boîte et la fit disparaître. Les caves ne donnant pas l'impression d'être nettoyées régulièrement, personne ne devrait tomber dessus pendant le temps que nécessiterait le creusement des tunnels.

Elles rejoignirent prestement le groupe et écoutèrent avec attention, mais le cœur battant, le récit des prouesses des architectes de l'époque. Ils passèrent encore deux heures dans ces caves sombres et humides puis reprirent le chemin de l'école sans avoir attiré l'attention.

L'après-midi, elles reprirent leur parcours habituel et allèrent récupérer Julien à l'école.

— Ça c'est passé sans aucun problème. Merci à Stilv pour avoir aussi bien camouflé son appareil, sinon je ne m'en serais pas sortie avec mes explications boiteuses.

— Ce soir, nous irons voir l'avancement des travaux côté château. Nous visiterons ta maison Lucia si tu nous accompagnes. Ça passera comme normal.

— Aucun problème. J'ai hâte de faire le tour du propriétaire.

Les travaux de creusement avançaient bien. Les trappes d'accès avaient depuis longtemps été construites et il ne leur avait manqué que le feu vert de Stilv pour commencer. Ils avaient déjà parcouru une bonne vingtaine de mètres, creusant le tunnel à deux de front pour en élargir le passage.

— Vu le temps que nous avons mis pour les tunnels extérieurs, Stilv considère que nous aurons fini dans six jours, leur annonça un volontaire fier de renseigner Camille.

Le tunnel était rectiligne et s'enfonçait dans la terre. Des boules de lumière étaient enfermées dans des appliques sur le mur et l'éclairait comme en plein jour. Les parois étaient lisses et solides comme si la terre avait fondue sous l'action des mots d'Avoir puis s'était solidifiée formant un matériau incassable. Ils parcoururent les vingt mètres et regardèrent quelque temps le travail. Puis ils ramenèrent Lucia chez elle et prirent le chemin du retour.

— Il faudra annoncer à Lassa de prendre ses dispositions. Dans six jours, ce sera à eux d'agir. Nous ne pourrons que les attendre.

— Les volontaires sont attendus aux points de rassemblement dans dix jours. Il ne leur faudra pas longtemps pour se décider à agir.

Ils approchèrent du portail de Oncle Stannis mais lorsqu'ils tentèrent de le passer une force invisible les bloqua et les projeta à terre. Ils sentirent des doigts s'immiscer dans leur bouche puis des objets longs et durs qui les empêchaient de la refermer.

Alors la voix de Stilv retentit dans leur tête :

— *Avis à tous les chefs de réseau et aux personnes ressources. Je viens de recevoir une communication de Jehor. Prévenir tout le monde. Quatre soldats ont utilisé un mot 'd'invisibilité' aux abords de la maison de Monsieur Stannis. Nous avons été découverts. Prenez vos précautions, on ne sait pas ce qu'ils savent.*

— *...Trop tard Stilv. Ils nous ont pris. Julien et moi. Préviens Maître Stannis de disparaître avec Minoucha et son mari. Et préviens Lucia de ne pas se pointer. Nous, on a de sérieux problèmes.*

— On les tient... Appelle le chariot.

L'un des soldats redevint visible et fit un signe du bras et au bout de la rue un chariot se mit en branle et les rejoignit.

— Allez les tourtereaux... Dans le carrosse... dirent-ils en poussant Camille et Julien dedans. Ils prirent place avec eux et hélèrent le conducteur qui poussa alors ses chevaux pour les emmener le plus rapidement possible au château.

— Alors, je résume la situation... Vous bougez ou vous utilisez votre magie et votre collègue, on le saigne... Vous ne nous voyez pas mais croyez-moi sur parole, dit l'un des soldats.

Camille sentit la lame se poser sur sa gorge et imagina qu'une semblable faisait de même sur celle de Julien. Elle avait la bouche déformée par le bout de bois qui lui repoussait les lèvres lui faisant un sourire grotesque. Il était attaché solidement derrière sa tête par une lanière de cuir. Ses mains étaient elles-mêmes attachées.

— *« Je crois que nous sommes fichus »* pensa-t-elle désespérément.

Les portes du château étaient ouvertes pour laisser le passage au chariot qui arrivait à vive allure et qui ne ralentit qu'une fois arrivé dans la cour intérieure où une troupe armée les attendait.

Un prêtre de Ka se détacha du groupe et donna des ordres pour qu'ils soient conduits immédiatement devant le grand prêtre et il les regarda s'éloigner avec un sourire cruel aux lèvres.

Ils montèrent quelques escaliers, empruntèrent quelques couloirs et aboutirent sur une grande porte à deux battants qui, Camille s'en doutait, débouchait sur la salle du trône. Les couteaux n'avaient pas quitté leur gorge.

Poussés, tirés, ils furent conduits devant un homme en robe qui se tenait sur une estrade. Camille pensa à le tuer avec le mot d'Avoir mais cela ne changerait pas grand-chose. Un autre prendrait sa place et eux ne seraient pas plus avancés.

— Mes très chers amis, merci d'avoir accepté mon invitation avec autant d'empressement. Je suis donc en face de Camille et de Julien, des piliers de la stupide insurrection qui ne vous mènera à rien, je crois que vous commencez à vous en rendre compte.

Comment je vous ai trouvé, voilà la question qui vous brûle la langue, continua-t-il à pérorer heureux d'avoir un public pour triompher.

L'un de vos petits camarades nous est tombé dessus par hasard et nous n'avons pas manqué de l'inviter également. Le pauvre était peut-être capable de se tuer pour nous échapper mais comme nous ne lui en avons pas offert la possibilité, il s'est écroulé très vite. Vous comprendrez. Voir les pinces se rapprocher de vos ongles pour les arracher, violemment ou doucement suivant l'humeur, vous enlève l'envie de jouer au héros.

— « J'en ai bien peur », pensa Camille.

— Alors, il a répondu à nos questions. Pour dire la vérité, il a très vite trouvé l'opportunité de s'embrocher avec l'épée d'un garde négligent. Nous l'avons soigné mais il est entre la vie et la mort.

Il nous a quand même révélé les deux choses importantes que nous lui avions demandées : nous donner le mot d'invisibilité et nous donner les responsables de la résistance à Lysandia. Nous aurons tout le temps d'en apprendre plus grâce à vous.

— *OK Stilv, ils ne savent rien des tunnels. Tout reste possible mais il ne faut pas que nous parlions. Et je suis sur de ne pas tenir le coup. Rien que penser à des ongles arrachés, cela me donne des frissons. Peux-tu nous tuer, maintenant, comme ça ?*

— *Je pourrais vous envoyer une surcharge de données qui endommagerait votre cerveau et entraînerait votre mort mais j'ai une autre solution à proposer.*

— Vous allez tout me dire… continuait le prêtre. Vous ne voudrez pas laisser souffrir votre amie, n'est-ce pas jeune homme…

— *OK Stilv, si tu as une solution, c'est le moment idéal pour nous en faire part.*

— *Je peux capturer l'essence de vos esprits et les emmagasiner dans ma base de données. Vous deviendrez des fantômes dans mes circuits au même titre que l'image des parents de Lassa que je trimbale depuis plus de sept cents ans, sauf que là je vous prendrais en intégralité. Vos corps ne conserveront que les fonctions vitales mais vous ne serez plus dedans.*

— *Et c'est mieux que la mort ta proposition ?*

— *Si nous récupérons vos corps, nous pourrons vous y remettre. Sans manger, ils peuvent tenir longtemps mais sans boire, ils se dégraderont rapidement. Vous aurez une semaine environ pour les récupérer. Ils auront besoin de soins mais ils s'en remettront. On tente le coup ?*

— *Qu'en pense Julien ?*

— *Il est d'accord mais fera comme toi.*

— *Alors c'est OK. Quand tu veux Stilv.*

Les gardes avaient un peu relâché leur surveillance et ils se retrouvèrent avec deux corps inertes qui s'écroulèrent devant eux.

— Qu'est-ce que c'est que cela ? Encore un de leurs tours ? Ils sont morts ?

Le garde se pencha et tenta de trouver le pouls de Camille.

— Non votre Excellence, leurs cœurs battent.

— Réveillez-les-moi… mais devant l'insuccès des soldats, il se reprit : « Enfermez-les et dès qu'ils se réveilleront, prévenez-moi. » Et il tourna les talons affreusement déçu.

Camille se réveilla couchée par terre et elle voyait le ciel au-dessus de sa tête. Mais il n'avait pas les couleurs habituelles, pas du tout. Il passait pas différentes nuances de violet et les nuages étaient oranges.

— Qu'est-ce qui m'arrive ? se demanda-t-elle en levant une main pour se frotter les yeux. La main s'arrêta à dix centimètres de son visage bloqué par une sorte de dôme qu'elle n'avait pas remarqué avant.

— Je porte un masque. Elle le tapota et il émit un son métallique. Elle le toucha. Il avait une forme de museau de chien. Elle était dans un androïde.

— J'ai préféré vous mettre en liaison avec un androïde plutôt que vous laisser dans le vaisseau. Vous trouverez cela sûrement mieux. Vous pourrez vous déplacer et parler, voir aussi. Ce sera presque une vie en attendant. Vous avez dormi quelques heures.

Lassa était assise par terre à côté des deux androïdes.

— Ça va ? demanda-t-elle. Stilv nous a tout expliqué. Je parle à Julien ou à Camille ?

— Camille. Enfin si on peut dire…

— Oh Camille, je suis désolée…

— Ce n'est peut-être que temporaire. En tout cas, il faut l'espérer, je te vois en bleu, tenta-t-elle dans un effort d'humour. En tout cas, c'est mieux que d'être déjà morte. Penses-tu pareil Julien ? demanda-t-elle en se redressant sur un coude et en se tournant vers l'androïde couché à ses côtés.

— Oui, on a encore une chance. Il fallait la saisir, répondit une voix d'androïde à ses senseurs d'écoute.

— Oh Julien, je t'aime, lui dit Camille en roulant pour se retrouver contre lui. Les deux heaumes à tête de loups s'entrechoquèrent.

— Pas terrible comme câlin. Tu m'as habitué à mieux.

Ils se levèrent. Lassa tira deux foulards de sa poche : un bleu et un rouge.

— C'est un conseil de Stilv pour vous reconnaître et ne pas vous confondre avec lui, et elle noua le foulard rouge autour du cou de Camille et le bleu à Julien.

Et maintenant il nous reste une semaine pour vous récupérer. Et peut-être pourrons-nous sauver aussi le jeune volontaire qu'ils ont attrapé. Maintenant qu'ils ne vous ont plus, ils vont être aux petits soins avec lui. Nous allons faire en sorte d'y parvenir.

— Et Stannis ? Et Minoucha ?

— Ils se sont rendus invisibles et se sont sauvés. De toute façon, les soldats ne se sont pas occupés d'eux. Ils vous tenaient cela leur suffisait pour la soirée. Lucia est prévenue aussi et est morte d'inquiétude. Tu devrais lui dire un petit mot.

— Lucia…

— Camille, c'est bien toi ?

— Oui, nous nous sommes échappés. Enfin presque. En tout cas, nous ne souffrirons pas de la torture et crois-moi ça fait peur rien que d'y penser.

— Vous êtes où ?

311

— *Pour faire simple, nos corps sont restés au château, sûrement dans un de leurs cachots, et nos esprits se trouvent avec Lassa dans le corps d'un androïde.*

— *Mais c'est horrible !*

— *Oui, mais pas définitif. Dès qu'on aura récupéré nos corps Stilv nous remettra dedans. C'était la seule solution.*

— *Donc il faut que nous gagnions très vite ?*

— *C'est ce que nous ferons. Pas question que je reste dans cette carcasse en fer toute ma vie qui risque en plus d'être très longue.*

— *Courage Camille. Je vais leur dire de creuser plus vite.*

— *Ils en sont déjà à du vingt-quatre heures par jour, ils ne pourront pas faire mieux. Laisse-les faire. Ils y arriveront.*

VIVE LES VACANCES !

Une centaine de volontaires sont regroupés dans cette partie des bois et attendent. Julien est là aussi. Non pas avec ses beaux cheveux noirs et ses muscles saillants mais dans un doux miroitement d'une armure d'acier. Armure qu'il ne peut enlever. Prisonnier d'un corps de métal. Seule son écharpe le différencie de moi.

Mais il ne faut pas perdre espoir. C'est le grand jour et nos corps sont encore vivants. Stilv nous l'a confirmé, il n'y a pas deux heures. Heureusement car je ne voudrais pas me poser la question : au cas où, que choisirais-je ? De disparaître ou de rester dans ce corps de loup d'acier à voir le ciel violet.

Soudain les capteurs de l'androïde m'informent que la terre tremble et cela me sort de mes pensées. Il est dix heures du soir et nous sommes dans les bois. Nous allons la prendre cette Capitale.

La terre semble bouillonner à deux mètres de moi. Puis elle disparaît tout d'un coup. Et la tête de Clara apparaît.

— Non, Clara, mais que fais-tu là ?

La jeune fille fait un tour d'horizon et aperçoit les deux loups.

— Camille ? C'est toi ? Oh que je suis contente de te voir.

Elle me tend la main et sans effort, je l'aide à sortir du trou. C'est éclairé derrière elle et je peux voir son frère Claude et quelques volontaires avant qu'elle ne s'agrippe à moi et ne me fasse un câlin.

Elle est gentille. Elle doit s'inquiéter.

— Ne t'inquiète pas, Camille. On est venu et on va te rendre ton corps.

— Si je m'inquiète, c'est plutôt pour toi. Ça va être la guerre dans moins de deux.

— Pas de problème. Claude et moi, on a été imprégné des mots et on est là pour assurer votre invisibilité. De toute façon, il fallait bien quelqu'un et nous sommes des volontaires, nous aussi. On doit faire notre part.

Oui, elle avait raison. Je trouve son petit corps fragile entre mes mains mais lorsque j'étais comme elle, moi non plus je ne voulais pas laisser ma place.

— D'accord, d'accord, je me rends.

— Bref, c'est pas que… Lança Julien, mais on devrait y aller. C'est normalement une opération minutée.

Clara, obéissante pensa à son pendentif et disparut. Elle étendit ensuite son champ et je me retrouvais aussi invisible qu'elle.

— Allons-y. Attention, on descend, lança t-elle au trou.

Nous passons devant Claude à qui je fais un petit coucou et nous entamons la petite balade sous terre. J'avais vu ce tunnel avec d'autres yeux, les murs lissés et pétrifiés, les appliques de lumière. Dans ma démarche d'acier, tout me semble plus facile, il faut bien l'avouer. Je me maintiens doucement en contact avec Clara, devant moi mais j'aurais pu la prendre dans les bras et courir le long du tunnel.

Nous arrivons cependant assez vite à des marches qui grimpent dans la maison.

— Il faut sortir rapidement pour laisser la place aux arrivants. Viens…

Ma main sur son épaule, je la suis. Elle sort de la pièce, traverse le couloir et je vois la porte d'entrée, ouverte. Nous sortons et je reconnais instantanément notre position. Le plan de la ville est imprégné dans mes souvenirs.

Clara n'a pas une seconde d'hésitation et remonte la rue. Cela me rappelle ma première excursion à la Capitale pour sauver le volontaire emprisonné. C'était dans une autre vie il me semble.

Le parcours est établi depuis longtemps. Le chemin le plus rapide, tout en étant le moins fréquenté possible. Stilv a étudié les rues et les habitudes des gens pendant de nombreux jours avant de nous sortir ce chemin. Et en effet, nous ne rencontrons personne. Il est tard, il faut dire. Il doit être onze heures maintenant.

C'est vrai que le forgeron a fait du bon travail avec son armure. Elle n'entrave pas du tout la marche de l'androïde. Bon, bien sur, je suis rembourrée de chiffons pour ne pas qu'elle fasse de bruits et je porte des bottes.

Je dois avoir une allure bizarre.

Nous atteignons sans encombre la rue circulaire qui entoure le château. Devant nous, rien que la colline à nu et les murailles qui se distinguent dans le noir par des feux sur les chemins de ronde. Tout est calme ici aussi.

Et dire que plus de deux mille volontaires sont en train de faire la même chose que nous. Ils affluent de plus de vingt trous de tout autour de la ville.

Nous nous approchons d'une maison. C'est la maison du père de Clara. Je m'en souviens.

Clara tape le code à la porte qui s'ouvre sur une femme.

— Tout droit jusqu'à l'escalier. Vous en verrez un qui descend à la cave, dit-elle sans toutefois voir personne.

Clara abaisse son invisibilité et nous apparaissons de concert.

— Merci, dit-elle. Viens Camille, on y va.

Elle me prend par la main et m'entraîne au fond du couloir. Un escalier descend à la cave et est éclairé. Nous descendons et remarquons sans problème le pan de mur qui a été creusé. Le tunnel est là. Derrière lui, le château et la bataille qui nous attend.

Après une centaine de mètres sur du plat, nous arrivons à une montée en pente douce découpée de longues marches d'escalier.

Nous montons, nous montons et nous montons encore et tout d'un coup la muraille, percée d'un gros trou et nous aboutissons dans le château. L'une des caves, je les reconnais avec leurs arc-boutants transversaux. Le cours de Monsieur Begue aura au moins servi à cela.

Deux volontaires se trouvent près d'une porte. Ce sont eux qui ont creusé les derniers mètres lorsque l'opération a été lancée et ils nous attendent.

Nous les rejoignons et j'entends derrière moi arriver Julien et Claude. Puis la salle se remplit et bientôt nous sommes obligés de nous serrer.

Je sais que cet escalier devant nous débouche directement dans la cour.

— OK, lance Stilv dans ma liaison électronique. Je sais que les autres l'entendent dans leur tête. Tout le monde est là. Chacun sa mission. Vous pouvez y aller, bonne chance.

Ça pousse derrière nous et nous ne pouvons que grimper. Il y a deux cents personnes derrière nous. Chaque groupe, il y en a dix, est accompagné de deux androïdes.

Pour ce groupe, c'est nous.

La cour est éclairée par des torches mais Clara – et donc moi – est de nouveau invisible. Nous la traversons rapidement. Ce n'est pas le moment qu'un quidam veuille la traverser et se heurte à notre mur mouvant.

Droit devant, notre objectif, le dortoir. Il y en a trois, chacun pour deux cents soldats. Je retiens Clara par l'épaule et passe devant. Je pousse la porte et passe la tête. Il fait sombre mais quelques torches éclairent quand même les rangées de lits. Tous occupés à ce que je peux voir. Il y a un soldat qui est assis sur son lit. Il nettoie sa lame. Il faudra faire attention à lui. Sinon, ils ont tous l'air de dormir.

J'en fais le compte-rendu à Stilv qui le retransmet à mon groupe.

J'entre et je laisse la porte ouverte. L'homme réveillé est assez loin au fond du dortoir pour ne pas s'apercevoir que la porte est restée ouverte. Pas de vent non plus.

Je me dirige directement vers lui. Je sens plus que je n'entend les volontaires se disperser dans les rangées de lit.

Stilv coordonne l'avancée des volontaires et chacun s'arrête près d'un lit.

Moi, je suis tout à côté de l'homme réveillé. Je pourrais tendre la main et le toucher. Clara me fait sentir qu'elle est sur ma droite.

Nous attendons. Lorsque tout le monde est positionné dans les trois dortoirs, nous passerons à l'attaque.

Mais l'homme dont j'ai la charge se lève. Il regarde son épée. C'est vrai qu'elle brille dans la faible lueur des torches. Il s'approche de la tête de son lit et la glisse dans son fourreau.

Puis il se retourne et marche directement vers moi. Sans me voir bien sur, mais le résultat est le même. Il se cogne sur ma poitrine comme sur un mur. Je n'ai pas bougé d'un millimètre mais lui est ébranlé. Il secoue la tête et regarde le vide. On voit qu'il vient de comprendre. Je m'apprête à lui balancer un coup de poing mais Clara est plus rapide. Elle doit l'oxygéner car ses yeux se révulsent d'un coup et il s'écroule par terre. Son corps pousse son lit qui racle sur le sol.

— On y va, lance Stilv.

Les volontaires n'attendaient que cela. Je vois bien quelques têtes qui se tournent vers le bruit qu'a fait le corps en tombant mais ils s'écroulent dans un parfait accord.

Cela n'a duré que quelques secondes et dans notre dortoir tout le monde dort de nouveau, d'un sommeil plus profond.

Clara quitte l'invisibilité et essaye de retourner l'homme qu'elle a endormi.

Je me penche et le renverse sur le côté.

— Merci

— Mais tout le plaisir est pour moi. Bien joué, Clara.

— Ma première victime, me lance-t-elle fièrement.

Elle coupe la corde de son pendentif, le réverse et l'étourdit.

— Celui là ne fera plus de mal à personne.

— Bien, maintenant, mission numéro deux.

Nous ressortons dehors. Julien s'approche de moi.

— Prête ?

— Prête.

Nous savons que les autres androïdes sont regroupés dans la cour. La chasse à l'homme et ouverte et c'est notre rôle.

Les volontaires se sont regroupés invisibles dans la cour et attendent que nous leur mâchions le travail.

Julien et moi grimpons quatre à quatre les marches qui montent vers les chemins de ronde et nous les parcourons en courant. Dès que je rencontre un soldat, je m'approche de lui et je lui arrache son pendentif. C'est amusant et facile.

Bon, bien sur, ils cherchent à se défendre mais je ne risque absolument rien. Leur épée rebondit sur mon armure et leurs flèches aussi. Et je les entend derrière moi, s'écrouler.

Je parie qu'il doit y avoir au moins vingt volontaires qui leur envoie en même temps le mot pour 'étourdir'.

Je rentre dans un corps de garde. Il y en a deux qui ne veulent pas sortir. Je bloque de mon bras le coup d'épée de l'un d'eux, les attrape en même temps et les jette sur mon épaule.

Je repasse précautionneusement la porte. Il ne faudrait pas que je leur fasse trop mal non plus.

Je les jette à terre et ils me regardent apeurés. C'est sur j'aurais peur aussi à leur place. Je me baisse et leur arrache leur pendentif.

Ils tombent endormis à peine une seconde après. Qu'est-ce que je disais. Les volontaires les tiennent sous un tir constant.

Je fais trois fois le tour du chemin de ronde pour m'assurer que plus un ne bouge. Je rencontre Julien à qui j'adresse un salut et plusieurs fois Stilv.

Tout est calme là-haut.

— C'est impeccable. J'entends Stilv nous féliciter. Tous ceux qui restent sont barricadés dans le palais. Je vais y aller avec la meute. On enfonce les portes et même procédure. On leur arrache leur pendentif et vous les endormez.

Alors que je m'apprête à suivre les autres androïdes, Stilv m'arrête.

— Non, pas toi Camille. C'est fini pour vous. Les frères sont avec vos corps. Ils les transportent en ce moment à la navette. On va vous faire tout beau et vous réintégrer dedans.

Julien me prit la main.

— Ce ne sera pas de refus.

C'est la dernière parole que j'entends avant de tomber dans un grand puits noir.

Les deux androïdes s'arrêtèrent une seconde de marcher puis reprirent leur fonctionnement initial, Stilv aux commandes. Ils retirèrent les foulards qui les différenciaient tandis que la navette décollait.

La chasse aux fugitifs ne commença que le lendemain matin. Les attentifs avaient repéré dix prêtres de Ka qui s'étaient servi du mot d'invisibilité pour échapper à la capture. Ils avaient sans doute ensuite rejoint un passage secret et étaient sortis du château sans se faire arrêter.

Ils en captèrent six dès qu'ils réutilisèrent le mot d'invisibilité. Lorsqu'ils s'étaient assoupis après leur fuite, le mot d'Avoir a disparu et au matin, ils avaient été obligés de le réutiliser et cela les avait fait remarquer.

Ils fuyaient sur la route en direction du sud. Les navettes n'eurent aucun mal à débarquer une centaine de volontaires redevenus invisibles qui les encerclèrent à distance. Ils réduisirent alors au fur et à mesure leur cercle. Lorsqu'ils butaient sur un corps invisible, celui-ci se reculait et bientôt le cercle se réduisit à deux mètres. Les prêtres étaient pris. Deux volontaires s'approchèrent et à tâtons cherchèrent devant eux.

Dès qu'ils attrapaient quelqu'un, ils le ceinturaient et lui enlevait son pendentif. Après, ils utilisaient le mot de 'réversion' qui faisait réapparaître le prêtre.

Devenus inoffensifs, ils étaient repoussés alors hors du cercle. Lorsqu'ils les eurent tous rendus visibles, ils durent constater que le grand Prêtre leur échappait encore. Bien entendu, il avait dû conclure que les insurgés utilisaient un mot pour les localiser. Les cinq fuyards restants ne les utilisaient donc pas.

Cela assurerait un temps leur protection mais sans nourriture ni argent, ils ne s'en sortiraient pas. De plus, ils pouvaient toujours changer de vêtements, ils restaient remarquables par leur tatouage en forme de triangle sur leur joue droite. Ils n'échapperaient pas longtemps aux recherches. D'autant plus qu'ils n'avaient pas cultivé l'art de se faire des amis durant leur période au pouvoir. Il suffisait donc d'attendre.

L'alerte fut cependant donnée à tous de faire attention. Il ne fallait pas essayer de les arrêter car leur mot d'Avoir était dangereux.

Conseil fut donc donné de les éviter et si possible de rester invisibles en leur présence. Trois furent retrouvés dans un village dès le lendemain. Ils tentaient de voler à manger et les villageois les laissèrent faire tout en prévenant Stilv par l'intermédiaire de leur personne ressource. Ils furent appréhendés sans problème. Le haut prêtre et son acolyte qui avait fui avec lui leur échappaient encore mais sûrement pas pour longtemps.

Les attentifs les prévinrent que le mot 'mort' avait été prononcé dans la forêt et cinq cents volontaires furent déployés pour l'encercler. Ils utilisèrent la même méthode de traque qui consistait à réduire progressivement l'encerclement. Ils aperçurent bientôt un feu et les deux derniers fugitifs en train d'y faire cuire un lapin. Pensant que le mot qu'ils avaient créé n'était pas connu des volontaires, et poussés par la faim, ils avaient osé l'utiliser.

Vingt androïdes les encerclèrent et marchèrent sur eux. Tentés de se rendre invisibles mais ne pouvant passer au travers des mailles, ils choisirent de combattre et lancèrent à la volée leur mot pour abattre ces hommes en armure.

Mais rien ne fonctionna et ils furent bientôt saisis. Les volontaires repérèrent le grand Prêtre à sa robe. La partie était jouée et gagnée.

Ils leur prirent leur pendentif, utilisèrent le mot 'réversion' puis les relâchèrent. Les prêtres ne comprirent pas leur manœuvre. Ils virent les volontaires redevenus visibles maintenant qu'il n'y avait plus de danger leur tourner le dos et partir. Trois se saisirent cependant du lapin et se le partagèrent. Les prêtres attendirent qu'ils aient disparus pour se féliciter de leur bêtise.

Ils les avaient laissés libres en ne leur prenant que leur pendentif et leur lapin. Le monde était à eux.

Affamés, ils retournèrent guetter une proie. Un joli daim apparut bientôt et le grand Prêtre tenta de lui lancer le mot de 'mort' mais ne put s'en rappeler.

Le daim s'immobilisa sur place, regarda les deux hommes puis disparut sous le couvert des arbres. Comprenant qu'il y avait un problème, ils cherchèrent à se souvenir en vain d'un quelconque mot et finirent par pousser des cris de rage comprenant que les volontaires ne leur avaient pas pris seulement leur pendentif.

Durant ce temps de recherche, les autres volontaires n'étaient pas restés inactifs. Ils avaient fait la tournée des villes encore occupées par les soldats. Dès qu'ils se posaient devant une ville, les cinq androïdes de libre débarquaient portant en trophée le trône royal qu'ils avaient récupéré dans la salle du château et arpentaient les rues avec en annonçant la prise de Lysandia et exigeant la reddition immédiate des soldats et des prêtres de Ka se trouvant dans la ville.

Ils leur promettaient en échange la vie sauve et la liberté. Ceux-ci ne tardaient pas à se rendre sachant la résistance impossible. Ils regroupaient alors les soldats désarmés ainsi que les prêtres et les soumettaient à la réversion avant de les abandonner sur place. Place que les vaincus quittaient rapidement pour ne pas se retrouver aux prises avec la population qu'ils avaient exploitée.

Camille et Julien se réveillèrent en même temps. Ils étaient couchés sur des supports moelleux dans une cabine du vaisseau et pouvaient voir par les hublots leur monde tourner doucement sous eux. Mais sur le coup, cela ne les intéressa pas et ils se jetèrent dans les bras l'un de l'autre, avides de contact physique. Lassa et Kelvin les laissèrent s'embrasser puis leur proposèrent de leur raconter la fin de l'aventure. Devant leur manque de réaction, Lassa tenta de les prendre par un autre bout.

— Les glaces sont servies… leur dit-elle.

Camille et Julien se tournèrent vers eux, affamés et les suivirent.

— On est sur ton vaisseau, n'est-ce pas ?

— Tu te rappelles que tu m'avais demandé de le visiter et que je t'avais promis de t'y emmener lorsque ce serait l'heure des vacances. L'heure a sonné.

ÉPILOGUE

Lassa, demoiselle d'honneur, toute en blanc, accompagnait Camille, qui dans une magnifique robe bleue pale ornée de perles remontait la grande salle du trône. Au bout de l'allée formée par les bancs où étaient réunis tous les volontaires ainsi que leurs proches, Julien attendait dans une veste grise sur une ample chemise bouffante et un pantalon serré de même couleur que la veste. À ses côtés, Kelvin, tout en noir pour contraster avec sa cavalière attendait aussi. Le maire élu de Lysandia devait les unir par les liens du mariage. L'oncle Stannis avait gagné son poste sans réelle opposition étant une figure de proue de la résistance et rompu à l'organisation et la gestion.

— Tu sais, je suis enceinte… lui lança Lassa

— C'est merveilleux, répondit Camille en s'arrêtant dans son élan pour serrer son amie contre elle.

— Si c'est une fille ce sera la nouvelle Première Enseignante.

— La troisième, tu veux dire ?

— Non, il y a d'autres terres habitées au-delà des mers qui entourent ce pays. Elle y deviendra la Première Enseignante. Si elle le veut bien sur. Je l'appellerai Eléa.